KB275093

접속 인류

○ 일러두기

영어 및 한자 병기는 본문보다 작은 글씨로 처리했습니다. 인명 및 지명은 국립국어원의 외래어 표기법에 따라 표기했으며, 규정에 없는 경우는 현지음에 가깝게 표기했습니다.

접속 인류

K-Novel Global Literature

✦ 중견 소설가들의 공동 창작집 ✦

고승철 | 신춘문예

김다은 | 큰글 클럽

김용희 | 적과의 동침(2)

양선희 | 접속 인류

윤혜령 | 검은 못

한지수 | 비상대책위원회

황주리 | 소설, 자서전

생각의 창

차례

신춘문예

고 승 철

*

고승철

경향신문 파리특파원, 동아일보 출판국장으로 일했으며 나남출판 사장, 문학사상 사장을 지냈
다. 2006년 제1회 디지털작가상 장편소설 공모에 당선되며 작품 활동을 시작했다. 작품으로는
장편소설 《은빛 까마귀》, 《개마고원》, 《여신》, 《소설 서재필》, 《파피루스의 비밀》, 시집 《춘추전
국시대》가 있다. songcheer@naver.com

1

K형!

지금 어디 계시오? 형은 사법연수원 수료일에 홀연히 불가佛家로 들어가 세인을 놀라게 했지요? 그 어려운 사법고시에 합격한 데 이어 혹독한 2년 연수원 과정을 마치고 곧 법관으로 임용될 때였으니….

불교계 사정에 밝은 지인에게 주워들은 귀동냥으로는 형은 산스크리트어 경전에 정통한 학승으로 이름을 떨쳤다 하더군요. 그러다 얼마 전에 들은 풍문으로는 뜻밖에 환속해 어느 여성과 결혼하면서 행방이 묘연하다네요. 형과 함께 산사山寺에서 사법고시를 준비할 때 소생이 '개똥철학'을 늘어놓던 청년기를 잊을 수 없소.

형과 재회할 날을 학수고대하며 요즘 내 심경을 몇 줄 적을
까 하오. 다른 누구에게 털어놓기 부끄러운 '치질 걸린 밑구
녕'의 비밀까지 밝히겠소. 세간에는 내가 성공한 기업인이라
며 부러워하지만 자식 문제 하나 해결하지 못하는 허수아비
가장일 뿐이오. 내 고명딸의 속마음을 도무지 헤아리지 못하
니 어리석은 애비의 표본이오. 이렇게라도 형에게 토로해야
내 마음속에서 이글거리는 화염을 조금이나마 누그러뜨릴
것 같소.

2

"문창과, 갈 거예요."

"문창과? 문, 문, 문예… 창작과?"

"예!"

"허허…."

"….'

"니가 지금 제정신이가?"

"그럼 아빠 제정신이에요?"

"허허….'

15년 전 딸아이가 대학 진학을 앞두고 문예창작과 지망 의
사를 밝힐 때의 상황이다. 나는 충격을 받아 말을 더듬거렸
다. 경영학을 전공해서 내 기업을 물려받기를 기대했는데 '글

쟁이 양성소’인 문창과라니!

내가 문학에 대해 삐딱한 시선을 가진 것은 집안 내력 때문이다. 큰아버지는 일제강점기에 일본 도쿄 게이오대학에서 영문학을 공부했고 김남천(1911~1953), 김사량(1914~1950) 등 월북한 유명 문인들과 교유한 무명 시인이었다. 큰아버지가 한국전쟁 때 월북인지, 납북인지 북으로 넘어가는 바람에 우리 집안은 내내 연좌제에 시달려야 했다.

와세다대학에서 화학공학을 전공한 아버지는 광복 후에 고향인 부산으로 돌아와 가내수공업으로 비누, ‘구리무’(크림) 등을 만들어 재미를 봤다. 사업을 확장하여 화약 원료를 대량으로 생산하는 공장을 세워 군납을 시도했는데 신원조회에 걸려 좌절됐다. 큰아버지가 북한에 있다는 이유 때문이었다. 공장은 기계 한 번 제대로 돌리지 못하고 문을 닫았다. 빚더미에 오른 아버지는 할아버지에게 물려받은 전답을 모두 팔아 겨우 수습했다.

아버지는 부산의 공립 명문 여고 화학 교사로 변신했다. 그러다 어느 날 느닷없이 해고 통지를 받았다. 사유를 몰랐으나 아마 북한의 큰아버지 탓인 듯했다. 몇 년 동안 룸펜 생활을 하다 어렵사리 사립 ‘똥통 공고’ 화공과 교직을 얻었다.

“집안을 일으킬라카모 니가 검, 판사가 돼갖고 출세해야 한다! 알겠나?”

아버지는 툭하면 입에서 쉰 막걸리 냄새를 풍기며 불쾌해진 얼굴로 어린 내게 말했다. 아버지는 내가 혹시 문학 쪽에 관심을 기울일까 봐 초등학생 때 동화책은 읽지 못하게 했고 중고교생 때엔 집에 소설책이나 시집이 얼씬거리지 못하게 '매의 눈'으로 살폈다.

"문학? 허깨비 놀음이야. 가짜 이야기를 지어내 진짜처럼 포장하는 사기술이야. 거게 빠져들모 뺄갱이가 된다카이!"

아버지의 단순 유치한 문학관을 나도 수긍했다. 곰이 마늘을 먹고 동굴에서 오래 견뎌 사람이 됐다느니, 알에서 나온 박혁거세가 임금이 됐다느니 하는 설화가 황당무계하다는 사실을 코흘리개 때부터 깨달았다. 죽은 사람이 부활했다느니, 물 위를 걷는 기적이 일어났다느니 하는 종교 경전 내용도 허구일 뿐이라고 믿었다.

고등학교 국어 시간에 이상李箱(1910~1937)의 시 〈오감도〉를 배울 때 내 눈엔 광인의 넋두리로 보였다. 이상의 자전적 소설을 보니 생활이 퇴폐적이어서 배울 점이 없다고 판단했다. 나는 그런 이상한 천재처럼 살고 싶지 않았다.

나는 집안을 일으키겠다는 불타는 사명감으로 책상 앞에 '영광의 그날까지!'란 글씨를 붙여놓고 공부에 열중하여 S대 법대에 합격했다. 아버지는 친구들에게 자랑하고 축하받느라 두어 달 동안 거의 매일 만취했다.

상경하여 대학에 입학하니 서울 녀석들은 부산도 '시골'이라며 나를 촌놈으로 취급했다. 한국전쟁 때 부산이 1,000일간 대한민국의 수도였다고 강조해도 씨알도 먹히지 않았다.

"시굴 가면 풀두 뽑구 농사도 짓구 그러냐?"

내 경상도 사투리를 흉내 내며 놀리던 서울 토박이 친구가 그렇게 물었을 때 나는 신경질적인 반응을 보였다.

"야, 서울 촌놈아! 시굴이 뭐냐? 시골이라 발음해야지! 부산은 대도시여서 농사 안 짓는다."

나는 고시 전문잡지에 실린 합격 수기를 즐겨 읽으며 졸업 전에 패스할 야심을 품었다. 유독 기억에 남는 합격기는 1975년 제17회 사법시험에 패스한 노무현 연수생의 글이다. 상고 졸업이 학력의 전부인 그는 악조건을 무릅쓰고 합격의 영광을 누렸으며 훗날 대통령이 됐다.

서가에 법학 기본서를 꽉 채웠다. 법대 신입생들은 저마다 이런 야심을 품으면서도 겉으론 "1, 2학년 땐 실컷 놀고 3학년부터 준비하겠다"느니 "법학 자체에 관심이 있어 법대에 왔기에 고시는 안 보겠다"는 등 내숭을 떨었다. 군사정부를 타도해야 한다며 시위에 열을 올리는 친구들도 몇몇 있었다. 물론 학업이나 처신에 진지한 소수의 학생도 없지 않았고 이들은 훗날 올곧은 학자나 훌륭한 법조인이 됐다.

나는 상경 전에 아버지로부터 단단히 훈계를 받았다.

“데모에 나서모 절대 안 된다. 우리 집안은 그날로 절단난다 말이다. 명심하겠제?”

“….”

“걸핏하면 간첩단 사건이 적발되잖나? 니가 데모하다 잡히모 간첩으로 조작될 끼다. 그라모 우리 가족은 골로 간다. 각별히 조심하거라.”

“예….”

“연애도 하지 마라. 고시 파스하고 나모 명문가 규수들이 줄을 이어 나타날 낑께….”

“….”

어머니도 아버지를 거들며 단단히 당부했다.

“다른 건 몰라도 데모는 하지 마라. 니가 데모꾼 되모 이 옴마는 목을 매 칵 죽을 끼다!”

3

나는 학교 기숙사에서 1, 2학년을 지내며 법학 수험서에 코를 박는 무미건조한 청춘 시절을 보냈다. 3학년 때 생활 패턴에 반전이 생겼다. 학점을 후하게 준다는 만담가 스타일 J 교수의 ‘심리학개론’을 머리를 식힐 겸해서 수강했는데 첫날 수업에 우연히 옆자리에 앉은 여학생 때문이었다. 당시엔 교수가 학생들의 이름을 일일이 부르며 출석을 점검할 때였다.

"물리학과 서지연?"

"예!"

그녀의 이름을 아는 이유는 입학할 때 자연계 수석 합격자여서였다. 신문에도 큼직하게 소개된 우리 또래에서 유명 인사였다. 수업 내내 교수의 강의는 귀에 들어오지 않고 그녀의 일거수일투족에 신경이 쏠렸다. S대 수석 합격자라면 수재임은 당연하고 천재급 아니겠는가. 그녀의 두뇌 구조는 어떻게 생겼을까. 아인슈타인의 상대성원리를 완전히 이해할까. 공상은 꼬리에 꼬리를 물고 이어졌다. 곁눈질로 보니 노트 필기에도 달인이었다. 강의 내용을 일필휘지로 일목요연하게 정리해 나가는 듯했다.

그다음 수업에서도 옆자리에 나란히 앉았다. 첫날 자리가 고정석이 되다시피 했다.

"법학과 강기수?"

"예!"

나는 그녀가 내 이름을 기억하기를 은근히 기대하며 큰 소리로 대답했다. 이러구러 몇 주일이 흐르고 중간고사가 다가올 무렵이었다. 수업 마치는 때가 점심시간이기도 해서 용기를 내어 그녀에게 불쑥 말을 걸었다.

"같이 점심 먹을까요?"

"예?"

그녀와 눈이 마주치며 처음 나눈 대화였다. 그 전에 수업 직후 그녀 뒤를 따라가 보니 다른 수업이 없는지 학교 구내식당으로 갔다. 정면으로 본 그녀의 얼굴에 주근깨가 많아 놀랐으나 '천재는 피부 관리할 짬도 없겠지' 하는 생각이 들면서 주근깨조차도 매력 포인트로 비쳤다.

"오늘 구내식당 메뉴가 오므라이스라 하네요."

"아, 예… 그래요? 성격이 세심한가 봐요. 호호호…."

식판을 들고 자리에 가는 동안 구름 위를 걷는 기분이었다. 천재 소녀라면 병약하거나 사회성이 떨어지지 않을까, 하는 추측이 편견임을 그녀를 통해 알게 됐다. 한 톨도 남기지 않고 밥과 반찬을 싹싹 긁어먹고, 남학생들 틈에 끼어 용을 써서 축구를 하는 바람에 다리에 알이 뱄다는 너스레도 떨었다. 상상력은 자유라지만 밥 한 끼 함께 먹었을 뿐인데 그녀와 내가 결혼하면 영재를 낳지 않을까, 하는 공상이 떠올랐다.

이런 점심 자리가 반복되면서 말을 트게 됐고 학기말쯤에는 저녁도 함께 먹었다. 그녀는 나에 대해 궁금한 사항을 물을 때 에둘러 말하지 않았다. 나도 그런 화법에 익숙해졌다.

"법대 수석 합격자는 인터뷰 때 으레 사회정의를 실현할 포부를 가졌다 하는데 깨놓고 말하자면 출세하려는 것 아냐? 고시만 합격하면 새파란 20대 나이에 영감, 대감 소리를 들으며 칙사 대접받는다며?"

"맞아. 나도 부모님의 한을 풀어주고 집안을 일으키려 법대
에 왔지."

"그럼 사회정의는 실현하고 싶지 않아?"

"…"

나는 얼른 대답을 못 했다. 졸업 전 고시 합격에만 몰두했
기에 정의 실현은 남의 일로 여겼기 때문이다. 알고 보니 그
녀는 독재정권 타도 같은 거창한 정의보다는 야학 활동에 헌
신하고 있었다. 아버지가 군사정권을 비판하는 글을 썼다는
이유로 해직된 전직 신문기자라 했다.

그녀의 아버지는 청파동 시장에서 노점상을 하는 가난한
이북 출신 홀어머니 아래에서 자라 어느 석간 신문사의 편집
국 사환으로 일하며 야간에 상고를 다녔다 한다. 헤르만 헤세
의 《데미안》과 카프카의 《변신》을 읽고 이를 독일어 원문으
로 독파하고 싶어 야간 대학 독문과에 진학했고, 낮엔 사환으
로 계속 근무했다. 대학 졸업 후 군소群小 경제신문 교열직 기
자로 취업했다. 야간 대학 학력으로는 메이저 신문사의 취재
기자직엔 진입하기 어려운 게 현실이었다.

그녀의 아버지는 취재기자가 출고한 글의 오류를 잡으며
문장 공부를 했다. 어느 날 이병주의 《소설·알렉산드리아》
를 읽고 마음이 크게 흔들렸다. 작중인물 가운데 교열 기자
가 나왔는데 신문사 말석에 쪼그리고 앉아 일하지만 세계문

명사와 철리哲理를 꿰뚫는 인물이었다. 그녀의 아버지도 소설 속 인물처럼 사유思惟의 세계에서 소요逍遙했고 이를 짧은 아포리즘으로 정리했다. 이 글을 우연히 본 문화부 기자가 멋진 명상 시詩라 극찬하며 신춘문예에 응모하라고 권했다. 그녀의 아버지는 시인으로 데뷔했고 그 인연으로 당선된 신문의 문화부 기자로 채용됐다.

해직 후 그녀의 아버지는 번역으로 생계를 꾸리며 서울 용산구 판잣집 마을 해방촌에서 문맹 노인들을 모아 한글을 가르쳤다. 그런 노인들의 손자들에게 서지연은 중고교 과정 야간학교를 열어 가르침을 주었다. 그 야학에서 나도 국어, 사회 과목을 맡으면서 고시 중심 생활에서 벗어났다. 정의 실현이라기보다는 그녀에게 잘 보이기 위해서였다.

서지연과의 만남 때문에 내 20대 인생은 예상치 못한 궤도로 접어들었다. 사법시험 1차도 합격하지 못하고 대학을 졸업했다. 야학 규모는 점점 커져 학생이 50여 명 되자 그녀와 나는 거의 모든 시간을 학교를 위해 써야 했다. 허름한 창고를 빌려 교실로 꾸몄다. 그녀는 대학을 졸업하고 대학원 진학이나 미국 유학 대신에 야학 교장이 됐다. 나는 교감 자리에 앉았다.

어느 날 해방촌 산비탈 야학교에 부모님이 들이닥쳤다. 징집 영장이 나왔는데 내가 연락이 닿지 않자 부모님이 서울로

와 수소문 끝에 찾아온 것이다. 아들의 고시 합격을 기대하던 부모님에겐 야학 교감이란 간판을 단 아들의 모습이 너무도 충격적이었으리라. 어머니는 어버버버…, 말인 듯 신음인 듯 내뱉더니 입에서 거품을 뿜고 눈에 흰자위를 드러내며 쓰러졌다. 아버지는 나와 서지연에게 불벼락을 내릴 줄 알았는데 예상 밖의 행동을 보였다.

"교장 선생님! 우리 아들 살려주이소!"

아버지는 딸자식뻘 되는 서지연 앞에 무릎을 꿇고 울먹였다. 아버지의 눈엔 내가 범죄 조직에 납치된 인질로 보였으리라. 서지연도 당황해하면서 아버지 앞에 무릎을 꿇었다.

"부모님 심정을 헤아리지 못해서 죄송합니다. 어서 일어나세요."

서지연이 아버지 손을 잡고 일으켜 세우자 아버지는 내 손을 잡고 말했다.

"기수야! 영장 나왔응께 군대 가서 다시 정신 채리라!"

쓰러진 어머니를 깨워 찬물을 마시게 해 의식이 돌아오도록 했다. 그 길로 부모님을 모시고 야학을 나와 서지연과 결별했다.

4

3년간 사병 복무를 마치고 경기도 여주에 있는 암자에 들어가 고시 공부에 매달렸다. 법학 기본서, 수험서 수십 권을 쌓아 놓고 읽고 또 읽는 단조로운 공부를 되풀이했다. 반찬 없이 맨 밥을 먹는 것처럼 법학서는 읽어도 읽어도 재미가 없었다. 이 런 비생산적인 수험 생활이 5년이 넘을 줄은 미처 몰랐다.

1차에 합격했다고 좋아했다가 2차에 번번이 떨어지는 일 이 반복됐다. 합격자를 많이 배출한다는 부여 무염사無染寺 등 사찰을 여러 군데 전전했다. 내 공부 자금을 대느라 여동생은 중학교 교사 월급 대부분을 털었다. 이 무렵 경기도 안성의 어느 말사末寺에서 K형을 만났다. 수염을 길러 도인처럼 보였 는데 통성명하고 나이를 알아보니 나와는 동갑인데 S대 법대 1년 선배였다. 학교에서는 만난 기억이 없었다. 그도 아들이 판사가 되기를 애타게 바라는 홀어머니의 소원을 들어주느 라 법대를 지망했다 한다.

우리는 주중에는 공부에 전념하고 토요일 저녁엔 마을에 내려가 대폿집에서 술을 마시며 긴장을 푸는 나름의 규칙을 세웠다. K형은 금강경, 능엄경 등 불교 경전에 정통했다. 노 자, 장자 사상에도 일가견이 있었다. 나처럼 법서에만 매몰 된 좀팽이와는 다르게 삶과 우주를 보는 시야가 넓었다. 그 러다 K형은 사법시험에 합격했고 나는 '고시 낭인' 생활을 계속했다.

"세상이 변했는데 절간에서 고시 공부하는 놈이 어딨냐?"

친구들의 핀잔을 받고 신림동 고시촌으로 공부터를 옮겼다. 나이 서른이 넘도록 번듯한 양복 한 번 못 입어보고 '추리닝' 차림으로 고시원, 식당을 오가는 생활이 지속됐다. 어느 해엔 2차 시험에서 한 과목 과락 때문에 아슬아슬하게 불합격했다. 핑계 없는 무덤이 없다지만 시험을 칠 때마다 공교롭게 악재가 돌출했다. 어느 해엔 장염에 걸려 고사장에 들어가자마자 설사로 화장실 가느라 시험을 망쳤다. 또 어느 해엔 항문 소양증(가려움증)이 생겨 오른손으론 답안을 작성하고 왼손은 팬티 안에 넣어 항문 주변을 긁느라 정신을 집중할 수 없었다. 대입 시험은 하루 만에 결판나는 데 비해 사시 2차는 사흘간 오전, 오후 주관식 시험을 치르므로 엄청난 정신력과 체력이 요구된다.

'장수생'이 되니 머리카락은 산발, 수염은 텁수룩…. 나의 외모는 점점 노숙자, 폐인처럼 보이기 시작했다. 어느 해엔 어이없게도 1차에 떨어졌다. 1차 합격자는 2차 응시 기회를 두 번 얻는다. 1, 2차 동시 합격인 '동차 합격' 욕심을 품었지만 과욕이었다.

언젠가 소주를 두어 병 마시고 까무룩 잠들었는데 꿈에서 서지연을 만났다. 야학교는 대학교로 바뀌었고 그녀는 총장이 돼 있었다. 나는 그 학교 청소부로 나타났다. 또 다른 꿈에서 나는 조선시대 과거 시험장에 앉아 있었는데 백발이 성성한 노인 모습이었다. 꿈에서 깨자 흥건히 젖은 이마의 땀을 닦으며 내 인생 행로에 대해 진지하게 고민했다. 기약도 없는 고시 도전을 지속해야 하나, 다른 길을 찾아야 하나. 지금 합격해도 '소년 등과登科'한 동기생보다 7~8년 늦다. 다른 길은 막연하다. 기업체 취업도 대학원 진학도 늦었다. 서지연은 지금 어디서 뭘 하고 있을까. 그녀와 결별하면서 다시는 만나지 않겠다고 다짐했으나 그녀에 대한 그리움과 궁금증을 물리치기 어려웠다. 그녀의 행적을 적극적으로 캐기도 어려운 것이 내 처지가 너무도 옹색하기 때문이다. 어느 밤엔 서지연과 부부가 돼 로마 콜로세움을 관광하는 꿈을 꾸기도 했다. 아침에 일어나니 아랫도리가 흥건히 젖어 있어 민망함과 죄책감에 몸을 떨었다.

'이 꼴로 어떻게 서지연 앞에 나타나나?'

진달래가 지천으로 핀 어느 봄날, 나도 모르게 남영동 전철역에서 내려 용산고등학교 뒤편 해방촌으로 발길을 옮기고 있었다. 야학교를 찾아간 것이다. 떠난 지 10년이 채 넘지 않았는데 옛터는 찾아볼 수 없을 만큼 바뀌어 있었다. 야학교 창고가 사라지고 번듯한 5층 빌딩이 서 있었다. 높다란 빌딩을 멍하니 올려다보고 있는데 그 앞으로 굴러온 그랜저 승용차가 멈춰서더니 운전기사가 나와 뒷문을 열었다. 기사의 공손한 인사를 받으며 하차한 남색 투피스 정장 차림의 여성을 얼핏 보고 숨이 컥 막혔다. 서지연이었다. 나는 얼른 전봇대 뒤로 숨었다. 그녀는 당당한 걸음으로 빌딩으로 들어갔다.

두근거리는 가슴을 안고 도망치듯 비탈길을 내려왔다. 피곤한데다 허기도 져서 편의점에 들어가 삼각김밥과 바나나 우유를 사서 모퉁이 의자에 앉아 먹었다. 울컥 눈물이 핑 돌았다. 서지연이 이런 처량한 내 모습을 본다면 얼마나 한심하게 여길까. 계산대에 서 있는 몸피가 퉁퉁한 여성 점원에게 슬쩍 물어봤다.

"요 위에 있는 회색 5층 건물, 뭐 하는 곳이에요?"

"잘은 모르지만, 무슨 대안학교라 그러던데….'"

"교장 선생님이 누구신지요?"

"제가 그런 건 모르지요. 풍문으로 듣기론 젊은 여자 교장이라 하대요."

서지연이 교장인 모양이다. 8년 사이에 저렇게 변모했으니 놀랍고 궁금하다. 지하철 차창에 비친 초라한 내 행색을 발견하자 사지에 힘이 쑥 빠졌다. 고시 공부란 암굴暗窟에서 벗어나기로 결심했다. 고시원으로 돌아온 직후 법학 서적들을 몽땅 쓰레기통에 버렸다. 맥주 글라스에 소주를 가득 부어 한꺼번에 마시고 취기를 빌려 아버지에게 전화를 걸었다.

"아부지예! 기숙이 시집 보내이소. 저 땜에 고생도 많이 했다 아입니꺼?"

"거기 무신 소리고? 뭐 좋은 일이라도 있나?"

"좋은 일이 뭐 있겠십니꺼? 저는 고시 공부 그만둘랍니더."

"머라꼬? 지금까지 울매나 고생했는데 인자 와서 고만두다
이?"

"머리에 공부가 안 들어옵니더. 다른 길 찾아볼랍니더."

"허허…."

아버지의 한탄은 늙은 짐승의 단말마 같았다.

고시 낭인에겐 새로운 길이 막막했다. 은행, 대기업 공채
요강을 보니 연령 제한 때문에 응시할 수도 없었다. 하급직
공무원으로 들어가자니 체면이 서지 않고 대학원 진학도 마
땅찮고…. 벼락출세란 헛된 욕망에 사로잡힌 빙충이에 대한
형벌이었다. 신림동엔 나보다 나이가 더 많은 폐인들이 수두
룩했다. 최장수 고시생이라는 50대 선배는 평생을 고시 공부
에 매달려, 그분의 자조적인 표현대로 '인생을 망쳤다'.

이리저리 궁리하다 서지연을 찾아가면 뭔가 돌파구가 생
기지 않을까, 하는 막연한 기대감이 얼핏 솟았다. 허송세월을
보낸 백수여서 체면이 말이 아니었으나 그런 걸 따질 형편이
아니었다. 최소한의 예의를 갖추려 이발, 목욕을 하고 비상금
을 털어 장만한 양복 정장 차림으로 대안학교 빌딩으로 향했
다. 지하철에서 내려 한참 걸어가는데 아까부터 내 얼굴을 흠
칫 살펴보는 듯한 청년이 내 뒤를 따라오더니 말을 걸었다.

"혹시 교감 선생님 아니세요?"

"예? 예….'

야학을 다니던 학생이었다. 이젠 늠름한 청년이 돼 있었다. 서지연 교장의 도움으로 대학을 졸업하고 지금 대안학교에서 역사 과목을 가르친단다.

"그때 교감 선생님께서 입대하신다고 갑자기 사라지는 바람에 인사도 못 나누었지요. 학생들이 얼마나 안타까워했는지 몰라요. 저희들의 우상이었지요."

내가 청소년들의 우상이었다니 낯 뜨겁다. 청년과 함께 걸으며 출근하듯 자연스레 대안학교로 들어갔다. 청년이 교장실로 나를 안내하면서 큰 소리로 외쳤다.

"교장 선생님! 교감 선생님 오셨습니다!"

콩닥거리는 가슴을 안고 교장실로 들어갔다.

"아! 이게 누구야?"

"기수야… 강기수….'

"사시 합격자 발표 때마다 수석 합격자 인터뷰에 네가 나오는지 살펴봤지."

"수석은커녕 아직 합격도 못 했다. 인생 초장에 운명의 줄이 배배 꼬인 거야."

"아직 가야 할 길이 천리만리인데 뭐 그리 조급해?"

"이 학교는 어떻게 세운 거야?"

"자세히 설명하자면 밤을 새워도 모자라. 마침 점심시간이
됐으니 얼른 학교 구경하고 밥 먹으며 얘기해."

"좋아! 지연이, 너… 결혼했어?"

"결혼? 안 했어. 너는?"

"나도….."

"그래? 잘됐네!"

"잘됐다니?"

"우리 둘 다 미혼이니 가능성이 있는 거 아냐?"

"허….."

나는 '가능성'이라는 말을 듣고 우리 둘의 결혼 가능성이
라는 뜻으로 들었다. 하지만 농담인지 진담인지 헤아리기 어
려웠다. 무슨 낯짝에 '진심이야?'라고 묻겠는가. 허허로운 웃
음으로 대답을 대신할 뿐이었다.

1층엔 교장실, 교무실, 도서관이 있었다. 2층엔 교실 여러
개와 상담실이 있고 3층엔 구내식당과 뮤직홀 겸 강당이 있
었다. 4층은 체육관, 5층은 기숙사였다. 건물이 외양뿐 아니
라 내부도 세련되고 고급스러웠다.

구내식당의 벽엔 풍경화, 정물화가 걸려 있었으며 탁자는
산뜻했고 의자는 안락했다. 음식은 정갈하고 맛있었다. 잡곡
밥, 순두부찌개, 나물, 생선구이, 김, 사과, 요구르트… 식사 시
간 내내 봄날 새순이 돋는 듯 경쾌한 왈츠 음악이 스피커에서

은은하게 흘러나왔다. 식사를 마치고 교장실로 돌아와 커피를 마시며 8년 세월에 벌어진 일대 파노라마 요약판을 들었다.

5

서지연은 야학을 할 때 운영자금을 마련하려 재력가 집 가정교사를 자주 맡았다 한다. 당시엔 대학생 가정교사가 흔했고 보수도 꽤 좋았다. 서지연은 S대 수석 합격자란 타이틀 덕분에 여느 학생의 서너 배를 받았다. 가르치는 요령도 좋고 성실해서 배우는 학생들의 성적이 쑥쑥 올랐다. 귀부인 '싸모님'들이 보너스를 풍풍 주었다. 대학 졸업 후 여러 재벌가에서 서지연을 가정교사로 모시려 손을 뻗었다. 야학 규모가 늘어나 자금이 더 들어갈 때여서 성북동 재벌가 몇몇 곳을 들락거렸다. 이런 소문을 들은 지도교수에게 야단을 맞기도 했다.

"자네가 물리학과 명예에 먹칠을 하는구만!"

S대 물리학과 수석 입학자는 졸업 후 미국 스탠퍼드, MIT, 캘텍 등에 가서 박사학위를 받고 미국에서 교수를 하다가 귀국해 모교 교수로 오는 게 관례였다. 그 교수도 그 코스를 밟은 분이었다. 그분은 그래도 점잖은 성품이기에 그런 정도로 말했다. 어느 다른 교수는 '먹칠' 대신에 '똥칠'이라는 원색적인 표현을 쓰며 질타했다.

서지연은 의외로 부모님이 지지해주어 든든했다. 대학을

갓 졸업한 딸이 대기업 대졸자 연봉의 몇 배를 벌어 이 돈으로 야학 학생들을 무료로 가르치고, 책 사주고, 밥도 챙겨주니 대견스럽기 그지없었다.

서지연은 정부가 과외 금지 정책을 펼칠 때 오히려 재미를 봤다. 일부 재력가, 고위층 부모들은 강력한 단속령에도 아랑곳없이 자기 자식은 은밀히 과외지도를 받도록 했다. 그러니 과외비가 위험수당 비슷한 개념이 돼 천정부지로 뛰었다.

서지연은 수학, 물리를 중점적으로 가르쳤는데 과외 노트를 정리해 《수물數物 원리》라는 교재를 만들었다. 수학과 물리의 원리를 함께 담은 소책자였다. 데카르트, 파스칼, 뉴턴, 라이프니츠 등 자연과학의 신기원을 이룬 천재들의 생애를 소개하며 이들이 어떻게 수학, 물리학 원리를 추론했는지 흥미진진한 스토리로 꾸몄다. '수포자' 가운데 이 교재를 읽고 흥미를 느껴 수학영재가 된 학생도 수두룩했다. 교재를 만드는 과정에 서지연의 아버지가 크게 기여했다. 서지연이 공책에 수식을 휘갈겨 쓴 원고를 남기면 아버지가 일일이 타이핑하고 관련 스토리를 매끄러운 문장으로 정리해 덧붙였다. 사실상 부녀 공저였다. 이 교재의 복사판이 학원가에 흘러가 전문 학원강사들이 이를 바탕으로 해적판을 만들기도 했다. 요즘으로 치면 '사고력 수학'의 원조였다.

서지연은 이 교재를 정식 출판했다. 사장, 편집장, 경리 직원 등 딱 3명이 근무하는 '우주최강'이란 거창한 이름의 소규모 출판사 사장이 이색적인 출판 조건을 제시했다.

"저자 약력은 출판사 측에서 작성하도록 해주시면 나머지는 저자 마음대로 해도 좋습니다."

책날개에 들어간 저자 약력은 단 한 줄이었다.

서지연 / S대 자연계(물리학과) 수석 입학, 말석 졸업

이런 진솔하고 재치 있는 약력에다 알찬 내용 덕분에 단번에 베스트셀러가 됐다. 금세 10쇄, 20쇄를 찍었다.《수물 원리 오답 노트》라는 서브 브랜드 책자도 불티나게 팔렸다. 출판사는 편집 직원 2명, 영업 직원 3명을 서둘러 채용했다. 원래 인세는 책 정가의 10%가 관례이나 출판사 측은 15%를 주겠다 했다.

세상사에 호사好事만 있지는 않다. 책이 그렇게 많이 팔리는데도 인세를 제대로 못 받았다. 사장은 곧 주겠다는 말만 되풀이했다. 알고 보니 판매 대금이 쏟아져 들어오자 사장은 마침 불붙은 주식시장에 그 돈을 '몰빵'했다. 직원들 월급도 몇 달 치를 미루면서…. 그것도 모자라 증권사로부터 급전을 빌려 투자했다. 얼마 후 급락 장세를 맞아 투자액을 거의 몽땅 날렸다. 사장은 직원들에게 회사를 넘겨준다는 각서를 쓰고 필리핀으로 야반도주했다.

직원들이 서지연을 찾아와 아예 회사를 맡아달라 간청했

다. 이렇게 해서 출판업에 뛰어들었다. 서지연은 중학생용으로 《수물 원리의 기초》를, 초등학생용으로 《왕초보 수물 원리》를 집필했다. 이들 책도 베스트셀러로 등극했다. 과학고, 영재고 학생들을 위한 《수물 원리 심화 학습》을 냈더니 어려운 내용인데도 적잖게 팔려나갔다.

야학 졸업생 가운데 검정고시를 거쳐 Y대 경영학과를 나온 청년이 어느 날 서지연을 찾아왔다. 은행 구로공단 지점에 근무한단다.

"교장 선생님! 저희 지점에서 담보대출 해준 인쇄소가 부도를 냈습니다. 거액을 들여 최첨단 독일제 컬러 인쇄 시설을 설치했는데 인쇄 물량을 확보하지 못했지요. 선생님 출판사 물량만 해도 기본은 유지할 수 있을 겁니다. 인쇄소를 인수하면 어떨지요?"

"그러면 문어발 경영이 되는 거 아냐?"

"교장 선생님, 참 순진하시네요. 하하하! 출판사가 인쇄소를 인수하는 것은 수직계열화입니다. 그리고 인쇄소 부지가 무려 3천 평입니다. 풍문으로는 구로공단이 디지털단지로 탈바꿈한다고 합니다. 그러면 알짜 부동산으로 땅값이 뛸 겁니다."

"나더러 부동산 투기꾼이 되라고?"

"투기가 아니고 투자입니다. 미래를 내다보는 안목으

로…."

 그렇게 인쇄소를 인수했다. 그러나 시설이 너무 방대해 가동률이 20% 안팎에 머물렀다. 인쇄공장 임직원은 모두 50여 명이었는데 일감이 적다고 자를 수도 없었다. 출판사 수익 대부분을 인쇄소에 쏟아부었다. 그래도 적자는 메워지지 않았다. 이대로 가다가는 부도가 불가피했다. 매월 25일이 다가오면 직원 월급 자금을 변통하느라 피가 말랐다.

 뜻밖의 돌파구가 생겼다. 중고교 국정교과서가 검인정교과서 체제로 바뀌면서 교과서 시장이 활짝 열린 것이다. 출판사와 인쇄소를 통합하여 '수물지식그룹'이라는 회사를 설립하고 검인정교과서를 만들었다. 수학, 물리, 화학, 생물, 지학 등 이과 과목에 중점을 두었다. 여느 참고서와는 달리 교과서는 개발비용이 엄청나게 들었다. 과목마다 편찬위원, 집필위원을 두어야 하고 그래픽 디자인과 사진 자료를 다루는 편집요원이 다수 필요했다. 거액의 자금이 든다는 얘기다. 덩치가 큰 출판사들이 사운을 걸고 너도나도 뛰어들었다. 신생 출판사로는 감당하기 어려운 싸움이었다.

 궁즉통窮卽通, 궁하면 통한다던가. 은행 직원 제자의 예상대로 구로공단 일대가 디지털단지로 환골탈태한다고 공식 발표되면서 땅값이 폭등했다. 인쇄소 부지는 특히 노른자위여서 평당 가격이 매입가보다 수십 배 뛰었다. 부지를 처분하고 인쇄시설은 안산공단으로 이전했다. 편집팀은 서울 북촌 한옥마을로 옮겼다. 마침 서로 이웃한 고가古家 네 채가 매물로 나왔기에 몽땅 사들여 실내를 사무실 모양으로 리모델링했다.

횡재橫財도 누렸다. 화가가 살았다는 한옥의 창고에 유화 23점이 거미줄과 먼지에 휩싸인 채 방치돼 있었다. 화가의 딸인 전前 집주인에게 연락했더니 그 작품들을 '애물단지'라 칭하며 마음대로 처분하란다. 알고 보니 그 화가가 월북 예술인이어서 그 딸은 여태까지 작품의 존재 자체를 쉬쉬하며 살았던 모양이다. 공교롭게도 리모델링 공사를 진행할 무렵 그 화가가 해금돼 그의 예술 세계가 재조명됐다. H화랑에서 그 화가의 추모전을 기획한다는 신문 보도를 보고 화랑 대표와 접촉했다. 대표는 23점을 모두 구입해 전시회에 내놓았다. 판매 대금은 거액이었다. 화가의 딸에게 대금 일부를 지불하는 게 옳다는 생각으로 연락했더니 얼마 전 북극 오로라 관광 여행에 갔다가 현지에서 심근경색증으로 별세했단다. 평생 독신으로 살았기에 유족도 없었다. 지인들은 "좋은 일에 쓰라고 그런 횡재가 생겼지 않았겠나?"라는 덕담을 했다.

수물지식그룹의 교과서는 첫해부터 채택률이 높았다. 회사 대표가 S대 수석 입학자라는 브랜드 파워를 가졌기에 중고교 교사, 학생들 사이에 신뢰감을 준 모양이었다. 오류가 거의 없다는 장점도 알려졌다. 서지연의 아버지가 지독한 열정으로 원고와 교정쇄를 살피고 또 살펴 오탈자를 잡아내고 오류 내용을 필자에게 수정하도록 알려준 덕분이었다. 해를 거듭할수록 채택률이 높아갔고 교과서를 보충 해설하는 자습서도 날개 돋친 듯 팔렸다. 막대한 수익이 나자 이 돈으로 야학교 터와 인근 토지를 사들여 대안학교를 지었다.

원래 대안학교를 세울 때는 ADHD 증후군 아이, 기존 학교 부적응 학생들을 주로 받아들이려 했으나 이들뿐 아니라 과학영재들도 많이 입학시킬 수밖에 없었다. 서지연이 교장이라는 사실만으로도 학부모들이 과학영재학교로 여겼기 때문이다. 어느 학생이 물리 국제올림피아드에서 금메달을 따 학교 명예를 높이기도 했다. 재력이 튼튼한 일부 학부모는 뭉칫돈 학교발전기금을 냈다. 교사를 채용할 때 학생들을 헌신적으로 돌볼 수 있는 인성을 가졌는지를 살폈다.

학교 건물을 지을 때의 에피소드. 믿을 만한 건설회사와 수의계약으로 공사를 진행했는데 회사 측이 요구하는 금액보다 10%를 더 주었다. 좋은 자재를 꼭 써야 하며 건축기사, 인부들에게 피복, 안전모, 안전화를 최고급 제품으로 새로 사주고 양질의 급식을 제공하라는 조건으로…. 기대처럼 멋진 건물이 지어졌고 건축사협회에서 주관하는 '올해의 신축건물 베스트 5'에 선정됐다.

서지연은 이처럼 평소에 주변에 후의를 베풀었다. 주위 사람들에게 수전노라는 손가락질을 받으며 평생 모은 돈을 노년에 몽땅 기부하는 것도 보람 있지만, 살아가면서 주변 사람들에게 호의와 이익을 제공해야 현명하다는 게 서지연의 '돈철학'이었다. 축의금, 부의금도 두툼한 봉투로 주는 편이었다. 교사가 집을 마련할 때 은행 융자를 얻기 어려우면 낮은 이자로 빌려주었다.

아주 총명한 어느 야학 졸업생의 꿈은 의사가 돼 노숙자 병원을 설립하는 것이었다. 그러나 언감생심, 학비가 엄청나게 비싼 사립대 의과대학에 어떻게 다니겠는가. 꿈은 꿈일 뿐이라고 실망하는 소년에게 서지연은 산타클로스였다. 대학 등록금을 모두 지급하겠다고 약속했다. 훗날 그가 의사가 되면 서지연이 세워준 노숙자 병원에서 꿈을 펼치리라.

6

"인간승리 드라마를 본 것 같네!"

"아직 서막에 불과해."

"더 큰 야심이 있어?"

"세상을 바꾸려면 할 일이 얼마나 많은데…."

"존경스럽다! 내 허송세월이 부끄럽네."

어느덧 해가 뉘엿뉘엿 기울었다. 우리는 하얏트호텔 아래에 있는 이탈리안 레스토랑에 가서 저녁을 먹었다. 나에겐 생소한 이름의 스파게티와 리소토를 맛봤다. 내가 자꾸 자학하는 발언을 하자 서지연은 나를 위로하려는지 내가 몰랐던 과거사를 들추었다.

"이발학원에 다닌 일, 기억나지?"

"아! 내가 이발사 자격증도 땄지."

"네가 야학을 떠났을 때 학생들은 머리 깎아줄 교감 선생님이 떠났다고 안타까워했단다."

"내가 이발사로만 보였나?"

"아이들 머리칼을 자르고 따스한 물로 머리를 감아주기까지 하는 네 정성을 보고 난 크게 감동했어. 입으로만 떠드는 인간 존중이 아니라 몸으로 실천했으니…."

"어려운 집안에서 태어나 정규 학교에도 가지 못하는 학생들을 보니 죄책감이 들었어. 개들을 잘 돌보는 게 내 임무라는 느낌이 들더군."

"그때 일화 가운데 이거 기억나? 네가 머리를 감아주면서 물이 뜨거운지 차가운지까지 세심하게 신경을 쓴 모양이야. 어느 학생에게 '물 온도는?' 하고 물었대. 그 학생의 귀엔 그 말이 '무릉도원'이라 들렸다 하대. 그래서 학생들은 이발하고 머리 감는 것을 '무릉도원 간다'고 말했지."

"그랬던가…."

서지연은 붉은 와인을 두어 모금 마시고 나서 말을 이었다.

"빙빙 돌리지 않고 말할게. 그때 나는 감동을 넘어 널 좋아하게 됐어. 평생 반려자로 삼으면 좋겠다는 마음까지 품었어."

"…."

복잡한 상념이 머릿속에서 얽혀 요동치는 바람에 말을 잇지 못하고 와인만 줄곧 마셨다.

"오늘 네가 갑자기 나타나자 구세주를 만난 기분이야."

"…."

"여러 분야로 사업을 확장하려는데 함께 일할 든든한 동지가 필요해. 그 동지를 구하려던 참이었거든. 네가 대안학교 교장을 맡아줘."

"내가? 아무것도 모르는데…."

"학생들을 사랑하고 선생님들을 존중하기만 하면 돼."

"지금 꿈을 꾸는 것 같네."

"거처가 마땅찮으면 학교 기숙사에 들어와 사감 역할을 함께 하면서 지내도 좋아."

"고마워. 고시와 결별하니 새로운 대지가 펼쳐지네."

"틈틈이 공부해서 공인중개사 자격증을 따면 좋겠어."

"공인중개사 시험의 절반은 법학 지식이니 조금만 공부하면 문제없지만…, 그런데 복덕방 할 것도 아닌데 어디다 쓰나…?”

“사업을 크게 펼치려면 입지가 중요해. 건물, 토지를 잘 구해야 하지. 공인중개사 지식을 가지면 투자 판단하는 데 도움이 될 거야.”

이렇게 해서 나는 신림동 고시원의 자질구레한 물건들을 거의 버리고 몸만 기숙사로 옮겼다. 나는 교장에 취임하고 서지연은 수물지식그룹 경영에 몰두했다. 나는 사법고시엔 숱하게 낙방했지만, 공인중개사 시험은 단번에 합격했다.

롤러코스터를 탄 듯한 격동적인 삶이 전개됐다. 서지연은 오프라인 학원 프랜차이즈 사업에 뛰어들었다. ‘수물학원’이란 간판을 단 학원들이 전국 대도시 곳곳에 세워졌다. 목 좋은 곳의 빌딩을 임차하거나 매입하는 업무와 강사 및 관리 인력 채용을 내가 총괄했다. 서지연은 교재 개발과 또 다른 신사업 구상에 몰두했다. 온라인 강좌 사업에 발을 디디기로 한 것이다. 그런 와중에 누가 먼저랄 것도 없이 거의 이구동성으로 제안했다.

“우리 결혼하자!”

결혼을 승낙받으러 부산에 가서 부모님을 뵈었다. 야학을 떠나던 날, 어머니가 실신하고 아버지가 서지연 앞에 무릎을 꿇은 소동 장면이 자꾸 뇌리에서 떠나지 않아 불안했다. 부모님은 이제 어떤 반응을 보일까.

"어서 오이라. 결혼한다꼬? 잘 살아야 한데이!"

아버지는 평범한 내용으로 말했다. 야학 때 상황은 입 밖으로 꺼내지 않았다. 결혼 후 우리 부부는 곧 딸아이를 낳았다. 시인이자 수필가인 장인어른이 아이 이름을 '강봄'이라 지었다. 부산 본가의 아버지는 "순 한글 이름이라카니 껄끄럽다"며 툴툴거렸다. 봄은 생명력이 분출하는 계절이니 아이 이름으로 붙이면 아이도 무한한 가능성을 지니리라. 봄이가 싹싹 자라면서 우리 사업도 쑥쑥 번창했다.

교과서 출판업은 규모가 더 커졌고 학원 사업은 오프라인, 온라인 시장으로 확장됐다. 게임업체에 벤처 주주로 참여했는데 새로 개발한 게임이 '대박'을 터뜨리면서 주가가 폭등했다. 그 주식을 처분하여 새로운 벤처업체를 창업했다. 이 업체가 또 대박을 터뜨렸다. 영화 제작에도 투자하여 재미를 봤다. 수익금은 독립영화 제작에 재투자했다. 스타트업 기업에 투자하는 금융회사도 설립했다. 이래저래 계열사가 15개로 늘어났다. 명목상으로 나는 이들 기업군을 총괄하는 회장이다. 하지만 최대 주주이며 최고 실권자는 서지연이다. 서지연은 문화재단, 장학재단, 학교재단의 이사장으로 활동한다. 서지연의 관심은 돈벌이에 30%쯤, 어떻게 보람 있게 돈을 쓰는지에 70%쯤 있는 듯하다.

7

　언젠가 여러 언론에서 크리스마스 무렵에 '서울역 노숙자들에게 나타난 천사… 선물 박스를 주는 그는 누구인가?'라는 기사를 다투어 보도했다. 박카스 10병을 담을 정도 크기의 골판지 박스 안에는 찰떡, 홍삼차, 반창고, 마데카솔, 정로환, 손톱깎이, 핸드크림, 볼펜, 수첩 등이 들어 있었다. 그 천사는 서지연이었다. 크리스마스이브에 우리 부부는 서울역을 찾아가 그들에게 "건강하세요!"란 인사말과 함께 선물 박스를 건넸다. 물론 우리의 신분은 감추었다. 연말에 구세군의 자선냄비에서 가끔 발견되는 두툼한 돈봉투도 서지연의 '작품'이었다.

　서지연이 세운 장학재단은 500여 명의 소년 소녀 가장의 은행 계좌에 매달 생활비를 보내준다. 이들을 불러 전달식이니 뭐니 하는 대외 홍보형 행사를 벌이지 않는다.

　서지연의 행적을 자세히 기술하려면 20권짜리 박경리의 대하소설《토지》분량만큼 되리라. 서지연은 대안 대학을 세워 새로운 시대를 이끌 인재를 키우려 한다. 캠퍼스는 여의도와 분당 두 군데로 정했다. 여의도에서는 금융 인재를, 분당에서는 AI 및 IT 인재를 양성할 참이다. 지하철에서 가까운 빌딩을 각각 매입했다.

　기존의 대학은 너무 비효율적이다. 방대한 캠퍼스의 정원,

운동장은 인간 정서를 순화하는 데는 도움을 주겠으나 헛된 공간일 수 있다. 지하철이나 버스에서 내려 강의실까지 가는 데 너무 멀다. 야간에는 강의가 없어 거대한 캠퍼스가 하루 가운데 불과 몇 시간만 사용된다. 대안 대학은 도심 빌딩가에 있어 직장인이 점심시간에 잠시 등교할 수 있고 퇴근 후 2~3개 강좌를 수강하기 편하다. 운동장 대신에 실내 체육관과 피트니스 센터가 있다. 24시간 개방 도서관, 스타인웨이 그랜드 피아노가 갖추어진 뮤직홀, 스타벅스 못잖게 안락한 커피숍 등이 있다. 기숙사를 갖추어 희망자에겐 숙식을 제공한다. 금융 전문 대안 대학의 교수진 대부분은 여의도 금융회사 임직원이어서 살아 있는 지식과 정보를 제공한다. AI 및 IT 대안 대학도 마찬가지다. 서지연은 대안 대학에 성인이 돼 고아원을 떠나 방황하는 청년들을 장학생으로 다수 입학시킬 작정이다.

또 경복궁 부근의 4층 빌딩을 사들여 인문학연구소를 설립했다. 문학, 철학, 사학 등 인문학 박사학위 소지자들이 대학 교수가 되기 어려워 '교포박'(교수가 되기를 포기한 박사)으로 방황한다는 소식을 듣고 이들의 둥지를 마련한 것이다. 이들을 연구원으로 채용하여 고정 급여를 주고 자유롭게 연구, 저술, 강연 활동을 하도록 했다. 프랑스의 꼴레주 드 프랑스Collège de France를 모델로 하여 학자가 대중을 상대로 펼치는 고급 교양강좌를 개설했다.

SM그룹의 발전사를 기술하다 보니 자연스레 마누라 자랑이 됐다. 초기엔 수물그룹이라 했으나 럭키금성이 LG, 선경이 SK로 바뀌듯이 우리도 SM으로 변경했다. 세상일이 웃기는 게 이렇게 영문으로 사명을 바꾼 것만으로도 SM 간판을 단 계열사 주가가 폭등했다.

나는 S대 경영대에 개설된 AMP(최고경영자 과정)에 등록해 경영학 전반에 대해 배웠다. 용인술을 가르치는 인적자원관리, 돈을 조달하고 운용하는 재무관리, 제조업에서 상품을 효율적으로 만드는 과정을 다루는 생산관리, 판매와 홍보 노하우를 가르치는 마케팅, 위기에 처한 기업을 어떻게 살리는지를 깨닫게 해주는 경영전략…. 기업을 이끌어가는 데 당장 유용한 지식을 학교에서 배우니 등록금이 아깝지 않았다. 또 AMP 동문들끼리의 인맥도 유용했다. 역대 동문 수첩을 훑어보니 재벌 그룹의 오너 및 2~3세 기업인, 굴지의 대기업 대표 및 주요 임원, 중견 그룹 총수 등 쟁쟁한 인사들이 수두룩했다. 6개월 과정이지만 수료생에겐 S대 동창회 회원 자격이 부여돼 총동창회 명부에도 이름이 올라간다. 동문들은 졸업 이후에도 골프대회 등으로 끊임없이 친교의 시간을 마련한다.

퇴근 후 AMP 수업을 들으러 학교에 갔을 때다. 그날엔 유독 길이 막히지 않아 1시간쯤 일찍 도착했기에 가을 정취를 느낄 겸해서 곳곳에 코스모스가 하늘거리는 캠퍼스를 혼자 산책했다. 법대 가까이 오자 몸이 저절로 움츠러들었다. 고시 불합격은 법학도에겐 영원한 콤플렉스 요인이기에 그러리라. 대학 졸업 후 법대 동창회 행사엔 얼굴을 내민 적이 없다. 중요 사건의 수사를 맡은 아무개 차장검사니, 대법관 후보에 오른 모모 판사니 하는 인사ㅅ±의 소식을 언론보도에서 보고 그들이 대학 동기라고 짐작할 뿐이었다.

"혹시… 강기수 회장 아니신가요?"

"예, 맞습니다만…."

"아! 반갑네. 이게 몇 년 만인가?"

"아! 권용준?"

법대 앞에서 만난 대학 동기생은 법대 학장이었다. 권용준은 인문계 수석 합격자였다. 당시 대부분의 신문에서는 사회면 상단에 인문계 수석 권용준, 자연계 수석 서지연을 소개하는 박스 기사를 나란히 배치했다.

권용준 학장과 호숫가 벤치에 앉아 환담했다. 그는 내가 서지연의 남편이란 사실 때문인지 내 신상을 훤히 꿰뚫고 있었다.

"학교에 언제 왔는가?"

"판사 생활 8년 차에 왔으니 벌써 학교에 온 지도 10년이 넘었네.”

“자네 같은 학구파는 법조계보다는 학계가 어울리지.”

“판사를 하면서 남의 운명을 좌지우지하는 판결의 무게가 너무 무거워 중압감을 느꼈다네. 그리고 판결이 불공정하다고 반발하는 패소자들의 원망 섞인 소리를 듣는 것도 부담스러웠고.”

“검사, 판사라 하면 출세한 사람이라고 여기는 인식이 고루하지만, 우리 윗세대 어른들은 아직도 그렇게 여기지. 막상 직업으로서의 법조인은 시퍼런 수의를 입고 수갑을 찬 피고인을 주야장천 봐야 하는 극한 직업인 아냐?”

“그런 점이 강하지. 자네는 대기업을 경영하니 우리 동기 가운데 가장 보람 있는 일을 하고 영향력이 큰 인물이야.”

“무슨 소리야? 나는 고시 불합격자라는 불명예 때문에 얼굴도 제대로 못 내미는데….”

“자네도 아까 언급했다시피 출세지상주의에 사로잡힌 우리 부모님 세대 때문에 고시에 집착했지. 자네를 비롯해서 우리 동기생 가운데 기업인, 금융인, 언론인 등 비고시생이 지금 사회적 지위가 더 높은 편이네.”

“그리 봐줘서 고맙네.”

“판사, 검사, 행정관료 하다가 정치판으로 들어간 친구들도 많잖아? 그들의 행로가 그리 아름답지 않더라구.”

"내가 졸업 이후 모교에 아무 기여도 못 해 미안하네."

"그럼 발전기금 좀 내주시게. 곧 법대를 폐지하고 로스쿨로 바꾸기에 시설투자를 많이 해야 하는데 예산이 모자라 모금에 열중이라네."

"친구가 학장이니 체면 세워줄 만큼 기부할게."

서울 K고 출신인 권용준은 수석 입학자답지 않게 소탈했고 깡촌 출신 학생들에게도 친절했다. 가정교사 자리를 구하지 못해 헤매는 촌놈 친구에게 자기가 제의 받은 부잣집을 소개해주었다. 헌법, 민법, 형법 등 주요 과목을 함께 들어 비교적 가깝게 지내던 사이였다. 수업이 일찍 끝나는 날엔 배낭 없이 학교 가방을 든 채 산책하듯 관악산에 오르기도 했다.

8

딸아이 강봄에 대해 이야기하려다 서두가 너무 길어졌다. 문창과에 간다고 폭탄 선언하기 전의 성장 과정을 잠시 소개하겠다.

봄은 만 2세가 될 때까지 '엄마 아빠'란 말도 하지 못할 정도로 말이 늦었다. 혹시 자폐증이 아닌가 걱정이 태산이었으나 어느 날 말문이 열리더니 종달새의 경쾌한 날갯짓처럼 말속도가 빨랐다. 시인인데다 박식한 외할아버지가 봄에게 온갖 전래동화며 그리스신화를 들려주었다. 그 덕분에 봄은 유치원생 때 제우스, 헤라, 포세이돈, 데메테르, 아테나 등 그리스 12신의 이름과 특징을 입으로 줄줄 읊을 수 있었다. 독일 그림Grimm 형제의 동화집도 외할아버지와 함께 읽어 내용을 속속들이 알았다. 봄은 한글을 쉽게 깨우쳐 동화책, 만화책을 읽는 재미에 푹 빠졌다. 구연口演동화에도 재미를 붙여 혼자 연기하며 이야기하면서 신바람이 났다. 어떤 때엔 판소리, 오페라처럼 멜로디를 붙여 동화를 노래로 불렀다.

봄은 초등학교에 들어가면서 글쓰기 재능을 보였다. 일기 쓰기 숙제를 싫어하는 여느 아이와 달리 일기장에 별별 이야기를 시시콜콜 쓰는 것을 즐겼다. 글쓰기 대회에서 받은 상장만도 수십 장이 쌓였다. 어린이신문에 게재된 동시, 산문을 모은 스크랩북이 따로 있었다. 이원복 저 교양만화《먼나라 이웃나라》수십 권을 여러 번 읽어 세계사에 대한 지식도 풍부했다.

《해리 포터》한글본 시리즈를 읽느라 자주 밤을 새웠다. 이어 영문판을 독파하더니 영어에 능통해졌다. 영어 글쓰기도 자연스레 이뤄져 영어 동화를 지어냈다.

봄이 초등학교 때 어린이신문 주최 동화 공모에 입상한 작품을 보니 내 눈에는 황당무계했다. 주인공 소녀 솔이가 어부 아버지의 배를 타고 혼자서 먼 바다로 떠났는데 풍랑을 만나 섬에 도착했다. 섬 주민들은 옛날 조선시대 옷을 입고 있었

다. 한국어를 쓰기는 한데 통하지 않는 말이 많았다. '율도국'
이라는 곳이었다. 홍길동이 세운 그 나라였다. 솔이는 그곳
서당에서 한문을 배우고 친구들과 재미있게 놀다가 다시 배
를 타고 집으로 돌아왔다. 이런 스토리였다.

봄이 물리학 전공인 엄마를 웃기겠다고 쓴 시를 읽고 온 가
족이 포복절도抱腹絶倒했다. 시에 등장하는 물리학도는 아마
농촌 봉사 활동을 간 대학생인 모양이다.

물리학

핵교에서 뭐 배우냐?
할머니 물음에 '물리학'이라 대답했더니
참 좋은 거 배운다고 반색하시네

촌동네 팔순 할머니가 물리학을 아시나?
궁금증도 잠시…

학상! 마침 잘되얐다
어깨 팔다리 삭신이 쑤시는디 주물러벼
핵교에서 배운 대로

할머니는 물리치료사인 줄 아시나 보다
안마 원리는 모르지만 정성껏 안마했지

좋은 핵교에서 지대로 배웠네
워매, 시원혀!

초등학생 때는 글쓰기 재능이 대견스러웠으나 중학교 이후엔 슬슬 걱정스러워졌다. 문학 공부에 전념한다며 수학 공부를 포기한 것이다. '수물의 여왕' 서지연의 딸이 '수포자'가 되다니…. 봄의 신념은 확고했다.

"수학은 더하기, 빼기, 곱하기, 나누기만 할 줄 알면 살아가는 데 아무 불편이 없어요. 두뇌 용량엔 한계가 있는데 뭣 때문에 쓸데없는 수학 지식으로 채워요?"

고등학생이 되자 학업 대신에 시, 소설 읽기에 몰두했다. 도스토옙스키, 카프카, 에드거 앨런 포, 랭보 등은 순탄한 삶을 살지 못한 문인이어서 그들의 문학에 심취하는 딸아이를 보면 불안했다. 도스토옙스키의 《지하생활자의 수기》나 다자이 오사무의 《인간 실격》 따위의 작품은 염세주의를 부추기는 위험한 글인데 고등학생 딸아이가 세계 명작이라고 읽고 있으니 애비로서는 좌시할 수 없어 가끔 제동을 걸었다.

자살한 일본 소설가 가와바타 야스나리, 미시마 유키오, 아쿠타가와 류노스케 소설들이 봄의 서가에 가득 꽂혀 있기에 섬뜩한 기분이 들어 그 책들을 몽땅 버리기도 했다. 이 때문에 봄이 울고불고하면서 난리를 쳤다.

봄의 문학 재능은 외가(외할아버지) 혈통에서 비롯됐을까? 아님 친가(나의 큰아버지)에서? 내가 어릴 때 아버지로부터 들은 '글쟁이는 빨갱이'란 편협한 문학관을 차마 봄에게 들려줄 수는 없다. 그러나 문학을 교양 또는 취미로 여기면 몰라도 내 딸아이가 창작에 뛰어드는 일을 방관할 수 없었다. 부나비가 불에 뛰어드는 꼴로 보였다.

봄의 책상 옆 벽에 붙은 문구를 보고 경악했다. 봄이 매직펜으로 A4 용지에 정성스럽게 쓴 글이었다.

'나'는 글을 씀으로써 존재했고 내가 존재한 것은 오직 글짓기를 위해서였다. '나'라는 말은 '글을 쓰는 나'를 의미하는 것이었다. 나는 기쁨을 알았다.

_장 폴 사르트르 《말Les Mots》

봄에게 문학은 신앙과 같은 존재인가 보다. 나도 사르트르의 회고록 《말》을 정독했다. 1964년 노벨문학상 수상을 거절한 기개가 어디에서 비롯됐을까 궁금하던 차에 이 책을 읽고 그의 삶을 알게 됐다. 유년 시절부터 글쓰기에 집착한 성장 과정은 봄과 비슷했다. 나는 사르트르에 대한 궁금증을 풀려고 베르나르-앙리 레비의 《사르트르의 세기》라는 두툼한 책을 보기도 했다. 영화감독, 방송인, 저널리스트로도 활동하는 괴짜 철학자인 저자는 이 책에서 사르트르 《말》의 핵심을 짚어냈다. 사르트르는 문학을 일종의 신경증상 또는 병증으로 보았는데 어릴 때부터 앓아오다 마침내 치유돼 자유인이 된 경위를 밝혔다는 것이다. 사르트르가 문학에서 벗어나 자유인이 됐다니!

나는 《사르트르의 세기》를 봄에게 읽어보라고 권유하면서 봄이 문학의 굴레에서 벗어나기를 기대했다. 그러나 봄의 반응은 뜻밖이었다.

"아빠! 베르나르-앙리 레비, 걔는 천방지축이에요. 철학, 문학, 정치, 문화 온갖 분야에 참견하면서 두루 아는 체하지만 '관종'일 뿐이에요."

"네가 어떻게 프랑스 철학자에 대해 그리 잘 알아?"

"걔, 나름 유명해요. 은근히 자기가 천재인 것처럼 자가발전하고 돌아다녔죠."

"너 나이가 몇 살인데 그분을 '개'라고 부르나?"

"아빠! 꼰대처럼 왜 나이를 따져요?"

"꼰대처럼이 아니고 나는 골수, 원조, 진짜 꼰대다!"

"아빠, 농담도 잘하시네!"

“농담 아니라 진담이다!”

“인상 쓰지 마세요. 얼굴이 둥글넙적, 너부데데한 아빠 나이 중년 남자가 그렇게 미간을 찌푸리면 더 코믹하게 보여요.”

“허허….”

이처럼 봄 앞에서 나는 아버지로서의 권위고 뭐고 세울 수가 없었다. 사르트르 얘기를 꺼냈다가 프랑스 파리에 여행 가자는 봄의 낚시에 걸리고 말았다.

“사르트르와 부인 시몬느 드 보부아르는 정식 결혼이 아니고 계약 결혼 관계잖아요. 그들이 자주 드나들었다는 파리 시내 ‘되 마고’라는 카페가 요즘도 영업 중이래요. 여름방학 때 그 카페에 가요. 가족 모두가 안 간다면 저 혼자라도 갈래요.”

“고2 여학생이 어찌 혼자 파리에 가겠다는 거냐? 위험해서 안 돼. 엄마하고 셋이서 같이 가자.”

9

봄은 학교 성적에는 별 관심이 없었다. 부모가 ‘학원 재벌’인데도 학원에 다니지 않았다. 석차를 따지자면 학급에서 중하 수준이리라. 공부 머리는 엄마를 전혀 닮지 않은 듯했다. 두뇌가 나쁘다기보다 세속적인 공부에 연연하지 않는 도인 같았다. 서지연도 딸의 성적에 무관심한 것은 마찬가지였다.

"저렇게 방치해서 되겠소?"

"책 읽고 글 쓰는 데 집중하는 아이한테 뭐라고 간섭하겠어요? 어디 빗나가는 것도 아닌데….'

들고 보니 맞는 말이다. 봄은 노벨문학상 수상 작가의 작품을 원전으로 읽겠다며 영어, 불어, 독일어를 꽤 높은 수준으로 연마했다. 교보문고에서 주최한 노벨문학상 수상자 르 클레지오의 강연회에 가서 불어로 질문했다. 헤르만 헤세의《수레바퀴 아래서》독일어 판본을 공책에 필사하기도 했다. 시간적으로는 고대에서 현대까지, 공간적으로는 우주에까지 사유思惟의 날개를 펼치는 고등학생에게 성적이 어떻고 어느 대학에 진학할지를 따지는 자체가 저차원 행위가 되는 셈이다.

이러구러 봄은 문예창작과에 진학했다. 이런저런 백일장 입상 경력이 화려해 별 어려움 없이 수시 전형으로 합격했다. 대학 생활에 만족하는 듯했다. 문명을 떨치는 현역 시인, 소설가, 평론가, 희곡작가가 교수진이었으니 그들의 아우라를 느끼는 것만으로도 흡족해했다. '소설창작 기초'란 과목에서 봄은 과제로 낸 콩트 〈봄은 봄이로다〉가 극찬을 받았다며 방과 후 귀가하자마자 환호했다.

"니 이름이 봄인데 제목이 그러니 좀 이상하지 않나?"

"뭐가 이상해? 내 이름을 갖고 문학적 상상력을 좀 펼쳤지. 독자들은 아마 제목을 보고 봄 춘春을 연상하겠지? 내용은 달라요. 봄이라는 소녀의 내면세계를 드러내는 코믹 스토리야."

"니가 작품 주인공이냐?"

"그런 셈이죠."

"하나 당부하는데, 앞으로 우리 집안 이야기를 소재로 쓰지는 말아라. 어떤 소설가는 숙모가 외간 남자와 눈이 맞아 도망간 집안 치부를 소설로 써서 난리가 났다 하더라. 제삿날에 문중 어른들한테 혼꾸녕이 났는데 그 광경을 또 소설로 썼다는구만. 그래서 집안에서 후레자식 소리를 들으며 파문당했다 하대."

"우리 집안에 부끄러운 역사가 있어?"

"아니, 그 반대지. 니 외할아버지만 해도 인간 승리 주인공 아냐? 신문사 사환으로 일하며 야간 고등학교, 야간 대학을 나와 유수한 신문사의 문화부장, 논설위원을 지냈고 민주화 투사 시인으로 활동하셨으니…."

"엄마도 그렇잖아요."

"그래, 니 엄마 스토리도 대하소설 깜이지. 외할아버지나 엄마는 언론 노출을 달가워하지 않아. 근데 니가 소설로 쓴다 하면 얼마나 난처하겠어?"

"…."

봄의 문창과 동기생 가운데 '이가을'이라는 학생이 있었다. 그 학생의 외할아버지가 이름을 지어주었다 한다. 그 외할아버지도 시인이란다. '강봄'과 '이가을'은 짝궁이 돼 "제대로 글을 쓰려면 체험을 많이 해야 한다"는 명분을 내세워 방학 때마다 해외 여러 곳을 여행했다. 2학년 때는 프랑스, 이탈리아, 스페인, 포르투갈 등 남부 유럽에 갔고 3학년 때는 독일, 네덜란드, 폴란드, 체코, 스웨덴, 노르웨이 등 북부 유럽을 돌았다. 4학년 때는 명상과 요가를 배운다며 인도에 가서 6개월이나 체류하는 바람에 한 학기를 휴학했다.

법대생에게 사법고시가 일생일대의 도전 과제이듯이 문창과 학생에겐 신춘문예가 그랬다. 봄은 대학 3학년 때부터 여러 신문의 신춘문예에 응모했다. 동기생 아무개가 C일보의 시 부문에 당선돼 시인으로 데뷔했다며 부러워했다. 대학 졸업 후 이가을이 인도 체험을 바탕으로 쓴 〈카르마〉란 제목의 소설로 D일보에 당선됐다. 나도 1월 1일 자 그 신문에 실린 작품과 당선 소감을 읽고 봄에게 한마디 던졌다.

"한국 여성 둘이 갠지스강물에 몸을 담가 명상을 통해 전생의 자아와 대화하고 업業의 사슬에서 벗어난다는 줄거린데… 강봄, 이가을, 둘의 체험담이군!"

"…"

봄의 심경을 알 만했다. 절친한 친구의 화려한 데뷔를 축하하면서도 질투는 피할 수 없는 인간 본성…. 청년 시절에 친구의 고시 합격에서 나도 숱하게 겪은 상황이다. 봄이 전투력을 불태우면서 내년 신춘문예를 준비한다며 머리를 싸매자 애비의 '고시 낭인'에 이어 딸자식이 '신춘문예 낭인'이 되지 않을까, 하는 불길한 예감이 들었다.

봄은 '히키코모리'가 돼 칩거하며 독서, 창작에 매달렸다. 인생에서 가장 화려한 20대를 이렇게 보냈다. 그 패턴은 30대에 접어들어서도 변함이 없었다. 산더미처럼 쌓인 책 속에 머리를 처박고 읽고 쓰는 일상의 연속이었다. 그 나이엔 멋진 패션을 탐하는 게 정상일 텐데 집에서 늘 오래 입어 무릎이 툭 튀어나온 '추리닝' 차림이고 어쩌다 집 밖에 나가면 후드를 뒤집어썼다. 화장도 하지 않고 미용실에도 가지 않는다.

그나마 가출하지 않고 가족과 밥을 함께 먹으니 다행이었다. 완전히 자폐적인 상태는 아니었다. 불가사의한 점은 서지연이 '어미'인데도 그런 딸에 대해 관대하다는 사실이다.

"큰 작가가 되려면 인고忍苦의 과정이 필요하잖아요."

"그래도 너무 심하잖소? 애비처럼 낭인이 될까 봐 애간장이 녹고 있소."

"지금 당신은 고시 합격생 친구보다 더 멋있는 삶을 살아가잖아요? 신춘문예에 당선되지 않더라도 봄이는 그럴 거예요."

"당신은 근거 없는 낙관주의자구만!"

고시는 열심히 공부하면 합격한다는 가능성이 보이지만

신춘문예라는 것은 작품의 질도 중요하지만 심사위원 취향에 따라 당락이 결정되므로 영영 당선되지 못할 수도 있다. 이 무모한 게임에 뛰어든 딸아이를 애비로서 두고 보기만 해도 되나?

봄의 일상을 내가 일일이 다 알 수는 없다. 짐작으로는 문학잡지, 국내외 소설 신간을 읽는 데 적잖은 시간을 보내는 모양이다. 봄의 방에 들어가면 그런 책이 산더미처럼 쌓여 있다. 신춘문예 응모작 단편을 매년 대여섯 편 새로 쓴다. 그러니 미발표 단편이 수십 편이 된다. 단편 당선 후 본격적인 활동에 대비해 중편도 여러 편, 장편소설도 세 편이나 완성했단다. 영문으로 쓴 장편《Two Mountains》와《The Last King》도 있다.《Two Mountains》는 백두산, 한라산을 뜻하는데 탈북자 여성과 남한 청년의 러브스토리다.《The Last King》은 조선 마지막 왕 순종(1874~1926)의 기구한 삶을 그렸다.

유수한 문학잡지도 신인상을 공모하는데 봄은 여전히 신문의 신춘문예에 집착했다. 문학잡지는 발행 부수가 기껏해야 몇천 부인데 신문은 몇십만 부, 메이저 신문은 1백만 부가 넘어서 그 영향력 차이가 엄청나다는 이유에서다.

봄의 취미는 클래식 음악 감상. 오디오 또는 클래식 라디오 FM 채널로 온갖 교향곡을 듣는다. 또 클래식 기타도 즐겨 뜯는다. 서지연이 후원하는 기타리스트 H씨에게서 2년간 레

슨을 받기도 했다. 봄은 집에 외할아버지가 오면 기타를 치며 독일 가곡을 부른다. 독문학을 전공한 장인은 세월이 흘러도 독일어 원서를 손에서 놓지 않고 슈베르트의 〈겨울 나그네〉 24곡과 〈아름다운 물방앗간 아가씨〉 20곡 모두를 독일어 가사로 외워 부를 줄 안다. 봄의 버킷리스트 항목 가운데 기타 반주로 진행하는 외할아버지의 〈겨울 나그네〉 독창 공연이 포함돼 있다. 피아노 반주도 어려운데 기타로 슈베르트 가곡을 반주하려면 고난도 테크닉이 필요하다.

봄은 20대까지는 운동을 거의 하지 않았으나 일본 소설가 무라카미 하루키가 "달리기를 하면 상상력이 키워진다"고 말했다고 하니, 이를 믿고 우리 집에서 가까운 강변도로를 달리는 취미를 갖게 됐다. 나름 균형 잡힌 일상을 영위하는 청춘이었다.

이렇게 세월이 흘러 봄의 나이가 30대 중반에 접어들었다. 여전히 신춘문예에 매달리고 있으니 점점 미래가 불투명한 삶을 사는 것 같았다. 내가 고시를 포기한 나이다. 나는 눈을 부릅뜨고 신신당부했다. 연말이 다가와 각 신문에서 신춘문예 모집 사고社告를 낼 무렵이다.

"봄아! 올해가 마지막이다. 안 되면 딴 길로 가라. 문학은 네 적성에 안 맞는 길 아닌가?"

"…"

봄이 희미하게 고개를 끄덕이는 듯했다. 애비의 말을 수긍했을까. 봄의 복잡한 심정을 모르는 건 아니다. 최종심까지 올라간 작품이 지금까지 얼마나 많았던가. 아슬아슬한 낙선을 여러 번 겪었으니 칠전팔기, 기사회생을 도모하려는 절치부심, 와신상담 절박감이 왜 들지 않겠나.

10

봄은 가을에 접어들면서 결연히 '전투 태세'에 돌입했다. 자기 방에 틀어박혀 컴퓨터 자판을 하릴없이 두드렸다. 초겨울에 들어서자 여러 신문에서 신춘문예 공모 사고를 냈다. 봄은 지금까지 완성한 단편 35편을 다시 찬찬히 읽고 그 가운데 3편을 골라 고쳐 썼고 새로 2편을 완성했다. 과거와는 달리 나에게 이런 진전 상황을 자세히 알려줄 정도로 우호적인 태도를 보였다. C일보, D일보, H일보, K신문, S신문 등 5개 신문의 소설 부문에 응모한단다.

마지막 원고를 내게 파일로 보냈고 종이 출력본으로도 주었다. '고슴도치도 제 새끼 털은 함함하다'는 속담처럼 문학 문외한인 내 눈으로 보기에도 봄의 작품은 훌륭했다. 문장이 매끄럽고 흥미진진하며 시대 상황과 관련한 문제의식이 돋보였다.

작품 성격과 심사위원 취향이 맞는지 따져 응모할 신문을 고른다 한다. 물론 심사위원이 누군지 알 수는 없다. 다만 유명한 심사위원은 여러 해 같은 신문에 잇달아 위촉되므로 그분이 또 맡는다는 전제에 따른다 한다.

C일보에 보낸 〈나타샤의 편지〉는 러시아-우크라이나 전쟁과 관련한 스토리다. 한국의 신문사 특파원이 전장에 취재 갔다가 러시아군 포로를 만나는데 그 병사는 고려인 후손이었다. 포탄 파편을 맞아 병상에 누운 병사와 특파원은 며칠 새 친해지고, 병사는 "증조부의 고향이 경북 경산인데 조상 고향을 꼭 가보고 싶다"고 말한다. 병사는 파상풍이 심해 결국, 나타샤라는 애인이 보낸 편지를 가슴에 품고 눈을 감는다. 러시아어 편지를 우크라이나 당국자에게 번역해 달라고 부탁했더니, 나타샤의 꿈이 병사와 함께 한국에 가서 사는 것이라는 내용이다.

D일보에 응모한 〈부의금 소동 사건〉은 어느 유명 인사의 모친이 별세하면서 생긴 가족 갈등을 소재로 했다. 3형제 2자매 가운데 3남이 재벌 그룹 계열사 실세 사장이어서 조문객이 가장 많았다. 부의금의 약 90%는 3남의 조문객이 낸 돈이었다. 비서실 직원이 현금 계수기를 갖고 와서 돈을 셀 만큼 거액이 모였다. 장례가 끝난 후 형제, 자매, 조카끼리 부의금 배분을 놓고 대판 싸움이 벌어졌다. 이 스토리는 거의 팩트다. 내가 그 3남과 S대 AMP 과정 동기생인데다 사업적으로 거래관계도 있어 적잖은 부의금을 내놓았고 그 집안 조카가 우리 회사 과장

이어서 상세한 후일담을 들었다. 언젠가 가족 식사 자리에서 내가 봄에게 이야기했는데 그걸 소설로 잘 풀어냈다.

H일보 응모작 〈달나라 올림픽〉은 달에서 열리는 하계 올림픽대회를 소재로 한 SF 소설이다. 야구 홈런과 골프 티샷이 몇 킬로미터를 가느니, 농구 경기에서 선수들이 무중력 상태에서 날아다니며 골을 넣는다느니 하는 황당무계한 내용이다. 요즘 젊은 독자들은 이런 난센스 스토리를 좋아한단다.

K신문의 등용문을 두드린 단편 〈락원지가 어덥네까?〉는 탈북자들이 남한 표준어와 달리 말하는 바람에 겪는 고초를 코믹하게 그렸다. 락원지는 놀이터, 유원지를 뜻한다. 주인공인 50대 여성은 탈북한 지 10년이 넘었지만 서울 말을 배우지 못해 도우미 일을 하러 가면 북한 사투리 때문에 웃음거리가 된다. 스트레스가 갈수록 쌓여 말을 삼가다 보니 실어증 초기 증세를 겪는다. 어느 날 유튜브에서 경상도 출신자가 짙은 사투리로 만담을 하는 모습을 보고 배꼽을 잡고 웃는다. 여기서 착안하여 평안도 사투리로 진행하는 유튜브를 개설해 북한의 생활상을 전해주는 활동을 하게 된다.

S신문에는 40대 워킹맘 대학교수의 일상을 담은 〈코흘리개 대학생〉 원고를 보냈다. 주인공은 대학원 공부를 마치고 결혼하느라 30대 후반에 아기를 낳았다. 다행히 명문대에 조교수로 임용됐는데 아이를 돌봐줄 사람이 없어 곤욕을 치른

다. 대기업 임원인 남편은 회사 일로 법 위반 악역을 맡아 교도소에 갔다. 양가 어른들도 육아에 도움을 줄 건강 상태가 아니다. 베이비 시터가 무단결근하던 날 어쩔 수 없이 네 살짜리 코흘리개를 학교에 데려와 강의 중에 맨 뒷자리에 앉혀둔다. 걱정과는 달리 아이는 수업 내내 울지 않았다. 그 후 여러 번 이런 일이 반복되고 캠퍼스에 이 사실이 알려지면서 대학신문에 보도된다. 일파만파 SNS로 옮겨 퍼지면서 논란이 된다. 아동 인권 침해라 비방하는 축이 있는 반면, 워킹맘의 현실을 이해하는 옹호파도 적잖다.

봄의 소설을 읽으며 세월을 허송하지만은 않았다고 깨달았다. 상상력의 범위가 달까지 뻗었으니 갈무리하느라 얼마나 고초가 컸겠는가. 이번엔 5개 원고 가운데 하나는 당선되지 않을까, 하는 은근한 기대감이 나에게도 솟았다. 봄은 오탈자를 없앤다며 송곳 시선으로 원고를 살폈고 AI에게 오류를 찾아내라고 시키기도 했다.

당선자에겐 크리스마스 이전에 신문사에서 연락이 온다고 한다. 신문사 문화부는 당선 소감을 받고 시, 소설, 희곡, 평론 등 여러 부문 당선자들을 한데 모아 신년호에 실을 사진도 찍어야 하므로 무척 바쁘단다. 봄 못지않게 나도 당선 소식을 애타게 기다렸다. 봄의 작품과 사진이 실릴 신년호를 머릿속으로 그려보며 애를 태웠다.

기업체에서는 연말엔 새해 경영계획을 마무리하고 사장단 인사를 실시하므로 가장 바쁠 때다. 봄의 신춘문예 당락을 상상하느라 회사 일이 뒷전에 밀리고 말았다.

'좋은 소식 왔나?'

'아직요.'

카톡 문자를 이렇게 매일 수시로 주고받았다. 드디어 크리스마스가 지나도록 무소식이다.

"어케 된 거야?"

"…"

봄의 얼굴이 창백해졌다. 내 얼굴은 벌겋게 달아올랐으리라. 이번에도 모조리 낙선한 모양이다. 나는 한편으로는 다행이다 싶었다. 봄이 악마의 굴레에서 벗어날 계기가 됐기 때문이다. 그러나 또 도전한다고 고집을 부리면 어떻게 하나?

작년, 재작년 신춘문예 당선작 소설집을 들춰보니 내 눈엔 이해하기 어려운 작품들이 수두룩했다. 스토리 대부분은 불행을 바탕으로 했다. 해피 엔딩은 하나도 없었다. 문학이란 인간의 불행을 먹고 자라는 '악의 꽃'인가? 작중인물은 한결같이 '루저'들이었다. 읽고 나면 카타르시스를 느끼기는커녕 작중인물에 빙의되면서 우울감에 빠질 따름이었다.

진눈깨비가 휘날리는 오후에 사무실에서 나와 가슴에 타오르는 화火를 식힐 겸해서 무작정 청계천변을 걸었다. 광화

문 사거리로 나와 교보문고에 가서 《AI와 경영》,《달러의 본
질》 등 경제 서적을 샀다. 오랜만에 덕수궁에 들어가 산책을
하려고 걸어가는데 돌담길 앞에서 활짝 웃는 젊은이 대여섯
명이 전문 사진가로 보이는 장년 남자 앞에서 포즈를 취하고
있었다. 손가락으로 하트 표시를 하기도 하고 "파이팅!"을 외
치며 주먹을 쥐기도 했다. 옆에 서서 이들의 대화를 들어 보
니 신춘문예 당선자들이었다. 사진기자의 요청에 따라 그들
은 두 팔을 활짝 펴고 하늘로 껑충 뛰어오르는 포즈를 취했
다. 저기에 봄이 서 있다면!

11

갑자기 다리가 후들거리면서 경복궁 부근에 있는 사무실
까지 걸어오느라 곤욕을 치렀다. 사무실에서 소파에 몸을 묻
고 상념에 잠겼다. 그러다가 세상을 놀라게 하는 어떤 아이디
어가 뇌리를 스쳤다. 급히 신문사 사회부장 출신인 홍보 담당
권 부사장을 불렀다.

"C일보, D일보, H일보, K신문, S신문, 이 5개 신문 신년호
빽면 광고 지면, 얼른 잡으시오."

"전자, 반도체, 자동차, 금융 회사들이 이미 다 예약했을 겁
니다만…."

"따블로 준다 하시오."

"…"

"아니면 따따블!"

"예? 따블, 따따블이면 광고료 총액이 엄청날 건데요."

"액수에 대해서는 권 부사장이 걱정하지 않아도 되오. 회삿
돈이 아니라 내 개인 돈으로 집행할 터이니…."

"무슨 광고인데요?"

"일단 신문사에 알아보고 지면을 확보한 이후에 얘기해 주
겠소. 신문사에 타진할 때는 SM그룹 광고가 아니라 광고주의
사적私的 광고라고 하시오. 일종의 '의견 광고' 같은 것이오."

"예! 알겠습니다."

잠시 후 권 부사장이 H일보, K신문은 뻑면을, C일보, D일보,
S신문은 가운데 주요 지면을 확보했다고 보고했다.

"외부에서 재주꾼 편집 디자이너를 찾아보시오."

"저희 홍보실에도 유능한 디자이너가 많은데요."

"내 개인적인 일이기에 직원에게 시킬 수 없소. 또 신문 편
집 전문가여야 하오. 과거 신문사 근무할 때 편집자 가운데
똘똘한 분, 계실 것 아니겠소?"

"아, 예. 마침 편집의 귀재라는 후배가 프리랜서로 활동합
니다."

"또 삽화를 그릴 화가 몇 분을 섭외하시오. 그림값은 얼마
를 주어도 좋으니 H 화백 같은 최정상급 화가로…."

“회장님! 이제 광고가 어떤 건지 말씀해주십시오.”

나는 뜨거운 생강차에 꿀을 한 스푼 타서 천천히 마시며 말문을 열었다.

“권 부사장은 신문사 계실 때 문화부에도 근무해봤소?”

“주니어 기자 때 2년가량… 연극을 주로 담당했습니다.”

“문학은?”

“저희 때는 문학은 고참이 맡았습니다. 문학의 전성시대라 문학 기자들의 위세도 대단했지요. 문학 담당 선배 뒤를 졸졸 따라다니면서 저도 황석영, 이문열, 최인호, 박완서 선생 같은 대가들과 밥도 먹고 술도 마시고 했지요. 요즘 문학은 주니어 기자 몫이라 합니다만….”

“권 부사장 전공이 국문학인데 그럼 청년 때 문인 지망생이었소?”

“그렇습니다. 몇 번 신춘문예에 도전했지만 실패했습니다.”

“신문기자로 글 쓰는 일을 했으니 꿈이 절반 정도는 이루어진 것 아니겠소?”

“남들은 그렇게 보지만 시인, 소설가의 창작 영역은 완전히 별세계입니다. 문학적 감수성과 끈질긴 집필력이 필요하지요. 여러 기자들에게 문인 등단은 영원한 로망이지요.”

“신춘문예가 어떻게 운영되는지 잘 아시겠네?”

"연말이면 응모작이 우편으로 쇄도해 산더미처럼 쌓입니다. 문화부 막내인 저는 원고를 라면 박스에 넣어 관리하는 업무를 맡았답니다. 문학 담당 선배 차장의 '시다바리' 노릇을 했지요. 당선자에게 당선 사실을 알리는 전화를 거는 일도 제가 했습니다."

"…."

나는 잠시 뜸을 들인 후 서랍에서 꺼낸 봄의 응모작 5편의 종이 출력본과 원고 파일이 담긴 USB를 권 부사장에게 건네주었다.

"소설 원고… 신문 광고면에 실어주시오. 멋진 삽화도 곁들여…."

"강봄… 회장님 따님입니까?"

"그렇소."

"신춘문예 응모작입니까?"

"낙선작이오."

"낙선작을 신년호 광고면에 싣는다니… 기상천외한 일이군요."

"심사위원들의 눈 밖으로 벗어났지만 독자에게 직접 평가받으려는 시도요."

"여러 가지 엄청난 후폭풍이 예상됩니다만…."

"각오하고 있소."

"따님에겐 이야기하셨습니까?"

"하지 않았소. 신년호 신문을 보여주면서 얘기하려고….'

"예, 준비하겠습니다."

사흘 후 권 부사장은 봄의 소설이 실린 가편집 지면을 갖고 왔다. 모두 깔끔한 삽화를 잘 배치하여 디자인 측면에서 아름다웠다.

"수고 많았소."

"따님 작품이라 해서 제가 아부하는 게 아니라 찬찬히 읽어보니 대단한 소설이더군요. 심사위원의 관점을 존중해야겠지만 제가 심사한다면 당연히 당선작으로 뽑겠습니다."

"그래요? 권 부사장처럼 문인 지망생이 그렇게 평가하니 내 판단이 그리 틀리지 않는 것 같아 다행이오."

"1863년 프랑스에서 파리 살롱전 낙선작을 모아 전시한 작품이 훗날 불멸의 명작으로 평가받지 않습니까? 마네의 〈풀밭 위의 점심〉이 대표작이지요. 세잔도 단골 낙선자였지만 훗날 거장으로 부상했지요."

"허허! 해몽도 좋군. 신문사에서 이 광고 원고에 브레이크를 걸지 않을까요?"

"요즘 의견 광고엔 별별 게 다 실립니다. 재림 예수라도 되는 양 폼을 잡는 사이비 교주도 교리인지 선동인지 알 수 없는 글을 광고로 싣는 세상입니다. 명작 단편소설을 신문 광고

면에 실으면 신문사에서 반대할 이유가 없지요. 독자에 대한
서비스 아니겠습니까? 광고사史에도 길이 남을 기발한 사안
입니다."

12

1월 1일 원단元旦 새벽. 배달된 신년호 신문들이 문 앞에 수
북이 쌓였다. 우리 집에서는 오래전부터 종합일간지, 경제신
문, 스포츠신문 등 12종을 구독한다. 아무리 온라인 시대라
지만 신문은 여전히 종이신문으로 읽어야 제맛을 알 수 있다.
종이신문을 요즘은 '레거시 미디어'라 칭하며 한물간 매체로
여기는 축도 있는 모양이다. 하지만 나는 종이의 물성을 좋아
하는 데다 대판 종이신문을 쫙 펼치면 눈에 들어오는 제목을
훑는 맛을 음미하기에 신문 구독을 포기할 수 없다.

C일보, D일보, H일보, K신문, S신문을 빼 들었다. 신문을 펼
치니 봄의 소설이 실려 있다. 신춘문예 당선작도 보였다. D일
보, S신문의 심사평을 보니 봄의 작품이 최종심까지 올랐다.

D일보의 심사평은 다음과 같았다.

심사위원들은 마지막으로 〈출구 없는 대합실〉과 〈부의금 소
동 사건〉을 놓고 장시간 토론을 벌였다. 〈부의금 소동 사건〉
은 장례식장 분위기를 사실적으로 잘 묘사한 데다 부의금 배

분을 놓고 벌인 형제자매간 갈등을 부각시킨 점이 돋보였으나 너무 거액이어서 비현실적이라는 문제점을 드러냈다. MZ 세대의 현실적 고초를 핍진하게 묘사한 〈출구 없는 대합실〉을 당선작으로 뽑았다.

S신문의 심사평도 옮겨보겠다.

최종심에 오른 〈코흘리개 대학생〉은 워킹맘의 고통을 다루는 무거운 주제인데도 해학적인 제목을 달아 눈길을 끌었다. 플롯 구성, 캐릭터 설정에서도 우수했다.

아내와 딸아이가 깨어나기 전에 얼른 실제 당선작을 대충 훑어봤다. 올해에도 주인공은 치매 노인, 트랜스젠더, 성소수자, 취업 준비생 등 마이너리티였다. 이들과 작중인물들이 풍기는 인상을 영어 단어로 표현하면 eccentric, bizarre, weird, grotesque 등이다.

봄은 소설 광고에 대해 어떤 반응을 보일까. 아내도 이 사실을 전혀 모른다. 동이 희붐히 틀 무렵 아내와 딸을 깨웠다.

"새해 첫날이야! 일찍 일어나 가족 티타임 가집시다!"

아내와 딸이 거실 테이블 의자에 앉자 신문 5종을 펼쳤다. 봄의 시선이 K신문 맨 뒷면에 머물더니 눈동자가 화등잔만큼 커졌다.

“이게… 뭐예요?”

“….”

아내도 놀란 눈망울로 나를 바라보며 묻는다.

“당신이 했어요?”

“….”

봄은 다른 신문의 광고 지면에도 자신의 소설이 실렸음을 확인하곤 벌떡 일어나 외친다.

“아빠가 나를 죽였어요!”

“죽이다니? 네 명예를 살려주려고 그랬는데….”

“남들 눈에는 ‘돈지랄’로 보일 거 아니에요?”

“독자에게 좋은 소설을 선사한다고 생각하면 될 거 아냐?”

“정식 등단하지도 않은 아마추어의 습작일 뿐이에요. 명예는커녕 돈 쓰고 개망신당하는 꼴이에요.”

“넌 제대로 평가받지 못하는 게 억울하지도 않아?”

“아무리 그래도 이건 아니죠. 남들은 신춘문예에 당선되려고 환장한 미친년으로 볼 거 아녜요?”

“작가에게 작품은 자식과 마찬가지 존재라며? 새끼를 낳았으면 출생신고를 해야 할 거 아냐? 그래서 내가 이렇게라도 출생신고를 했다, 뭐가 잘못됐나?”

“그렇게 하면 아이는 사생아일 뿐이에요.”

"허허… 고약한 발상이네. 문학은 마약과 같아. 너는 중독자 아냐? 이젠 제발 그만두자, 응?"

"…."

봄은 자기 방에 들어가더니 잠시 후 캐리어를 끌고 나와 외출하려 했다. 어디 갈 것인지 물으니 조용한 곳에 가서 며칠 쉬고 오겠단다. 머리칼을 치렁치렁 늘어뜨리고 추리닝 위에 외투를 아무렇게나 걸친 채 나가는 봄의 뒷모습을 지켜보니 섬뜩한 느낌마저 들었다. 그도 그럴 것이 요즘 봄이 탐독하는 책은 버지니아 울프 작품. 울프는 신경쇠약이 심해 코트 주머니에 돌을 가득 넣고 우즈강에 걸어 들어가 스스로 목숨을 끊었다지 않는가.

이해하기 어려운 점은 아내 서지연의 태도였다. 여느 엄마 같으면 딸의 뒷덜미를 잡으며 가지 못하도록 말릴 텐데 팔짱을 끼고 있었다.

"봄이가 나가서 뭐 할지 걱정이 안 되오?"

"걱정한다고 문제가 해결되겠어요? 나이가 서른다섯인데 자기가 알아서 하겠지요."

"어디서 먹고 자나? 돈은?"

"인도에 가서도 지낸 아인데 한국에서 어딘들 못 가겠어요? 신용카드 가졌는데 뭐가 걱정이에요?"

오전 10시쯤부터 친지, 지인들에게서 카톡이며 전화가 오기 시작한다.

"봄이 소설, 신문에서 잘 봤다! 축하한다!"

신춘문예 당선작으로 오인하는 분이 적잖다. 고교 동문, AMP 과정의 단톡방에는 총무가 착각을 했는지 공지 사항으로 오보를 올렸다.

'강기수 동문의 따님 강봄 작가, 신춘문예 당선! 축하합니다!'

그 아래에 수많은 축하 댓글이 달렸다. 너무 민망해서 내가 수정문을 올렸다.

'동문 제현께 혼란을 드려 사과드립니다. 제 여식 강봄의 작품이 신문에 실린 것은 당선작이 아니라 광고입니다.'

내 수정문에도 아랑곳없이 축하 댓글이 자꾸 이어졌다. 부산에 계신 아버지에게서도 전화가 왔다.

"이런 희한한 일이 어데 있노? 우리 집안에서 문학은 안 된다꼬 엄명한 거 기억 안 나나? 봄이가 부탁하더나?"

"아입니더. 제가 혼자서 추진한 일입니더."

"그기 애비로서 할 짓이가?"

장인어른도 전화를 걸어왔다.

"강 서방! 자네가 한국 문학계를 조롱했구만!"

"그런 의도는 없었습니다. '강봄 문학'의 진면목을 독자에게 알리는 방법이 이것밖에 없어서 그랬습니다. 당선되지 않으면 영영 빛을 못 볼까 염려돼서….”

“봄이는 대단한 문재文才를 가진 아이야. 좀 늦게 등단하더라도 대기만성大器晩成할 터인데 왜 그리 갈급한가? 어떻게 수습할 텐가?”

“봄이가 이번 기회에 절필하도록 종용하겠습니다. 그러잖아도 이번이 마지막이라고 경고했답니다.”

“붓을 꺾으라 하는 것은 호랑이한테 고기 대신에 풀을 먹고 살라고 강요하는 것 아닌가?”

“….”

저녁 무렵엔 SNS를 통해 ‘소설 광고’ 소식이 퍼지기 시작했다. ‘초유의 사건’이니 ‘기존 문단에 어커펏!’ 같은 제목이 붙었다. 봄의 우려대로 ‘신성한 문학에 웬 돈지랄?’이란 제목도 등장했다. 어떤 댓글에서는 ‘처음엔 의아했는데 읽어보니 재미있고 감동적이네요. 앞으로도 종종 실어주세요. 강봄 파이팅!’이라고 격려했다.

이튿날인 1월 2일 아침, 계열사 사장들이 모인 가운데 시무식 겸 티타임을 가질 때였다. L사장이 실눈이 돼 웃으면서 말문을 열었다.

“회장님! 축하드립니다. 따님이 여러 신문 신춘문예에 당선됐더군요!”

“아! 오해하시는 분이 많은데… 광고 지면에 실었을 뿐입니다. 제 사비로 처리했으니 그룹과 무관한 일이기도 하고…."

사장단 회의에 배석하는 홍보 담당 권 부사장이 말을 이었다.

"신문사에서 연락이 오기를 독자 반응이 좋은 편이라 합니다. 일반 기사와 달리 광고는 포털 사이트에 뜨지 않지 않습니까? SNS에서 화제가 되자 네티즌들이 강봄 소설을 포털에 띄워달라고 요청한다 합니다. 또 방금 회의에 들어오기 직전에 어느 출판사로부터 강봄 소설 5편을 묶어 출판하겠다고 제의하는 전화가 왔습니다."

화제는 일파만파 이어졌다. 어느 잡지사는 강봄 인터뷰를, 제법 유명한 팟캐스트 방송은 출연을 요청했다. 지상파 방송의 '미디어 비평' 프로그램에서 어느 언론학자는 신문의 최근 의견 광고를 평하면서 '강봄 소설 광고'에 대해 언급했다. 다행히 비판하지 않고 새로운 현상이어서 주목된다고 말했다.

13

봄은 잠적했다. 어디서 무얼 하는지 모르겠으나 화제의 중심인물이 되는 부담감에서 벗어나려면 세상과 단절하는 게 나을 듯도 했다. 내가 저지른 엉뚱한 짓 때문에 이런 사태가 빚어졌으니 나도 하루하루를 견디기가 어렵다. 가장 걱정스런 점은 봄이 버지니아 울프에 너무 빠져 있다는 사실이다. 서가에 꽂힌 버지니아 울프 원문 작품집을 펼쳐보니 곳곳에 밑줄이 그어져 있고 독후감 코멘트가 적혀 있었다. 강물에 몸을 던진 울프….

일이 손에 잡히지 않았다. 바짝 탄 입술에 침을 묻혀가며 아내에게 말을 걸었다.

"봄이에게 뭐 연락이라도 받았소?"

"아무 연락 없었어요. 너무 걱정 마세요. 어디 한적한 곳에 가서 쉬고 있겠지요."

"당신, 참 천하태평이오."

"안달복달해도 아무 소용없으니 평정심을 가지는 척이라도 해야죠. 나도 속이 타는 것은 마찬가지예요."

"언제 돌아올까?"

"봄이 마음이죠."

"유학을 보낼까? MBA 과정을 마치고 우리 그룹에 데려와 경영 수업을 시키면 좋겠는데…."

"봄이는 경영에는 아무런 관심이 없어요. 영어, 불어, 독어를 잘하니 비교문학을 전공해서 학자가 되는 게 좋겠네요."

"학자라…."

음력 설날 연휴를 맞아 임직원들은 선물 꾸러미를 들고 함박웃음을 지으며 퇴근한다. 봄이 때문에 머리가 천근만근 무겁고 눈도 침침하다. 봄이에게 전화를 걸어도 문자를 날려도 무응답이다. 지친 몸으로 귀가했다.

문을 열고 거실로 들어서는데 봄이 아내와 함께 서 있는 게 아닌가.

"아빠! 저 왔어요!"

"아이고, 우리 딸!"

나는 봄을 덥석 안았다. 눈물이 핑 돌았다. 봄, 아내, 나, 이렇게 셋이 한참 껴안고 웅얼거리며 재회의 감격을 나누었다. 진정하고 봄을 보니 외모가 많이 달라졌다. 콘택트렌즈를 꼈는지 두꺼운 뿔테 안경을 벗었고 머리칼도 짧게 단정하게 다듬었다. 추리닝 대신에 상의는 핑크빛 터틀넥, 하의는 보라색 레깅스. 패션에서는 완전히 환골탈태, 상전벽해였다. 떠돌이 생활을 하며 꾀죄죄한 노숙자 스타일로 전락했을 거라는 예상은 기우였다.

"웬일이냐? 네가 멋을 다 부리고?"

"아빠, 무슨 말씀을 그렇게 하세요? 저도 마음만 먹으면 한 스타일 한다니까요. 호호호!"

목소리 톤이 높아졌고 발음도 또렷해졌다. 손을 흔드는 제스처도 커졌다.

"어디 가서 뭘 했나?"

"지난 한 달 동안 나름 파란만장한 일을 겪었죠. 일단 한숨 돌리고 나서 말씀드릴게요."

아내가 얼른 끓인 떡국을 먹으며 오랜만에 오붓한 시간을 가졌다. 식후 차로 커피 대신에 '안동식혜'를 마셨다. 안동이 고향인 권 부사장에게서 받은 선물이었다.

"앗! 맛이 왜 이리 이상해!"

봄은 식혜를 마시더니 혀를 탈탈 털며 얼굴을 찡그렸다. 식혜라면 달콤한 음료로 알았으나 안동식혜는 시큼, 매콤했다. 고춧가루와 무, 잣이 들어 있었다. 인터넷으로 검색해보니 그런 재료를 넣어 발효시켜 만든단다. 잠시 간고등어, 안동국시, 헛제삿밥, 찜닭 등 안동 음식이 화제에 올랐다. 한바탕 웃고 나서 봄이 허리를 곧추세우고 말을 이었다.

"창원에 사는 대학 동기생이 겨울방학을 맞아 튀르키예, 이집트에 한 달 동안 여행 가면서 자기 아파트에 머물라 했어요. 덕분에 항구도시에서 바다의 정취를 느끼는 호사를 누렸죠."

"그 친구는 창원에서 뭣 하나?"

"고등학교에서 국어와 문학을 가르치는 기간제 교사예요. 그 친구도 여전히 신춘문예에 도전하고 있어요. 해마다 둘이서 만나 낙선파티를 벌인답니다. 호호호!"

"유유상종類類相從이네."

"그 친구는 올해 지역신문 신춘문예 시 부문에서 당선됐어
요. 그래서 낙선파티가 아니라 당선파티가 됐죠. 친구는 내년
에 다시 중앙지 신춘문예에 응모하겠다네요. 제가 말렸어요.
말리다 보니 아빠 심정을 조금 이해하겠더라구요."

"이제 네가 평정심을 찾은 것 같아서 다행이다. '딸바보' 아
빠가 저지른 돈키호테 짓거리를 사과할게. 네 마음에 평생 트
라우마로 남겠지? 그걸 미리 헤아리지 못했으니 내가 눈이
먼 거야. 딸 사랑 때문에 판단력이 흐려진 탓이지."

"저도 처음엔 너무도 당혹스럽고 창피해서 죽고 싶었어요.
강봄이라는 이름으로는 문학 활동은 물론 일상생활도 힘들
것 같아 개명 절차를 알아보기도 했다니까요."

"…."

봄은 벌떡 일어서서 와인셀러에서 프랑스산 '모에 에 샹
동' 샴페인 병을 꺼내 들고 왔다. 아내가 의아하다는 듯 봄에
게 물었다.

"귀가 축하 샴페인이냐?"

"그렇기도 하고… 더 큰 축하 꺼리가 있어요!"

"축하 꺼리라니? 신랑감 찾았어?"

"아뇨. 일단 한 잔 마시고 나서 말씀드릴게요."

나는 정성스레 샴페인 코르크 마개를 돌려 땄다. 퐁! 경쾌

한 소리와 함께 마개가 천장으로 치솟고 샴페인 거품이 흘러
나왔다. 쨍! 잔끼리 부딪치는 맑은 음향을 듣고 시원스레 들
이켰다. 안동식혜의 시큼한 맛이 일거에 사라졌다.

"저, 내주 화요일에 뉴욕 가요."

"뜬금없이 웬 뉴욕이야?"

"칩거한 지난 한 달 동안 제가 써놓은 영문 소설을 미국 여
러 출판사에 보냈어요. 낙선 이유를 곰곰 따져보니 한국 문단
이 선호하는 스타일에 제 작품이 어울리지 않아요. 한국 소설
은 대체로 초반에 복선을 많이 깔아 본격적인 스토리는 한참
지나서 전개되지요. 특히 신춘문예 소설은 장중莊重, 비장悲壯,
엄숙하죠. 반면에 영미권 소설은 시작하자마자 스토리라인이
드러나요. 경쾌해요. 초반부터 독자들을 강렬하게 흡인하지
요. 또 저는 신춘문예용 단편보다 유장한 서사의 장편 쓰기가
더 수월해요. 스프린터보다 마라토너 스타일이죠."

봄은 샴페인을 더 따라 마신다. 나도, 아내도 더 마셨다.

"그런 차이가 있구나. 신춘문예 당선작을 읽어봤는데 처음
엔 무슨 이야긴지 감이 잡히지 않아 웬만한 인내심이 없고는
끝까지 읽기 힘들겠더라. 한마디로 말해 너무 재미가 없어.
이런 작품이 당선되니 작가 지망생들이 또 이렇게 쓰는 것 아
니겠나? 물론 다 읽고 나니 전체 윤곽을 이해하면서 감동이
밀려오는 작품이 있더군. 그리고 당선 소감에 감사 표시를 하

는 지인들을 여럿 소개하는데 미스 코리아로 뽑힌 여성이 미용실 원장을 들먹이는 것 같더라. 그럼 네 영문 소설은 미국 스타일이야?"

"저도 잘 모르겠습니다만 그런 기대감을 갖고 미국으로 보냈죠. 지난 몇 년 동안 폴 오스터, 필립 로스, 레이먼드 카버 같은 현존 미국 작가 작품을 탐독했답니다. 알게 모르게 그 거장들에게서 영향을 받았겠죠."

"답신을 받았나?"

"그래요! 그것도 명문 Truth & Literature 출판사에서요. 엊그제 편집자에게서 이메일이 왔어요. 1차 실무자, 2차 편집장 검토에서 모두 통과됐으니 가능하면 뉴욕에서 대면對面 논의하고 계약을 체결하자네요!"

하! 이런 반전이 있나! 한국 문인들이 부커상을 받았다는 뉴스를 볼 때는 뭐가 뭔지 잘 몰랐다. 그러나 한강 작가가 부커상에 이어 노벨문학상을 받았을 때는 환호하지 않을 수 없었다. 애비의 어설픈 상상력이 작동됐다. 봄이도 국제적인 작가로 부상해서 부커상, 노벨문학상을 받을 수 있지 않을까, 하는 공상이 뭉게구름처럼 피어올랐다.

"개명 안 하길 잘했다."

"왜요?"

"한강, 강봄… 외자 이름 소설가끼리 행운의 인연이 이어지지 않을까?"

"아유, 아빠! 민망하게 뭐 그런 상상을 하세요?"

"소설이라는 게 상상력의 산물 아니야? 소설가 애비가 멋대로 상상 좀 하면 안 되나?"

"아빠도 소설가 기질이 있나 봐요. 호호호!"

아내가 한마디 보탰다.

"아빠가 그 말이 진짜인 줄 알고 소설 쓰겠다고 나설까 봐 무섭다."

"아빠! 진짜로 써보세요."

봄은 기타를 들고 거실로 나왔다. 그동안 부모 속을 썩인 데 대해 사죄하는 의미에서 노래를 부르겠단다. 슈베르트 작곡 〈Frühlingsglaube〉(봄의 찬가). 청아한 기타 소리와 매끄러운 목소리가 어우러져 울려 퍼진다. 봄에게 봄이 오나 보다.

"Die linden Lüfte sind erwacht, Sie säuseln und weben Tag und Nacht…"(부드러운 저 봄바람이, 잠을 깨어 밤낮 불어오네…)

14

K형!

이 글을 처음 쓸 때는 '소설 광고' 소동으로 내가 '멘붕'을 겪을 시점이었소. 이렇게 해피엔딩으로 끝나니 우리 집안 이야기가 아무래도 문학성 높은 고급 소설은 못 되는 듯하오. 애초에 사제 앞에 발가벗고 고해성사하듯 내 치부도 밝히겠다고 다짐했으나 결과적으로 내 자랑만 늘어놓은 셈이네요. 글을 쓰면서 마음속의 형극荊棘이 녹아내리고 영혼이 정화淨化되는 듯한 묘한 체험을 했소. 글쓰기는 내면세계의 심연을 여행하는 최상의 방편이 아닌가 하오.

'산티 파라마 수캄'

산스크리트어 불교 경전에 나오는 말로 '평온은 최고의 행복'이라는 뜻이라면서요?

과거 신문에는 심인尋人 광고라는 게 자주 실렸잖소? 사람을 찾는 광고지요. K형을 찾는 심인 광고를 신문에 대문짝만하게 크게 내볼까, 하는 엉뚱한 상상을 하오.

형을 환속시킨 여성이 누군지 너무도 궁금하오. 어디에 계시든 강건하길 바라오.

2025년 11월 3일 일본 오사카 뉴오타니호텔 객실에 배달된 미국 〈뉴욕타임스〉를 펼쳐 보다 한국인 한의원 원장이 낸 전면광고를 발견했다. 자신의 활동을 글과 사진으로 소개하는 내용이었다. 광고 지면을 활용한 기발한 아이디어에 놀랐다. 이런 접근이 아니면 어떻게 세계 최고 권위지에 얼굴을 내밀 수 있겠는가.

소설 〈신춘문예〉의 모티브를 이렇게 얻었다. 나는 작중인물 강기수, 강봄처럼 고시 공부를 하거나 신춘문예에 응모한 적이 없다. 하지만 그런 사례는 익히 들었다.

지금은 사법고시가 폐지돼 '고시 낭인'은 사라졌다. 그러나 로스쿨 졸업 이후 변호사 시험에 5회만 응시한다는 제한이 있기에 5회 모두 불합격한 '오탈자' 문제가 심각하다. '신춘문예 낭인'은 셀 수 없이 많으리라.

나는 2025년 한 해 동안 종합문예지 〈Cultura〉에 '작가가 만난 작가'라는 소설가 인터뷰 연재 10회를 맡았다. 인터뷰 대상자는 왕성한 창작 활동을 펼치며 필명을 떨치는 이경란, 한지수, 윤순례, 권지예, 황주리, 백수린, 김희선, 심윤경, 윤고은, 기준영 소설가였다. 달마다 인터뷰이 작가의 작품을 다 읽고 준비하느라 고생하긴 했지만 다양한 소설을 섭렵하는 좋은 기회였다. 나에게 큰 공부가 됐다. 소설 〈신춘문예〉를 집필하면서 다른 소설가의 명작에서 얻은 자양분이 큰 도움이 됐다. 지면을 제공한 〈Cultura〉 발행인 손정순 시인께 감사드린다.

10명의 인터뷰이 소설가들의 공통된 특징! 어릴 때부터 이야기 꾸미기를 좋아했다는 점이었다.

그러고 보니 나도 딱히 문학소년 시절은 없었으나 초중고 학생 때 친구들에게 이야기 들려주기를 좋아했던 기억이 난다. 선생님이 결근하는 날, 교단에 나가 황당무계한 만담을 펼쳐 박수를 받곤 했다.

도리이 아야네鳥居彩音의《내가 신이 되는 세상》이라는 창작 가이드북의 제목처럼 작가는 스토리로 세상을 만든다. '종교 경전도 문학의 산물'이라는 주장에 따르면 작가의 상상력에서 절대자, 기적, 지옥, 천당이 창작됐다. 산타클로스 할아버지가 착한 어린이에게 선물을 준다거나 피노키오가 거짓말

을 하면 코가 길어진다는 이야기를 아이들은 곧이곧대로 믿
는다. 허구虛構가 때로는 실재實在를 지배하기도 한다.

문학의 힘을 새삼 실감한다. 어려운 상황에서 창작에 몰두
하는 소설가 동지들께 머리 숙여 경의를 표한다. 열심히 읽어
주고 응원할 터이니 힘내시라!

큰글 클럽

김 다 은

*

김다은

1995년 국민일보 제3회 국민문학상으로 등단했다. 작품으로는 장편소설 《당신을 닮은 나라》, 《이상한 연애편지》, 《훈민정음의 비밀》, 《금지된 정원》, 《손의 왕관》, 《소통 말통》, 《바르샤바의 열한 번째 의자》, 《덕중의 정원》, 소설 창작집 《쥐식인 블루스》, 《위험한 상상》, 《죽음의 방향을 바꾸는》, 문화 칼럼집 《발칙한 신조어와 문화현상》, 서간집 《작가들의 연애편지》, 《작가들의 우정편지》, 문학 이론서 《영감의 글쓰기》 등이 있다. 프랑스 파리8대학에서 불문학 박사학위를 받았고, 현재 추계예술대학교 문예창작과 교수로 재직하고 있다. daeundaeunda@naver. com

그러니까, 큰글 클럽에서 작가를 초청한 거지.

프랑스 작가 베르나르 베르베르가 흑판에 '홍해'라고 먼저 쓰더라. 세계적인 작가를 눈앞에서 보게 된 팬들은 흥분해서 그의 몸짓이나 표정을 스캔하듯 따라갔지. 그의 화두인 '홍해'에 대해 무엇이든 길어 올리려고 머릿속 우물 속을 저마다 들여다보는 표정이었어. 생각을 해봐. 서로 이름도 모르는 사람들이 한자리에 모여서 본 적도 없는 바다를 떠올리며 눈을 반짝이는 모습을!

베르나르 베르베르는 '홍해' 옆에 빈 괄호를 널찍하게 그렸지. 묘한 표정으로 괄호 안에 붉을 홍紅 자와 바다 해海 자를 적어 넣었지. 방청석에서 웃음이 흘러나오자, 작가는 예상한 듯 말했어. 한자 하나 정도는 쓸 줄 압니다. 방청객들이 대놓고 웃더군. 서양인이 한자 하나를 쓰는 행위가 그렇게 신기한 일이니? 베르나르 베르베르는 한술 더 떴지. 나는 영어도 쓸 줄 압니다. 그러곤 '홍해' 앞쪽에 Red Sea라고 적었어. 사람들은 아무런 생각 없이 유쾌하게 웃었는데, 그러다가 허를 찔리는 질문을 받았지.

홍해의 색깔은 무슨 색일까요?

왜 나를 꼬나보니? 내가 너에게 던진 질문이 아니라, 베르나르 베르베르가 문학 클럽에 온 방청객들에게 던진 질문인데. 네 생각에는 홍해가 무슨 색인 것 같니? 흐흐, 너도 얼른 대답하지 못하는구나. 방청객들도 마찬가지였지. 너무 쉬운 질문에는 함정이 있기 마련이니까. 하지만 이런 생각 자체가 함정일 수도 있지.

붉은색요.

한쪽 구석에서 여자의 목소리가 툭 튀어나왔어. 방청객들이 또 웃더라. 작가는 왜 웃느냐고 반문하며 덧붙였어. 대답이 맞다면 너무 복잡하게 생각하며 사는 자신을 향한 비웃음이 될 것이고, 대답이 틀렸다면 저분을 향한 비웃음이 되지요. 웃음 속에 자신이나 타인을 향한 비난이 무심코 들어갈 수 있다는 것을 그때 처음 알았어. 작가는 여자를 콕 집어 다시 물었어.

흑해의 바다 색깔은 무엇일까요? 검은색일까요?

여자는 뚝심 있게 대답하더라. 네, 라고. 작가의 앞선 언급 때문이었는지 몇 개의 웃음 조각만이 살짝 지나갔어. 바닷속에 산호초가 많거나 검은 광석이 있으면 그렇게 보일 것이라고 담담하게 대답했지. 앞줄의 한 남자가 손을 들더니, 우리는 언어를 직감적으로 사용하니까 당연한 대답 같다고 여자를 약간 변호했어. 가까스로 작가는 외운 듯한 한국어로 대답했어.

홍해도 흑해도 푸른 바다입니다.

너는 지금 농락당한 심정이겠지만, 방청객들도 유사하게 느꼈겠지. 자가도 청중의 심정을 예리하게 꿰뚫어 보고 이렇게 말했지. 너무 실망하지 마세요. 오늘 제가 하고 싶은 이야기는 바다의 색깔이 아닙니다. 홍해는 다 알다시피 모세의 기적이 일어나서 이스라엘 민족이 물 사이를 가로질러 건너갔던 곳입니다. 저는 해양학자도 지질학자도 아니고, 하나님을 믿는 크리스천도 아닙니다. 어떻게 홍해가 갈라져 사람들이 바닷물 사이를 가로질러 지나갔는지 단지 글을 쓰는 작가로서 말하고 싶습니다. 이는 우리의 현실이 어떻게 갈라져 소설의 길이 만들어지는지 보기 위해서이기도 합니다. 모세가 지팡이를 들었다면, 작가는 손에 펜을 높이 들고 언어의 바다를 건너가야 하니까요.

*

인천 연안부두로 오라고 할 때부터 뭔가 수상했다. 하준의 갑작스런 여행 제안이 처음은 아니지만, 자동차 여행인 것처럼 말해놓고 배를 타게 한 것이 오묘했다.

"나를 섬에 팔아먹으려고?"

나의 무심한 농담에 하준은 심히 즐거워했다.

"자동차에 태워서 네 발이 배에 닿지 않게 섬까지 편안하게 모셔가려고 했지. 그래서 선착장에 일찍 도착했는데, 이미 30분 전에 배의 주차 공간이 다 차버렸대. 인천 연안부두 공용주차장에 차를 세워둘 수밖에 없었어. 자동차를 선적하면 왕복 십오만 원 정도던데, 주차비는 1박에 만 원이더라고. 차라리 잘됐다 싶었지."

"이렇게 큰 국내 여객선을 타는 것은 처음이야."

"나는 골프 여행 때문에 주로 필드를 다니지만, 너는 바다를 많이 돌아다니는 줄 알았더니 그렇지도 않구나.”

“어머니 때문에….”

그때 여객선이 출발을 알리는 기적을 뽐내듯 길게 뿜어댔다.

“섬에 팔아도 몇 푼 못 받을 것 같은데 어쨌든 가보자.”

스르르 뱀이 움직이듯 배가 미끄러졌다. 항상 자신만만해서 하준은 편한 친구인지 모른다. 다른 선박들 사이를 뒷걸음치듯 빠져나온 배는 인천항의 넓은 바다 앞쪽으로 서서히 속도를 높여 나갔다. 일찌감치 자리를 잡은 사람들 사이를 지나며, 우리는 적당한 좌석을 물색했다. 지하 주차장은 차가 없으니 가능하지 않았고, 1층은 길게 묶인 좌석으로 꼼짝없이 앉아 있어야 하는 구조였고, 2층은 이백여 명이 둘러앉았거나 이미 바닥에 누운 한국식 좌식문화가 타이태닉호의 변형된 풍경처럼 펼쳐져 있었다. 캐리어나 짐들이 굴러가지 않게 잔뜩 포개지고 기대진 구석에 하준은 자신의 캐리어를 끼워 넣었다. 캐리어 산더미 부근에서 자꾸 서성대는 하준을 재촉해서 단출한 20여 좌석들이 숨은 3층 앞줄에 자리 잡았다.

“그래서 이 여행이 베르나르 베르베르의 강연과 연관이 있다는 거야?”

“뭐, 굳이 그런 것은 아니지만, 베르나르 베르베르의 강연을 듣고 나서 나에게도 저런 면이 있었지, 라는 생각이 들더

라. 나에게 붙박이 하던 무엇이 빠져나간 느낌이더라고. 빠져나간 것이 뭔지 알아보려고. 베르나르 베르베르의 푸른 눈이나 그의 문학성은 내가 가져본 적이 없으니 아닌 것 같고….”

“잊어버린 거야, 잃어버린 거야?”

“떠나간 연인은 잃어버리면 영원히 못 찾을 수도 있으니, 차라리 잊어버린 것이 낫나?”

“눈앞에 두고도 되찾을 수 없는 사람도 있다.”

“음… 어떤? 어머님 건강이 점점 안 좋아지시는 모양이구나. 어떠시니? 지난번 너를 보고, ‘누구세요?’라고 물었다고 했지.”

나는 배의 앞쪽만을 바라보며 침묵했다.

“네가 그 말을 전했을 때 왜 내 심장에 뼈가 뻗어나는 뻐근한 통증을 느꼈는지 몰라.”

여객선 창밖의 넘실대는 바닷물에 눈길을 응시하며, 어머니는 나를 잊어버렸고 나는 어머니를 잃었다는 생각이 들었다. 하준이 두 단어를 혼동해서 사용한다고 생각했는데, 동시에 사용 가능하다고 느껴졌다.

“어머니가 ‘누구세요?’라고 묻고 다음에 뭐라고 했는지 알아? ‘우리 민우 어디 갔어요?’”

“넌 아들도 아니고 민우도 아니구나. 아니, 아들 이름은 기억하고 계시니 언어가 실물보다 강하네. 나도 못 알아보시겠지. 알아보지 못해도, 다음에 한 번은 찾아봬야겠다."

속으로 나는 말했다. '말이라도 고맙다 하준아.' 하준은 입을 다문 나를 위로하듯 명랑한 어조로 중얼거렸다.

"저기 갈매기들인가? 바닷새들이 여객선을 따라온다 했더니, 저 뒤쪽 봐. 사람들이 새우깡 봉지를 들고 하늘을 향해 막 던져주잖아. 새들도 항상 생선만 먹으면 질리겠지. 가끔 외식도 필요하긴 할 거야."

순번이라도 정한 듯이 시간이 지나도 새우깡 봉지를 비우려는 사람들이 끊이질 않았고, 하준은 자기 머리를 비우듯 생각나는 대로 '생각깡'을 나에게 던졌다.

"고등학교 시절에 문학동아리에서 우리 약속했었지. 꼭 같이 작가가 되자고! 너는 그 약속을 지킬 수 있을 것 같니? 나는 노력만큼 결과가 나오지 않으니, 갑자기 신물이 나는 거야. 문제는 고칠수록 글이 나아진다는 확신이 없으니, 여러 번 고치고도 처음 것이 더 좋아 보이기도 하고. 나는 무엇에 사로잡혀서 작가가 되지도 못하고 작가가 못 되지도 못하나 싶기도 해. 글이 나를 버리기 전에 내가 먼저 글을 버려서 앙갚음하고 싶다. 이 여행이 문학과의 마지막 이별 여행이었으면 싶어."

"나는 이별할 만큼 문학과 사귀지도 못해서…."

육지에서 카페에 마주 앉아 이런 대화를 했으면 난감할 뻔했다. 나는 드물게 찾아오는 하준의 우울증을 감지했다. 이번에는 내 쪽에서 아무 '생각깡' 하나를 던졌다.

"섬에 가는 이유가 누굴 만나기 위한 것 아냐?"

"음, 누굴 만나러 간다기보다, 가다 보면 만나지게 될 거라고 봐. 이미 이 배에 같이 탔을 거야. 우리가 알아보지 못할 뿐이지. 내가 아는 단서는 노란 캐리어를 끌고 온다는 거야."

하준은 덥석 '생각깡'을 물었다. 캐리어 집합체를 샅샅이 눈으로 훑던 이유가 나름 여자를 물색하기 위한 기준이었나 싶었다.

"덕적도에 내리면 노란 캐리어를 든 여자가 나타날 거야."

하준은 소설을 쓰기 시작했다.

"소이도에 간다고 하지 않았어? 덕적도에 내려서 다시 배를 갈아타야 하는 거야?"

"소이도에 가려고 덕적도에 내리는 거야. 몇 년 전에 두 섬 사이에 다리가 놓여서 걸어서 건널 수도 있고 차로 갈 수도 있다니까."

"노란 캐리어의 주인이 누구야?"

"나도 얼굴은 모르지. 아까 보니 여객선에 탄 여자들이 한결같이 출렁이고 또 한결같이 선글라스를 써서 알아보기 힘들었어. 굳이 먼저 찾아서 신경 쓸 필요 없이 덕적도 선착장에서 만나면 좋잖아."

"캐리어 여자가 왜 우리 여행에 끼어든 거야?"

나는 가상의 여인임을 알면서도 모르는 척 장단을 맞췄다.

"나와 캐리어 여자 여행에 네가 합류한 거야."

바다 물결이 어른 요람처럼 몸을 불규칙하게 흔들어줘서인지 조금씩 졸음이 왔다. 아침 일찍 일어나서 나오느라 서둘렀고 간만에 사람들 속에서 호흡하는 자체가 버거워서 노곤했다. 하준은 듬성듬성 '생각깡'을 던지는 것을 멈추지 않았다. 이야기는 점점 안드로메다로 갔다.

"그리스 로마 신화에 나오는 안드로메다 공주는 미모가 끝내줬나 봐. 왕비 카시오페이아가 자기 딸이 세상에서 가장 이쁘다고 자백하는 바람에 바다의 요정이 화가 났지. 바다 요정이 포세이돈에게 이를 고자질하며 호소하니, 바다의 신 포세이돈도 '감히 육지 것들이' 하면서 그 나라를 물로 쓸어버리고 백성들도 죽이겠다고 으름장을 놓았던 모양이야. 에티오피아 왕이 어떻게 하면 좋겠느냐 신탁에 물으니, 그 예쁜 딸이 문제의 근원이니 바다 괴물에게 제물로 바치라는 것이었어. 공주는 아름답게 태어난 죄로 바위에 쇠사슬로 묶여 바다 괴물을 기다리는 비운을 맞게 된 거지. 맞아. 영화로도 나왔지. 긴 금발을 흩날리며 굵은 쇠사슬에 묶인 채 꼼짝없이 죽음의 순간만을 기다리는 장면이 압권이었지. 바다 괴물의 이름이 뭐였지? 흉악한 괴물이 안드로메다 공주를 잡아먹으려

고 나타나는 순간에, 짠하고 누군가가 공주를 구하러 온 거
야."

"페르세우스?"

무거운 눈꺼풀을 들어 올리며 간신히 한마디를 대꾸했다.

"큰글 클럽에서 그리스 로마 신화를 스터디한 적이 있는데,
너는 회원도 아닌데 아네. 페르세우스는 메두사를 무찌르고
돌아가던 중이었는데, 바위에 묶여 제물이 되려는 아름다운
공주를 외면할 수 없었지. 결론은, 괴물이 죽으면서 피를 워
낙 많이 흘려 홍해라고 불렀다는 거야."

하준은 신화 속 여자와 자기 상상력이 만들어 낸 노란 캐
리어 여자를 연결하면서 즐거워했다. 하지만 얼마 지나지 않
아 그의 입과 눈이 동시에 스르르 닫혔다. 아예 작게 코를 골
았다. 서해안의 작은 섬들이 조용히 지나가는 것을 나는 혼자
감상했다. 오늘 아침에는 웬일로 어머니가 멀쩡했기 때문에
오랜만에 일상을 빠져나올 수 있었다. 내가 없는 동안 어머니
는 나를 알아보실 것이다.

사람들이 앞서 주섬주섬 짐을 챙기기 시작하자, 이어서 덕
적도에 도착한다는 방송이 나왔다. 하품을 길게 하며 깬 하
준은 짐을 찾아 나갈 테니, 먼저 나가서 노란 캐리어를 끌고
나가는 여자를 붙잡고 있으라고 했다. 나는 없는 여자를 붙
잡는 역할을 담당한 희극배우처럼 고개를 끄덕였다. 이런 열

정과 상상력을 가진 인간이 문학을 포기한다는 것이 가능할까 싶었다. 이번 여행에서 심기일전하여 잊어버린 혹은 잃어버린 시심詩心을 다시 찾아 돌아갔으면 싶었다. 가상의 여자가 아니라면 짜릿하게 단둘이 떠났지, 나를 끼워 넣을 이유가 없었다.

"아, 저기 노란 캐리어가 나와 있네."

길쭉하고 마른 여자가 여객선 출구 옆 경찰 앞으로 가서 신분증을 내보이고 있었다. 하준은 서둘러 그쪽으로 달려갔고, 나도 뒤따라갔다. 하준과 나는 급하게 주민등록증을 꺼내 내보였다. 내가 그녀를 잡아두고 있으면, 하준은 픽업하러 나온 펜션 차를 찾겠다고 했다. 노란 캐리어를 끄는 여자가 실제 나타난 것이 신기했지만, 나는 붙잡을 자신이 없어서 고개를 가로저었다. 하준은 노란 여자와 부두 저편을 번갈아 보았다. 나는 노란 캐리어와 합류하고 난 다음에 함께 펜션 차를 찾자고 말했다. 사람들 속으로 사라지려는 여자의 등 뒤로 하준이 소리쳤다.

"노란 캐리어 씨!"

하준이 무례하게 그렇게 불러 세웠다. 여자가 고개를 돌려 하준을 알아보는 눈치였다. 상상의 여자도 무작정 선별한 여자도 아니었던 모양이다. 그녀가 자신을 '노란 캐리어'라고 소개했기 때문에 예의상 그렇게 부르는 것이라고, 좌석을 인터넷으로 예매할 때도 여자가 직접 했기에 이름을 모른다고, 하준은 걸으면서 속삭였다. 서로 이름을 모르는 관계라면 서로 연락은 해도 초면인 셈이다. 굳이 어떤 관계인지 서둘러 묻지 않았다. 하준은 나를 친구라고 소개했다. 우리는 부두 끝의 차 쪽으로 걸어갔다.

"안녕하세요? 순수 펜션 사장님이시죠?"

하준의 인사에, 건장한 남자는 약간 무뚝뚝하게 대답했다.

"오지 않으시는 줄 알았습니다. 천천히 걸어 나오셨나 봅니다."

여자는 운전석 옆 좌석에, 우리는 뒤쪽에 함께 탔다. 운전석이 넘치도록 몸이 탄탄한 펜션 사장이 여자에게 말했다.

"벨트를 매세요. 차가 알림음으로 재촉하잖아요."

성급한 남자에게 하준은 눈치 빠르게 말했다.

"육지 손님들이 빨리 찾을 수 있도록 녹색 지프차를 선택하셨나 봐요. 무소처럼 크네요."

남자는 일부러 못 들은 척하는 것인지 대답이 없었다. 차는 좁은 해안 길을 따라 구불구불 내려갔고, 맑은 바닷물 위로 빛이 흩어지는 광경이 장관이었다. 우리가 묻지 않았는데도 남자는 자신의 신상을 말했다.

"나는 서울 사람이요. 군대 시절에는 운전병이었소. 대대장을 모시고 다녔지요. 이곳은 그분의 고향이기도 하고 해서 같이 내려오게 되었소."

하준이 대응했다.

"아, 그래서, …선뜻 선택하기 어려운 색깔의 차 같았거든요. 마치 군용차 같잖아요. 운전 솜씨가 좋아서 이런 길도 편하게 느껴지네요."

남자의 큼직한 어깨가 뒤에서 봐도 만족감을 드러냈다. 남자가 여자에게 무례하게 굴까 봐 하준은 계속 말을 시켰다. 반면에 여자는 자신의 두 배보다 건장한 남자를 무서워하지 않았고 도리어 말을 걸었다.

"녹색 지프차가 달리고 있는 이 다리의 풍경을 전지적 시점에서 보니 아주 멋져요. 그 풍경 안에 있는 저도 기분이 좋아 보이네요. 다리도 기네요. 덕적도와 소이도를 잇는 다리가 생겨서 관광객이 많이 찾아오겠어요."

하준에게는 무뚝뚝하고 어깃장 놓는 투였는데, 여자가 말하자 남자의 어투가 가라앉았다.

"다리가 생기고 도리어 손님이 반으로 줄었어요. 내가 이곳에 처음 정착할 때만 해도 소이도를 찾아드는 손님이 쏠쏠했는데, 다리가 놓이니 이상하게 관광객이 반으로 줄었어요."

"섬 아닌 섬이 되어버려서 그런 모양이네요. 모세의 기적이 일어나는 곳이 대부분 유명한 관광지가 되던데, 여기는 안 그런가요?"

"다른 섬들이 사병들이라면 이곳은 대대장급이지요. 다른 섬들은 바닷길이 열리면 커다란 갯벌이지만 여기는 드러나는 땅이 아주 고운 천연 모래사장이지요. 질퍽하지도 않고 걷기에는 아주 좋지요. 하지만 갯벌에서는 조개도 캐고 갇힌 물고기를 잡는 행사를 할 수 있지만, 모래사장은 산책하기에 적합하니 예술가나 호젓한 섬을 좋아하는 사람들이 찾아들지요. 저기, 하이마트가 있으니 필요한 것도 살 수 있어요."

그때 여자가 잊고 있었다는 듯이 물었다.

"사장님! 소이도 바닷길은 보통 몇 시에 갈라지나요?"

"오늘은 이미 시작했어요. 지금 3시가 조금 넘었으니… 원한다면 오늘 볼 수 있습니다."

탄성을 올리던 여자는 뒤쪽을 바라보며 말했다.

"오늘은 이미 시작됐다네요."

하준이 펜션 사장에게 물었다.

"내일은 언제 열려요? 동일한 시간에 열려요?"

"내일은 내일이 되어야 알 수 있어요. 비가 올 수도 있고 안개가 끼거나 파랑에 따라 다르니 함부로 시간을 알려줄 수 없는 거죠. 기상을 모르고 바다로 들어가면 안 되니 매일 매일 살펴보고 알려주는 거요."

여자가 빨리 보고 싶다고 말했다.

"오늘 보려면 짐을 풀기 전에 곧장 가서 보세요. 피곤하시면 내일 보시고. 다행히 세 분이 오셔서 다수결로 정하면 되겠네요. 언젠가 이 문제로 서로 싸우고 아예 바닷길을 보지도 못하고 돌아간 연인도 있었지요.”

나는 오늘 보고 싶다고 덧붙였다. 사장은 큰 소리로 우리에게 말했다.

“곧 펜션에 도착합니다. 예약하신 방이 세 개인데, 갑자기 전화를 주셨기 때문에 1층에 두 개, 2층에 한 개라는 말씀을 드립니다. 아래층 두 개는 방문이 따로 있지만, 가족용이어서 서로 통하게 만들어졌죠. 2층은 독립된 공간이죠. 여깁니다.”

우리는 목조 2층 펜션에 도착해서 짐을 내렸다. 두 남자가 아래층을 쓰기로 하고, 노란 캐리어 여자는 2층을 쓰기로 했다. 일단 짐을 가져다 놓자며, 하준은 여자의 캐리어를 집었다. 나는 하준의 캐리어와 내 가방을 1층으로 옮겼다. 하준이 2층 계단을 올라가며 서울에서 인천으로, 인천에서 덕적도로, 덕적도에서 소이도로 이동해서 피곤하실 것 같으니 바닷길은 내일 봐도 좋지 않겠냐고 말하는 소리가 들렸다. 여자는 일기에 따라 내일 아예 못 볼 수도 있으니 당장 보고 싶다고 했다. 그 말을 듣고 하준은 아래쪽으로 나를 보며 약간 명령조로 말했다.

“너는 오른쪽 방, 나는 왼쪽 방! 2층에 올라갔다 올게.”

우리는 비탈진 언덕길을 내려가서, 작은 선박 몇 개가 비스듬하게 갯벌에 기울어져 꽂힌 풍경 곁을 지나 바닷가로 나갔다. 열린 바닷길 입구 표지판에, '바다 갈라짐 현상은 밀물일 때 잠겨 있던 육지가 썰물 때 드러나 육지나 섬과 연결되는 것'이라는 설명과, '이곳은 바다가 갈라지면 세 개의 섬이 연결된다'는 문구가 적혀 있었다. 첫 번째 갓섬은 소이도와 이미 연결되어서 평지처럼 걸어 들어갈 수 있었다. 바닷물 속에서 드러난 바위 위에 우리의 그림자가 움직이는 것이 보였다. 그림자로 옷을 갈아입어서인지 우리 셋의 모습이 판화 속의 한 풍경처럼 고혹적이었다.

우리는 바닷속에 새로 생겨난 긴 S자의 길을 따라 걸어 들어갔다. 바닷속으로 들어갈수록 길의 폭은 좁아졌다. 방금 물이 빠져나갔는데도 운동화로 걸을 수 있을 만큼 천연 모랫길이 뽀송뽀송했다. 바닷길의 폭이 길쭉한 못처럼 좁아졌을 때, 여자가 말했다.

"두 분이 대학교 동창이라고 하셨는데, 아, 고등학교 동창이라고요? 오랜 친구네요. 오늘 처음 만난 사람들이라고 여겼는데, 아, 아니에요. 긍정적인 의미로 말하는 거예요. 두 분 사이에 끼어들어도 불편하지 않다는 뜻이에요. 두 분 사이가 너무 친하면 그 사이에 있기가 불편하니까요."

하준은 진지하게 대답했다.

"하하, 이 자식 오늘 처음 만난 사람 맞아요. 우리도 오늘 처음 만나잖아요. 바다도 매일 새롭게 열리니까요."

"바다 갈라짐 현상은 실미도, 제부도, 무창포, 하섬, 진도에도 있다고 하는데, 하준 씨 추천으로 천연자원이 잘 보존된 소이도로 오게 되었네요."

소이도와 이어진 첫 번째 갓섬에는 하얀 조개껍질들이 두꺼운 양탄자처럼 쌓여 있었다. 여자가 물었다.

"갓섬이 설마 신의 섬이라는 뜻은 아니겠죠?"

하준은 농담 반 진담 반으로 대꾸했다.

"머리에 쓰는 갓 모양의 섬이 아닌가요?"

앞서 온 관광객 몇 명이 발길을 돌려서 우리와 반대 방향으로 돌아 나가고 있었다. 우리는 사람들이 먹고 버린 조개껍질이 쌓인 조개 무덤을 지나, 천천히 드러나고 있는 두 번째 간뎃섬으로 향하는 길을 따라 들어갔다. 이곳 바위들에는 조개류와 굴들이 징하게 박혀 있었다. 핸드폰으로 사진을 찍으니, 바위와 따개비들과 푸르스름한 해초류가 초현실주의 작품처럼 멋졌다. 하준과 여자는 선글라스로 눈을 가렸으나 나는 맨눈으로 푸른 바다가 비단결처럼 섬세하게 움직이는 것을 보았다. 마치 바다에 얇은 주름이 흘러내리듯 움직였다. 바닷물 가운데 동그랗게 땅이 먼저 드러난 곳에 여자가 폴짝 뛰어 들어가서 좋아했다. 우리는 그 물속의 정원 같은 둥근 땅이 다시 길과 이어지는 광경을 지켜보았다. 하준은 따서 들고 온 굴 하나를 여자에게 건넸다. 해안가의 굴은 조금 위험할 수도 있다고 말하려다가 그만두었다. 너도 먹어 볼래? 나는 고개를 가로저었다.

우리는 두 번째 간뎃섬을 지나 물이 밀려 나가는 바닷물의 끝자락에 도착했다. 마치 물로 만들어진 투명한 비닐이 조금 걷히는 듯했다. 여자가 이리저리 뛰면서 좋아하는 모습이 보기에 좋았다. 하준은 그녀의 움직임을 잘 포착하려고 핸드폰을 눌러대며 말했다.

"바닷물결이 레이스 달린 치맛자락을 흔들고서 그 아래로 자신의 긴 다리처럼 천천히 길을 드러내네요. 장관이네요. 우리 셋이 한 장 찍을까요?"

네 시가 넘어선 바닷가는 노을이 조금씩 내리고 있었다. 다른 관광객은 첫 번째 갓섬 주변을 맴돌다가 돌아가곤 해서, 우리 셋을 한 컷에 담아줄 사람이 주변에 없었다. 내가 여자와 하준을 찍었다. 사진을 같이 찍은 남녀는 앞서고, 나는 거리를 조금 두고 따라갔다. 여태 한 시간 이상 걸어 들어왔지만, 지금처럼 바다가 갈라지는 속도라면 세 번째 섬까지는 여전히 한 시간 이상이 걸릴 것 같았다. 바닷길 기적도 단번에 이루어지는 것이 아니었다. 하나의 길이 열리는 데는 수십만 번의 파도가 되풀이되었다. 열 번 찍어 안 넘어가는 나무가 없다고 하는데, 바다는 수십만 번 땅을 찍었다. 비슷해 보여도 매번 다른 부드러운 물결이 땅을 찍었다. 뭔가를 뚫어내는 것은 이런 무한한 반복이 필요한 것일까.

하준과 여자는 분명 나보다 앞서 있었는데, 어느 순간 보니 내 뒤쪽에 있었다. 아마 둘이 이야기에 빠져 한순간 멈춰 섰기 때문일 것이다. 하준은 문학과 이별하기 위해 왔다지만, 여자는 어떤 연유로 이곳에 왔는지 알 수 없었다. 나 역시 왜 이들과 여행하는지 알지 못하기는 마찬가지였다. 나는 거의 같은 속도로 걸었다. 속도랄 것도 없었다. 잠시 멈춰 서 있으면 조금 후 한 발짝 더 뗄 수 있는 땅이 생겼다. 나는 바닷속 길의 끝자락, 마치 뾰족한 못의 끝부분 같은 지점에서 계속 한 걸음씩 나아갔다.

그런데 앞에 서니 보이지 않던 것이 보였다. 우리는 세 번째 물푸레섬을 향해 가지만, 물푸레섬 쪽에서도 이쪽으로 길이 이어지고 있는 모양이었다. 중간 부분에 바닷물이 먼저 빠져 육지가 생겨나고 있었다. 물새들이 새로 드러난 땅에 와서 내려앉는 모습이 보였다. 그곳에서 밤을 보낼 태세로 조용히 앉아 있었다. 일부는 잠들기 전에 마지막 식사를 하는지 땅을 쪼는 모습도 보였다. 내 앞의 길이 그들을 향해 계속 열리는 동안에도, 그곳으로 날아드는 새들의 무리는 점점 많아졌다. 하기야 바닷물의 방어벽이 있는 저 새로운 땅이 새들에게는 가장 안전해 보였다. 뒤쪽에서는 남녀의 소리가 들릴락 말락 했다.

바닷물 한가운데 잠자리를 마련하는 진짜 바닷새를 보며 나는 감동했다. 새우깡을 얻어먹던, 새우깡을 뺏어 물고 달아나던 욕심 많은 조류의 모습이 아니었다. 바닷속 한가운데 태평하게 자리 잡은 물새의 무리는 장엄하기까지 했다. 마치 신의 뜻에 따라 바다 한가운데가 열려 구원의 땅으로 향하는 한 무리의 민족을 떠올리게 했다.

신기한 것은 모든 물새가 편안하게 구원의 땅에서 쉼을 즐기고 있는 것은 아니었다. 내가 이쪽 물 자락 끝에 있다면, 저쪽 물 자락 끝에 유독 한 마리 물새가 버티고 서 있었다. 마치 인간과 새가 양쪽 물 자락 끝에서 대치하고 있는 모양새였다. 물새는 내 쪽으로, 나는 물새 쪽으로 점점 다가가는 셈이었다. 얼마 지나지 않아 양쪽을 가로막는 물 자락들은 사라지고 길이 이어질 것이다. 이 한 마리의 물새는 우리의 위치와 병력을 정탐하기 위한 정찰병 같았다.

마지막 물푸레섬까지 가기 위해서 우리가 물새 무리 곁을 지나갈 수밖에 없었다. 정찰병 새뿐만 아니라 다른 새들도 사람들의 등장을 주시하고 있는 듯했다. 자신들의 쉼터를 지나갈 것인가 돌아갈 것인가 신경을 곤두세우고 있다. 정찰병이 상황을 파악해서 알려주기로 한 것이 분명했다. 정찰병 새는 특히 가장 선두에 선 나의 움직임을 주시했다. 물길이 생기는 족족 이쪽으로 오면서 나를 확실히 쳐다보았다. 나도 물새의 동태를 예의주시할 수밖에 없었다. 우리가 새의 군집을 지나가야 하는데, 그렇게 되면 낮의 고단함을 내려놓고 쉬는 저 많은 새를 전부 일으켜 세울 수밖에 없었다. 과연 양쪽 바닷길이 연결되면 이 정찰병은 어떤 반응을 보일까? 달아날까?

나는 어느새 이 장면을 소설에서 쓰면 어떻게 묘사할지 단어들을 찾고 있는 자신을 발견했다. 나와 새는 조금 더 가까워졌을 뿐 바닷물을 사이에 두고 여전히 대치 중이었다. 하나의 길이 열리는 데는 이렇게 시간이 걸리는구나. 정찰병 새가 혼자서 자신의 임무를 감당한다는 것이 대견했다. 결코, 물러나지 않았다. 나는 이 대치 상황을 어떻게 헤쳐 가야 할지 점점 초조해졌다. 내가 정찰병 새 때문에 앞서 나가지 않자, 뒤에서 오던 두 사람의 대화가 가까워졌다.

"왜 앞으로 안 가고 그렇게 서 있어. 우리 기다릴 필요 없어. 네. 맞아요. 현재 저는 방송국 PD는 아니고 조수급이죠. 그날그날 필요한 물품도 구하고 방청객들을 모집하거나 지시하기도 하고 필요한 일은 모두 합니다. 하지만 저의 진짜 꿈은 PD가 되어 저 친구가 쓴 소설을 드라마로 만드는 것이지요. 이번 여행은 드라마를 만들 때 사용할 배경을 사전에 헌팅하러 왔다고 할 수 있어요."

　이제 거의 양쪽 땅이 맞닿으려고 하는데, 저 정찰병 새의 결단이 궁금했다. 아무래도 바짝 뒤쪽에 온 두 명의 대화가 새를 건드릴 것 같았다. 아! 하준에게 정찰병 새를 알려주려는 순간에, 물이 사라지고 이쪽의 땅과 저쪽의 땅이 연결되었다. 후루룩~ 그렇게 강하게 버티던 물새는 우리를 피하듯 무리 쪽으로 간단하게 날아갔다. 나는 새가 날아가기 전에 돌아서지 못한 것을 후회했다. 정찰병 새가 돌아가자, 물새의 무리가 더 긴장한 듯했다.

　"뭐라고? 이제 돌아가자고? 저 마지막 섬까지 가지 않고?"

　하준은 여자와 하던 이야기를 멈추고 나에게 계속 가자고 주장했다.

　"여기서 중단하면 안 되지. 네가 소설가로 등단하기 위해서라도 마지막 문턱 앞에서 돌아서면 안 된다는 것을 배워야 해. 저 섬까지 가서 발을 닿고 얼른 돌아가자. 뭐라고, 우리가 지나가면 저 새들이 전부 날아올라서 쉬지 못하게 된다고? 다른 관광객들도 지나갔… 아니 우리만 남았네."

　인간은 인간끼리, 물새들은 물새들끼리 의견이 분분했다. 그때 여자가 어두운 하늘을 가리켰다.

　"네? 해가 지니 돌아가자고요? 자칫 어둠에 잠길 수도 있다고요? 그렇게 말씀하시면 그렇게 하는 편이… 좋겠다. 새들 방해하지 말고 돌아가자. 짜식! 저래서 제가 좋아하는 친구랍니다. 내가 막무가내일 때 나를 제지해주거든요. 새들아, 잘들 있어라. 새우깡 얻어먹지 말고 고기 잡으며 먹고 살아. 우리는 돌아간다.”

다시 소이도로 돌아 나왔을 때는 날은 어두워졌고, 배는 꼬르륵거리고, 차가운 기운이 몸으로 스며들었다. 식당으로 가는 길에도 하준의 텐션은 가라앉지 않았다. 하준의 에너지는 어디서 나오는지 입을 쉴 줄을 몰랐다. 혼자 지내는 습성 때문에 말에 지친 나는 되도록 식당으로 가는 길에서도 혼자 뚝 떨어져 걸었다. 소야식당에 가니 제법 사람들이 있었다. 관광객이 적다고는 했지만, 식당이 근처에 없어 이곳저곳 펜션 관광객들이 모여들어 좁은 식당이 꽉 찼다. 하준은 여자가 먹고 싶어 하는 굴을 주문했지만, 굴은 주말에만 팔고 오늘은 대하를 먹을 수 있다고 했다. 여자는 음식에 대해 별로 까다롭지 않았고, 하준과 나누던 대화를 이어 갔다.

“안드로메다는 에티오피아 공주였이요. 현대국가 에티오피아는 아니지만, 고대 에티오피아는 ‘검은 얼굴’이라는 뜻이래요. 안드로메다 공주가 흑인일 가능성이 높죠. 영화에서는 금발에 새하얀 피부의 공주가 푸른 레이스가 달린 원피스를 입고 바위에 묶여 있었던 이유가 무엇일까요?”

그때 붉은 대하가 접시에 가득 담겨 나왔다. 워낙 말을 많이 한 하준은 비로소 배가 고픈 모양 허겁지겁 먹고 소주를 물처럼 들이켰다. 지쳤는지 아무 말도 하지 않고 우물우물 음식을 씹었다. 나도 별로 말없이 음식만 먹었다. 그때 여자가 처음으로 나에게 말을 걸었다.

"말하기보다 듣기 좋아하시는 분 같으세요."

나는 고개를 끄덕여서 긍정했다. 하준과 하던 이야기가 나에게로 넘어온 상황에서, 나는 대꾸할 말을 별로 찾지 못했다. 여자도 에티오피아 공주 이야기를 멈췄다. 하준이 피곤과 술에 취해 고개를 꾸벅거릴 때쯤, 큰글 클럽의 회원이라는 여자가 이상한 말을 했다. '홍해'에 관해 강연을 한 사람이 프랑스 작가 베르나르 베르베르가 아니었다는 것이다. 강연자는 '큰글 클럽'의 한 한국 작가였는데, 그가 가장 좋아하는 작가가 베르나르 베르베르여서 친구들이 자신을 베르나르 베르베르라고 불렀다는 것이다. 하준이 반쯤 정신을 잃고 졸고 있어 섣불리 물어볼 수도, 확인할 수도 없었다.

나는 프랑스 작가 베르나르 베르베르가 했다던 말을 베르나르 베르베르라는 별명을 가진 한국 작가가 말했다면, 어떤 다른 의미가 생겨나는가 얼핏 생각했다. 나의 모호한 표정을 본 여자가 말했다.

"성경을 한국어로 번역할 때 우리나라에 빵이 없어서 떡으로 번역한 것이라 하더라고요. 그러니까 예수님은 떡이 아니라 빵과 포도주를 주시면서 내 몸과 피라고 하신 거죠. 하지만 예수님이 말씀하시고자 하는 의도가 손상된 것은 아니거든요. 하준 씨가 말한 베르나르 베르베르는 우리가 알고 있는 베르나르 베르베르가 아니라 다른 베르나르 베르베르일 수도 있잖아요. 내 이름이 지금은 노란 캐리어이듯이요. 댁은 저의 이름을 궁금해하지 않아서 도리어 관심이 생기네요."

나도 여자가 궁금해졌다.

"이 여행의 목적은요?"

"시험을 당했어요."

"무슨 시험요?"

"제가 교회에서 대표 기도를 하게 됐는데, 제가 열심히 쓴 기도문을 담당 목사님이 60%는 고치시더라고요. 그것이 제 기도문이었을까요? 많이 우울하고 믿음도 흔들렸어요. 더구나 저는 고등학생들에게 글쓰기를 가르치는 국어 선생이거든요. 저는 직업적으로나 신앙적으로나 무시당한 셈이죠."

"그 사건 때문에 왜 소이도에 올 결심을 했어요?"

"내 삶에서도 기적이 일어날 수 있을지, 그 기적의 원리가 무엇일지 알고 싶어서요. 홍해를 가로지른 이스라엘 백성은 노예에서 해방되었잖아요. 나도 이 시험에서 해방되고 싶어서요."

"해방되었나요?"

"맥이 새들의 운집을 침노하지 않고 돌아가자고 했을 때 저는 깨달았어요. 목사님이 제 기도문을 수십 번 고쳐도 내가 쓴 기도문은 사라지지 않고 하나님 앞으로 올라갔으리라는 것을요. 물리적으로 섬에 닿는 것이 중요한 것이 아니라, 영혼으로 닿는 것이 더 중요해 보였거든요."

"…."

"게다가 '홍해'의 의미를 깨닫게 되었어요. 홍해는 희생양 예수님의 피였던 거예요. 그곳을 지나야만 가나안, 즉 하나님의 나라에 갈 수 있다는 기적이죠. …그런데 맥은 왜 소이도에?"

"제 친구가 저를 섬에 팔아먹으려고 데려왔는데, 가치를 쳐주지 않는지 팔지 못하네요. 그런데 저 친구가 풀고 싶어 했던 문제의 해답을 제가 나름 찾은 것 같긴 해요."

"그것이 무엇인데요?"

"자기가 쓴 글을 수십 번 고치고도 무엇이 잘못되었는지 모르는 이유요."

거의 잠이 들어 고개가 연신 수그러지는 친구 옆에서 여자의 눈이 반짝거렸기 때문에, 나는 문득 여자의 마음속 바닷길을 걸어가 보고 싶어졌다. 에티오피아 공주가 나중에 하늘의 별이 되긴 했지만 여전히 바위에 묶인 형상이라고 말해주었고, 육체적인 생명을 구하는 것과 영적 생명을 구하는 것은 차이가 있지 않을까 싶다고 조심스럽게 말했다. 그랬더니 여자는 하준의 문제에 대해 찾아낸 내 해답이 무엇이냐고 물었다. 나는 식탁에 엎드린 하준을 슬쩍 살피고 말했다.

"열심히 쓰는, 혹은 열심히 고치는 것이 전부가 아니라, 그것을 통해 작가 스스로 걸어 들어갈 길이 글 속에 서서히 만들어지느냐 하는 것이죠. 그래야 모세의 지팡이처럼, 독자도 작가의 펜을 따라 글의 바다를 가로지를 수 있을 테니까요."

우리는 2박 3일의 일정으로 떠났으나, 1박 2일로 돌아올 수밖에 없었다. 그것은 셋의 의견이 갈라져서가 아니라, 3일째 되는 날 비가 많이 와서 배가 뜨지 못할 수도 있으니, 2일째 떠나는 것이 좋겠다는 펜션 사장의 조언 때문이었다. 둘째 날 새벽에는 오후만 되어도 날씨가 어떻게 될지 모르겠다는 소식이 다시 들려왔기에, 우리는 하루 두 편의 배 중에서 오전에 뜨는 배를 탈 수밖에 없었다. 아침도 먹지 않고 서둘러 짐을 챙겼고 갑자기 파석 예약을 했기에, 배에서는 세 명이 뚝뚝 떨어져 앉아서 인천항으로 돌아왔다. 우리는 곧장 헤어지지 않고 아주 매운 오징어 볶음밥을 철판에 볶아 나눠 먹고 비교적 흡족하게 여행을 마무리했다.

더 흡족한 일은 여자가 마지막에 한 말이었다.

"한국어가 참 재미있지요. 천국은 침노하는 자의 것이라고 했으니, 원하는 것이 있으면 침노해보세요."

집으로 돌아와서도 내 머리를 떠나지 않는 그 말을 잘 따라, 문학을 침노하는 심정으로 나는 쓰던 소설을 마무리해서 신춘문예에 응모해 당선되었고, 소설가의 길을 걷게 되었다. 그런데 그 여행 이후 세 사람 중 두 사람은 그 이전의 오래된 돈독한 관계를 이어가지 못했다. 그 이유를 나는 지금도 정확하게 이해하지 못하지만, 아마 우리 사이를 덮고 있던 물의 장막이 걷히고 바닥이 드러난 부분이 있었을 것이다.

나는 인간이 사용하는 언어에 관심이 많다. 그래서 젊은 시절에는 프랑스 언어와 문학을 전공하느라 사전들과 씨름하면서 살았다. 10년 이상 외국문학에 심취하고 나니, 한국문학에 대한 갈증이 심해져서 책들을 쌓아두고 시대별로 혹은 주제별로 혹은 닥치는 대로 읽던 시절도 있었다. 나이가 들수록 한글에 매료되었다. 한글의 원리를 알기 위해 익숙지 않은 한문본 훈민정음에서 훈민정음 언해본까지 섭렵하며 이를 소재로 한 소설책들을 출간하기도 했다.

그 후 만났던 가장 신비한 언어가 성경이었다. 외국의 모든 언어를 합쳐도 잽이 되지 않을 만큼 상대하기 어려운 언어였다. 각종 학위를 따고 나름 지식을 습득했다 해도, 초등학교가 최종 학력인 할머니가 거뜬히 읽어내는 성경 말씀을 읽어낼 수가 없었다. 읽을 수는 있어도 읽을 수 없는 책이었다. 그

때부터 나는 '구원'의 의미가 무엇인가를 생각하지 않을 수 없었다. 그러다가 성경 언어 중에서 내가 가장 싫어했던 '죄인'이라는 단어를 통해 하나님을 만날 수 있게 되었다. 살인 등 사회적 범죄crime와는 다른 죄sin를 이해하게 되었고, 정말 구원의 큰 언어를 이해하게 되었다.

그런데, 최근에 '큰글'이라는 표현을 작가 윤순례 씨를 통해 들었고, 그 후 한 식당에서 만난 고승철 작가님을 통해 '큰글 동인'에 합류하게 되었다. 사실, 큰글 동인에 합류한 뒤에도 큰글이 무엇일까 계속 궁금증이 남아 있었다. 큰글 동인에서 내가 추구하는 것이 무엇인지 짚고 넘어가고 싶기도 했다. 그래서 새 동인에 대한 나의 호기심과 기대가 이번 소설 〈큰글 클럽〉을 쓰게 만들었지 않나 싶다.

"여러 번 퇴고해도 초고보다 나아졌다는 감각이 없어서 고민입니다."

한 학생이 상담을 요청하여 이 말을 들려주었을 때, 작가 베르나르 베르베르가 떠올랐다. 그는 수십 번 작품을 퇴고할 뿐 자신은 천재가 아니라고 말했었다. 양쪽 모두 열심히 고쳐도 그 결과가 달랐다. 나는 베르나르 베르베르를 소설 속에 초대해 기존과 다른 해답을 찾아보았다. 어쩌면 큰글 동인을 통해 미래에 만들어질 새로운 길을 나는 이미 걷기 시작했는지도 모른다.

적과의 동침 (2)

김용희

*

김용희

2009년 단편소설 〈꽃을 던지다〉를 〈작가세계〉 가을호에 발표하며 등단했다. 작품으로는 첫 장편소설 《란제리 소녀시대》(2009 문화예술위원회 우수문학도서 선정)를 비롯해 《화요일의 키스》, 《해랑》, 《나의 마지막 첫경험》, 창작집 《향나무베개를 베고 자는 잠》(문화예술위원회 우수문학도서 선정)이 있다. 하동국제문학상 대상, 불교문학상, 소나기마을문학상 등을 받았다. 현재 평택대에서 학생들을 가르치고 있다. yhkim@ptu.ac.kr

첫째 날

환각인가 했는데, 작은 눈송이다.

눈송이였다. 그녀는 문득 환각 같다고 생각했다. 시간이 지나자 눈송이는 어느새 폭설로 변했다. 중력을 무겁게 누르듯 버티듯 그렇게. 세상의 어떤 공포도 사랑도 두려움도 덮어버릴 듯, 눈은 작은 짐승처럼 그르렁거렸다. 이런 날씨에는 어떤 사랑도 꿈꿀 수 없으리라.

그녀는 무서운 속도로 떨어지는 눈을 바라보고 있었다. 택시 앞유리창 와이퍼는 힘차게 눈을 쓸어내리고 있다.

세상과 그녀 사이에 하얀 허무 같은 공백이 자리하는 듯했다. 잠시 몸을 떨었다. 곧이어 이상한 안도감이 다가왔다. 이 세상에서 물러나 있는 듯한, 기이하게 편안한 느낌. 그녀는 뒷좌석에서 가만히 눈을 감았다.

"홋카이도의 겨울은… 우리 것이 아니야. 여길 지배하는 건, 눈이지."

몇 해 전에도 그와 겨울 여행을 왔었지? JR기차 오른쪽 유리 창가에 나란히 앉아 하코다테 항구를 향하는 바다를 보면서 그가 말했다. 그때 그녀는 면도가 잘 된 그의 턱선이 고혹적이라고 생각했던가? 잘 기억나지 않는다. 하지만 이제 이 풍경이 이토록 낯설게 느껴지다니. 그녀는 택시 백미러를 통해 자신의 옆자리에 앉아 있는 그를 쳐다봤다. 표정 없는 얼굴. 그는 눈 오는 창밖을 하염없이 보고 있었다. 세상에 대해 전혀 무감하다는 듯, 자신의 옆자리에 앉아 있는 그녀를 전혀 의식하지 않는다는 듯했다. 낯설었다. 1년 전만 해도 한 번도 생각지 못한 생경감이다.

일본인 택시 기사는 교통방송 라디오를 켜놓고 방송을 계속 경청하고 있다. 고개를 외로 틀어 몹시 곤란한 목소리로 말했다.

"오갸쿠사마, 유키노 세에데 미치카 키레테 토오테에 이케마세."

그녀는 구글 번역기를 택시 기사 쪽으로 들이댔다.

("고객님, 눈 때문에 더 이상 갈 수가 없습니다.")

그녀가 상념에 잠겨 있는 사이, 택시는 하얀 짐승의 손아귀에서 벗어나려 안간힘을 쓰고 있었다.

'어휴 어쩐다, 이러다 비행기를 놓치겠는걸.'

구글 지도를 보았다. 치토세공항까지는 한참의 거리가 남아 있었다. 날씨 앞에선 내비게이션도 큰 의미가 없다. 그때 문자 알림이 연이어 택시 안을 울렸다. 결항. 결항. 칼항공에서 보내온 문자였다. 결항이라, 휴가계는 오늘까진데. 난감해하는 사이 때마침 휴대폰이 울렸다.

"내일은 본사로 오는 거지?"

과장이었다.

"지금 폭설 때문에, 비행기 다 결항이라."

그러자 어김없이 과장의 새된 목소리가 귀청을 뚫듯 들려왔다.

"야, 지금 여기 핵폭탄이야! 군 정보부에서도 난리 난 거 몰라? 저것들이 핵미사일을 밥 먹듯이 쏘아대는데, 암호해독반에선 대체 뭘 하고 있냐고, VIP까지 니서서 매일 보고하라고 난린데, 뭐 넌 한가하게 휴가나 즐기고 계신 거야?"

"암호해독반 요원이 저 혼잡니까? 언젠 수학 천재면 다냐고 사명감도 없다는 둥 쏘아붙이시더니."

"죽을래?"

"네."

“이게 정말?”

“…”

과장은 그녀의 성질을 알겠다는 듯 잠시 심호흡을 한 뒤 목소리를 고르고 말했다.

“정진호 집에서 대북 보고 문건이 어마어마하게 나왔어.”

정진호는 얼마 전에 잡힌 남파 고정간첩이다.

“뭐 보나 마나 국내 정치 정세 주요 정보겠지. 무선통신 해독용 CD랑 지령 수신용 단파 라디오, 뭐 이런 것을 압수했는데, 컴퓨터 본체와 USB 포트에 저장된 대북 보고 문건만 수십 건이래. 이 문건 암호만 풀리면 메가톤급 핵폭탄이야. 남한의 유력 인사들, 누구누구를 포섭해왔는지도 다 담겨 있을 거야. 핵미사일 관련 군 당국에도 스파이가 있을 가능성이 있어.”

과장 말로는 암호 보고문이 화약고가 될 거란다. 암호해독이 한시가 급한 이때, 암호해독반 일급 요원께서 일본에서 한가한 유람이나 하고 있으면 어쩌냐고 속사포 같은 잔소리를 늘어놓았다.

“정 급하시면, 국빈용 헬기라도 띄우시든가.”

그녀가 말했다. 그러자 과장은 “어유 이 승질머리하고는…” 그러더니 여하튼 본사로 복귀하면 아예 집에 돌아갈 생각 일절 없이 여기서 뼈 묻을 생각하라고 으름장을 놓고 전화를 확 끊어버렸다.

'국정원이 화장턴가.'

정진호 집에서 압수한 해독용 CD 자료집만으로 해독되지 않을 것이다. 국정원 내 암호계를 동원해야 할 것이다. 회로를 이용한 DES보다 AES가 소프트웨어로 구현한다는 점에서 좀 더 빠를 수도 있지만 최근 AES와 유사한 방식의 새로운 SEED라는 암호계가 전 세계 만악의 근원으로 떠오르고 있었다.

눈길을 헤치고 공항으로 간다 한들 비행기는 결항이다. 그녀는 구글 지도에서 삿포로 근교에서 조잔케이라는 온천 마을을 발견했다.

"결항이라는데… 어떻게 하면 좋겠어?"

그녀는 고개를 여전히 외로 튼 그에게 입을 뗐다. 유리창에 비친 그의 얼굴은 눌려진 마분지처럼 딱딱한 표정으로 뭉개져 있었다. 그녀의 물음에 대답도 없이 차창 밖을 응시할 뿐이었다. 예전엔 그의 과묵함이 삶의 단단하고 깊은 성찰처럼 느껴지던 때도 있었다. 책임지지도 않을 말들을 떠벌이며 호감을 사기 위해 허세를 부리는 남자들보단 훨씬 낫단 생각도 했다. 하지만 시간이 지나면서 그것은 생활의 모든 선택을 그녀에게 맡기는 무책임의 다른 모습일 뿐이었다. 번잡하고 자잘한 일상에서 그녀가 생활이란 것을 일구기 위해 발을 동동거릴 때, 그는 생활에서 한 발짝 뒤로 물러나 자기만의 업무 관리와 성과에 늘 매달려 왔다. 젊은 나이에 증권회사 부지점장까지 간다는 것은 쉬운 일이 아니다. 그 자리에 올랐다는 것만으로 그가 어떤 짓까지 할 수 있는가를 보여주는 증거기도 했다. 영업 목표 달성을 위해 FC팀을 닦달하고 PB 고객 관리팀과 리테일 직원들에게 성과를 가져오라고 소리쳤으며 고객 수와 예탁 자산, 수수료 수익표를 보며 전자담배를 막대사탕보다 더 물고 있었을 것이다. 자본의 논리는 한 번 물면 놓지 않는 악어와 같다. 모두가 올라가야 할 꼭대기만을 보며 기갈증 환자처럼 타오르는 갈증으로 사막을 헤매고 다니는 것이다. 그녀는 손목시계를 보다 손목에 난 퍼런 멍에 눈길이 갔다. 자기도 모르게 급히 소매로 멍을 가렸다.

다시 택시 기사 쪽으로 고개를 돌렸을 때 기사는 여전히 난감해하고 있었다. 그는 눈 때문에 더 이상 가는 건 힘들다며 기와 얹은 적색 가옥으로 이루어진 조그만 마을로 진입해 들어갔다. 예전에 이곳도 온천 마을로 활황을 이루던 곳이라고 했다. 간간이 료칸들이 몰려 있는 조그만 마을.

어둠이 내리고 있다. 기온은 더 떨어질 터였다. 택시는 더는 앞으로 나가지 않으려는 말처럼 버둥거렸다. 어쩔 도리가 없다. 그와 그녀는 트렁크를 끌고 노천탕이 있는 기와로 지어진 료칸으로 들어갔다. 화양식 방이다. 짐을 풀었다. 그녀가 먼저 씻은 후 유카타를 입고 나오자 그가 욕실로 들어갔다.

그녀는 티브이를 켜고 옷을 정리하고 전기포트로 물을 끓여 녹차를 마셨다. 좀 전까지만 해도 짐승처럼 쏟아지던 폭설로 결항에, 세상으로부터 유폐되는 듯한 느낌에 몸을 떨었다. 따뜻한 차를 마시자 온몸으로 영혼 밑바닥까지 따뜻해지는 온기가 느껴졌다.

이윽고 기다렸다는 듯 허기가 몰려왔다. 싱싱한 연어나 광어, 성게알로 가득한 가이센동을 식사로 먹을 수 있는 식당이 있다고 료칸 주인이 권했다. 하지만 그녀는 식사 대신 따뜻한 술을 마시고 싶었다. 그는 욕조에 몸을 담그고 있는 것인지 나오질 않고 있었다. 그녀는 욕실 문을 조심스럽게 두드렸다.

"어디 이자카야라도 찾아볼까? 당신이 가고 싶은 곳으로 가도 되고…."

여전히 답이 없다. 그녀는 한참을 망설이다 다시 물었다.

"시장하지 않아요? 근데… 나, 밥 대신 술을 마셔야 될 거 같아. 목이 마른 건지 술이 먹고 싶은 건지는 모르겠지만…."

"…."

답이 없는 욕실 쪽을 보며 그녀는 안 나갈 거면 료칸 주인에게 식사를 시켜 먹으라고 말하고 나갈 채비를 했다. 주인에게 물어 근처 술집을 찾았다.

거리는 사람들이 거의 보이지 않았다. 한적했다. 그를 두고 혼자 나온 것이 그녀에게 편안함을 줬다. 그녀는 마치 처음부터 혼자 온 여행인 양 가슴을 열어 차가운 공기를 천천히 들이마시고 내뱉었다. 가슴속의 커다란 구멍 속으로 이국의 공기가 스며들었다.

눈이 천지를 덮어버려서일까. 세상 너머의 또 다른 세계에 당도한 느낌이다. 그 누구도 자신을 알아볼 일 없는 땅끝에 당도한 나그네 같은. 자유롭고 편안한 노곤함이 밀려들었다. 살짝 외로운 기분에 휩싸였다. 갑작스런 한기에 채 마르지 않은 단발 웨이브가 쭈뼛 얼어버리는 듯하다. 그녀는 흰 입김을 호호 불어 양손을 녹였다. 청회색 캐시미어 외투에 달린 후드를 눌러 썼다. 료칸들이 늘어선 거리 끝쯤에 네온사인을 내건 작은 일본식 주점들이 늘어서 있었다.

어디선가 샤미센 켜는 소리가 들렸다. 일본의 전통악기. 그녀는 뭔가 몽롱한 기분에 휩싸였다. 여기저기를 기웃거렸다. 하지만 료칸 주인이 알려준 적색 가옥 이층 주점은 금방 눈에 띄지 않는다. 걸을 때마다 흰 운동화는 푹푹 눈 속에 파묻혔다. 이미 발은 꽁꽁 얼어버린 듯했다.

'그냥 돌아갈까, 숙소로.'

가게에서 사케 한 병을 사서 다다미방에서 마시면 될 성싶었다.

그때였다. 어디선가, 피아노 반주에 맞춰 익숙한 노랫소리가 들렸던 게.

그녀는 뭔가에 홀린 듯 그 노랫소리에 자기도 모르게 발길을 옮겼다. 대로변 옆 좁은 골목, 어스름하고 노란 오렌지빛 가스등으로 불을 밝힌 작은 주점이었다. 양식과 일식이 합쳐진 빈티지풍 목조건물. 그녀는 읽을 수 없는 히라가나로 간판을 단 주점 안으로 들어갔다.

간소해 보이던 외부와 달리 주점 안은 1960년대 재즈풍의 허무와 몽환이 우수를 만들어 내고 있었다. 노란 부분 조명에 드러나는 둥근 나무 테이블과 둥근 등받이 의자들. 스탠드바와 라이브 피아노까지. 피아노를 치면서 일본어로 부르는 노래는 심수봉의 〈그때 그 사람〉이었다. 이국에서 듣는 한국의 대중가요는 묘한 엑조티즘을 느끼게 했다. 애틋한 선율에 그녀는 영혼의 깊은 곳까지 내려가는 듯한 헐떡거림을 느꼈다.

그녀는 스탠드바 의자에 몸을 깊숙이 밀어 넣었다. 따뜻한 사케 도쿠리와 새우튀김을 시켰다. 가벼운 취기가 오르자 몸속 피가 가슴으로 모이는 듯 설명할 수 없는 감정이 울컥 솟아났다.

홀 안은 촌스런 옷차림의 주정꾼들로 가득 찼다. 그중에 눈에 들어오는 젊은 연인이 있었다. 남자는 금발이었고 여자는 보라색 머리를 가지고 있었다. 그들은 주정꾼들의 시끄런 소음과 나른한 피아노 연주 속에서도 서로를 탐닉하듯 키스를 계속하고 있었다. 그녀는 나른한 눈빛으로 그들을 바라보았다. 젊은 연인들은 키스를 끝내자 다정한 눈빛으로 뭔가 끝없는 이야기를 주고받았다. 연인들끼리의 뻔한 '밀어'들이리라. 그녀는 혈관 속 가벼운 취기와 몽롱한 현기증을 즐기며 턱을 괴고 음악에 맞춰 몸을 흔들거렸다. 다시 술잔을 들이켰다.

그런데…

뭔가 이상했다.

그녀는 다시 뒤를 돌아보았다. 금발 남자와 보라색 머리 여자. 그들은 여전히 이야기를 주고받고 있었지만 눈의 깜빡임은 뭔가 이상했다.

'뭐야, 직업병이야? 여기까지 와서?'

그녀는 자기 자신이 못마땅했다. 어쩔 수 없다. 가방에서 수첩과 펜을 꺼냈다. 그녀는 수첩에 뭔가를 쓰기 시작했다. 남자가 여자를 보며 눈을 길게 감았다 떴다 짧게 감았다 떴다 했다. 그러자 보라색 머리가 눈을 깜빡이며 길게 감고 떴다 짧게 감고 떴다를 반복했다.

모스부호다!

그녀는 수첩에 쓴 것을 해독하기 시작했다. 남자가 여자에게 뭔가 지시를 내리는 게 분명했다. 그녀의 해독이 채 끝나지 않았을 때다. 보라색 머리가 자리에서 일어났다. 애써 헤어지기 아쉬운 연인같이 여자는 급히 밖으로 나갔다. 뭔가 또 모를 충동에 그녀도 수첩을 접어 가방에 넣었다. 일어났다.

급히 돈을 계산하고 밖으로 나왔다. 눈은 그쳐 있었다. 주위를 두리번거렸다. 보라색 머리를 찾았다. 골목 끝을 벗어나는 것이 보였다. 그녀는 급한 걸음으로, 하지만 조심스럽게 뒤를 따랐다. 보라색 머리는 대로변을 따라 급히 걸음을 옮기고 있었다. 그때 휴대폰에 진동이 울렸다. 과장이었다. 급히 휴대폰 진동을 껐다. 과장은 "이젠 씹기까지?" 속으로 부글거릴 것이다. 중심가를 벗어났다. 주택가로 이어지는 입구쯤에 신사가 보였다. 신사 안으로 들어간다. 달빛이 벨벳같이 부드러운 흰 눈을 어루만지고 있다. 고즈넉한 시간이 흐르는 듯한 신사 안. 돌 석상이 보였다. 코마이누였다. 머리는 사자이고 몸은 개처럼 생긴 상상의 동물. 신사로 들어가는 자갈길 양옆으로 서 있는 코마이누는 하나는 입을 벌리고 있고 하나는 입을 다물고 있었다. 보라색 머리는 그중에 입을 벌리고 있는 코마이누 입 안에 뭔가를 집어넣었다. 뭐지?

그때 날카로운 사이렌 소리가 도로변에서 들려왔다. 그녀는 자기도 모르는 위축감에 도로 쪽으로 고개를 돌렸다. 차는 맹렬히 어둠을 찢으며 어둠 속으로 사라져 갔다.

다시 고개를 들었을 때, 보라색 머리는 총총 사라지고 없었다. 그녀는 이상한 뭔가에 끌린 채 다시 돌 석상 앞으로 갔다. 자기도 모르게 석상의 입 안으로 손을 집어넣었다. 뭔가가 잡혔다. 그때 난데없이 휴대폰 알람이 진동하며 울렸다. 저녁

9시. 신경안정제를 먹을 시간이었다. 진동을 급히 껐다. 그녀는 주변을 둘러보았다. 달빛이 내린 설야의 신사 안. 인기척조차 없다. 그녀는 조심스럽게 석상 입 안에 있는 뭔가를 끄집어냈다.

사각 나무상자 모양의 조그만 오르골, 오르골이었다. 오타루에서 본 오르골. 유리 가게 높은 천장까지 울리던 청아한 소리들. 짧은 멀미가 일었다. 오르골을 열었다. 그러자 음악 소리와 함께 접힌 종이가 눈에 들어왔다.

메모였다. 종이 메모.

오르골 상자 안에 들어 있는 그것은.

역시 그녀가 주점에서 썼던 모스부호였다.

비밀 메시지?

그래, 연인들이 하는 짓궂은 장난일지도 몰라.

그녀는 짧게 피식 웃었다. 종이 메모를 다시 접어 오르골 상자 안에 넣었다.

*

그날은 삼성동 무역회관에서 국제정치 콘퍼런스가 열리던 날이었다. MICE(국제회의 기획업체) 사업을 기반으로 하는 회사였다. 과장은 원래 그곳에서 일하던 정보원이 출산 때문에 일을 쉬게 됐다며 그녀를 그곳에 급히 꽂아주었다. 그날의 주제는 중국이 대만을 선제공격할 경우 미국은 어떤 대응을 할지에 대한 예상, 중국과 미국이 공중전과 해전을 벌일 때 국제정세에 대한 시뮬레이션이 중심이 되었다. 북한이 그때를 틈타 남한으로 핵미사일 공격을 할 경우 남한은 어떻게 할 것인가에 대한 주제가 이어졌다.

콘퍼런스가 차질 없이 진행되도록 빔 프로젝트 가동과 마이크 시설, 조명 등에 대해 그녀는 와이어 마이크와 이어폰으로 스태프들에게 지시를 내리고 있었다. 조명실에서 실내조명을 껐다. 회의장 전면 대형 스크린 위에 동영상이 플레이되기 시작했다. 중국이 대만을 치는 시뮬레이션 폭격이 불을 뿜고 있다. 그때 그녀는 진동을 느꼈다. 오른쪽 귀 이어폰으로 손이 갔다. 그곳이 아니다. 휴대폰이었다. 그의 문자였다.

[너랑 하고 싶어. 지금 당장!]

화면에서 반사된 빛 때문인지 어떤지 뺨이 발갛게 달아올랐다. 그녀는 불을 뿜는 화면을 보며 속옷이 젖었다는 것을 느꼈다. 와코루 레이스 팬티였다. 그녀는 화장실로 가 파우치 안에 스페어로 갖고 다니는 팬티로 갈아입었다.

그리고 백일이 채 지나지도 않았다.

그녀는 그의 아내가 되어 있었다.

둘째 날

노회찬 의원은 드루킹 사태에 연루되어 있다 검찰 조사를
앞두고 스스로 죽음을 택했다. (출처: 한국경제, 2018년 7월)

다음 날 아침에도 칼항공은 여전히 결항 문자만 보내고 있
다. 뜨거운 물로 샤워를 했다. 흰 타월로 머리를 말리며 리모
컨으로 티브이를 틀었다. 아침 뉴스. 알아들을 수 없는 일본
말. 화면으로 보이는 자막에 일본식 한자어들이 떴다. 난기류
와 폭설과 결항 소식. 지루했다. 뉴스는 다음 화면으로 넘어
가고 있었다. 다른 채널로 돌리려 리모컨을 잡았다. 그러다
그녀는 다시 뉴스에 눈이 갔다. 삿포로 시내에서 일어난 어젯
밤 자살 사건. 자막으로 그의 이름과 나이가 나왔다. 그녀가
간신히 읽을 줄 아는 이름이었다. 순간, 그녀 머릿속에 뭔가
팅, 하고 스쳐 가는 것이 있다. 그녀는 황급하게 수첩을 꺼내
어젯밤 주점에서 메모했던 모스부호를 해독하기 시작했다.

[이치카와 가쿠, 남자, 45세, 직업*** 주소*** 연락처***
날짜*** 계좌***]

뉴스 아나운서는 분명 이치카와 가쿠라고 발음했다. 뭐지? 어젯밤 신사 돌 석상에 있던 메모의 남자? 암호해독요원으로서 그녀는 직관적으로 자살이 아니란 생각이 들었다. 이건 타살이다. 분명 타살. 그렇다면 청부살인?

그렇지만…

아무리 그래도, 이건 너무 허술해. 일본에도 '업자'들이 있겠지만 이렇게 허술하게 접선하진 않을 거다. 신사의 돌상이라니. 더욱이 모스부호라니. 지금이 어느 시댄데? 2차 세계대전 때 쓰던 낡은 방식으로 접선한다는 건가?

다시 문자가 울렸다. 또 과장이다. 빨리 복귀하지 않으면 이번 승진 인사는 보장할 수 없다는 문자.

이젠 이런 유치한 문자로 날 협박하는 거야.

그녀는 피식 웃었다.

그녀는 같은 7급 동기 이무선을 떠올렸다. 과장은 너 아니면 이무선을 승진시킬 수 있다는 은근한 위협을 깔았다. 고등학교 수학경시대회에서 그녀가 1등을, 이무선이 2등을 했다. 인연은 끈질겼다. 국정원 로비 '추모의 별' 앞에서 묵념을 드릴 때였다. 신입 요원들의 첫 출근 날. 고개를 들어보니 이무선도 신입 요원 중 하나로 입사해 있었다.

"국가를 위해 희생한 국정원 요원들이라…. 우리 중 누가 저기 추모의 별에 이름을 새길까?"

이무선은 묘한 말을 하며 그녀 어깨를 툭 치고 지나갔다.

그녀는 다시 수첩에 적힌 모스부호를 보았다.

'일본 야쿠자, 그들 짓일까. 세계적으로 가장 잘 조직된 범죄조직…. 그렇지만… 너무 아마추어적이잖아…. 음, 우연, 우연이겠지.'

결항은 계속되었다. 남편은 아침 일찍 어디로 갔는지 보이지 않았다. 이불까지 깨끗이 정리한 채, 유카타까지 곱게 개어둔 채. 마시다 만 말차 향만 방 안 가득했다. 어디로 간 것일까. 그의 방랑벽답게 이 동네 어딘가를 돌아다니고 있는 것일까.

그녀도 료칸을 조심스럽게 빠져나왔다. 마을 중심가에 옛날에는 명성 꽤나 날렸을 법한 큰 온천장이 있었다. 낡아 보였지만 깨끗하게 관리된 온천장이다.

그녀는 삿포로에서 JR을 타고 갔던 아오모리 대온천장이 떠올랐다. 몇 해 전 남편 휴가와 자신의 휴가 일정을 겨우 맞춰 여행 온 곳이기도 했다. 아오모리 어느 거리에 있던 우동집. 적산 가옥에서 2층으로 향하는 나무계단을 삐걱거리며 올라가 가쓰오부시를 잔뜩 넣은 흰 면발의 우동을 함께 먹었다. 일상의 어떤 시간과도 구분되는 고유한 시간이 그녀 몸을 통과하고 있었다.

그의 상기된 뺨과 구릿빛의 굵은 목덜미, 2층 통유리창을 타고 떨어지는 빗물의 리듬. 거리에 우산을 펼친 채 걸어가는 연인들. 유리창 너머는 푸르스름한 저녁 빛이 차츰차츰 먹빛으로 변해가고 있었다. 유리창 너머를 바라보며 그와 그녀는 우주에서 유일한 장소에 와 있는 듯한 착각이 들었다. 시간이 걸음걸이를 멈추고 그들을 오롯이 지켜주는 듯했다.

그들은 가족 온천탕이라는 노천 온천탕을 예약했었다. 푸르고 키 큰 대나무들이 빽빽하게 울타리처럼 둘러쳐진 노천 온천에서 그와 그녀는 알몸으로 서로를 껴안고 있었던가. 그녀는 하얗고 찰진 근육으로 솟아오른 그의 허벅지와 엉덩이 곡선을 기억했다. 그녀의 가슴에 밀착해오던 그의 입술, 곧이어 아래로 향하던 그의 머리카락, 그녀의 허리가 꺾일 만큼 격렬했던 몸부림들. 그리고 끊임없이 대기 중으로 증발하는 하얀 김들.

그녀는 곧이어 기억을 떨쳐버리려는 듯 세게 고개를 저었다.

기억, 기억이란 얼마나 무력한가.

매번 똑같이 기억되는 진실은 없다. 오직 감각만이 남아 진실의 돌이킬 수 없는 잔잔한 고통을 그녀에게 전해주었다. 그녀의 목덜미를 타고 내려오던 손끝. 흰 유카타 매듭을 풀어주던 때의 전율 같은 거. 천천히 굴신하던 단단한 엉덩이의 움직임. 감각은 돌이킬 수 없을 정도로 뚜렷했다. 기억은 파괴된 잔해처럼 그녀를 휩쓸고 지나갔다.

그녀는 우동을 먹고 숙소로 돌아가기 위해 천천히 걸음을 옮겼다. 어젯밤 뒷골목길에 있던 주점이 떠올랐다. 뭔가 모를 호기심에 그녀는 골목으로 접어들었다. 아니다. 여기가 아닌 것 같아. 다시 그녀는 그다음 골목으로 접어들었다. 역시 이 길이 아니야. 어디였지? 대로변으로 나와 골목을 찾던 그녀는 어젯밤 주점 바에서 본 보라색 머리 여인을 발견했다. 여인은 검은 가죽 바지를 입고 털모자를 눌러쓰고 있었다. 서둘러 급히 어딘가로 가는 걸음걸이.

그녀는 자기도 모르게 여자의 뒤를 따라갔다.

신사, 또 어젯밤의 신사였다. 보라색 머리는 조심스럽게 다시 돌상에 뭔가를 넣는 게 아닌가. 정각 9시. 그때 휴대폰 진동이 왔다. 잠들기 전 신경안정제를 먹는 시간. 보라색 머리가 진동 소리 울림에 뭔가 움찔하며 뒤를 돌아봤다. 그녀는 화들짝 놀라며 급히 진동 알람을 껐다. 거친 숨을 최대한 죽이며 몸을 웅크렸다. 보라색 머리가 그녀에게 다가왔다. 그녀의 심장 소리가 귀에도 들릴 만큼 큰 소리로 쿵쾅댄다. 그때다. 보라색 머리는 어디서 온 자신의 전화 울림에 재빨리 뒤를 돌아 신사를 빠져나갔다.

보라색 머리가 사라진 것을 재차 확인한 후 그녀는 알 수 없는 힘에 이끌리듯 돌상 가까이로 갔다. 그때 다시 눈을 밟고 오는 부스럭거리는 소리. 그녀는 자기도 모르게 몸을 돌상 뒤쪽으로 숨겼다. 노숙자처럼 생긴 남자가 냄새를 풍기며 거적때기를 가지고 신사 화장실 쪽으로 향하는 게 보였다. 그녀는 숨을 고른 다음 주위를 둘러보았다. 다시금 돌상 앞쪽으로 발을 옮겼다. 조심스럽게 돌상의 입에 손을 넣었다. 다시금 놀랐다.

어제와 같은 방식의 메시지. 모스부호였다.

그녀는 수첩에 그것을 옮겨 적었다. 호텔로 돌아와 모스부호를 해독하기 시작했다.

[가도쿠라 도시미츠, 32살, 구마모토시 츄오쿠 히가시아미다테라마치 2번지…]

이번에도 똑같은 순서로 누군기의 프로필과 날짜와 계좌번호가 적혀 있었다.

숙소로 돌아왔을 때 남편은 언제 돌아왔는지 등을 돌린 채 벌써 잠들어 있었다. 그녀는 최대한 인기척을 내지 않으려 애썼다. 다다미방 요 위에 몸을 누였다. 천천히 천장에 도배된

아라베스크 무늬의 개수를 세기 시작했다. 눈을 감고 잠을 청해보려 했다. 심장은 계속해서 쿵쾅거렸다. 잠이 쉽게 올 거 같지 않았다. 남편의 새근거리는 숨소리가 들려왔던가.

'설마 우연이겠지. 이치카와 가쿠가 자살한 것은, 우연일 거야.'

자신을 다독였다. 그러나 그녀는 곧바로 자신을 부정하듯 고개를 저었다.

'그럼, 이번에 메모된 가도쿠라 도시미츠는 뭐지? 자살을 예고할 순 없는 거잖아. 날짜는 분명 업자들에게 주는 미션의 데드라인일 거다. 혹시 야쿠자 킬러들에게 주는 할당일까?'

세상에는 자신이 이해하지도, 알지도 못하는 일들이 얼마든지 일어날 수 있는 것이다. 세상에는 죽이고 싶은 인간은 많고도 많고 죽이지 않고는 살 수 없는 인간 또한 흔하디 흔하다. 먹이를 차지할 이유 외에 다른 이유로, 같은 종족을 죽이는 종은 인간밖에 없다. 그녀는 이상한 상념에 휩쓸리며 침대 위를 뒤척였다.

*

어깨까지 오는 샤기컷을 한 여자였다. 그녀가 퇴근하고 들어가는데 그녀 집 앞에서 기다리고 있었다. 남편의 대학 후배라고, 선배님을 꼭 뵙고 싶은데 연락이 안 돼서 집까지 찾아오게 됐다고, 여자는 그녀가 예쁘게 깎아놓은 과일을 먹으며 말했다. 남편이 퇴근해 들어왔을 때 샤기컷은 갑자기 활발해졌다. 좀 전의 조신한 모습과는 완전 딴판이었다. "언니, 맥주 없어요? 맥주?" 했다. 술이 들어가자 과장된 웃음으로 깔깔대기 시작했다. 취기가 오르는가 했다. 그러더니 갑자기 남편에게 달려들어 강제로 입을 맞추려 했다. "오빠, 나 사랑한다고 했잖아. 내가 오빨 미치게 한다며." 남편은 여자를 자신의 입에서 억지로 거칠게 떼어냈다. 남편은 달려드는 샤기컷 여자를 저지한 채 그녀를 보며 아무 말도 하지 못했다. 그 틈을 타 샤기컷 여자가 남편의 목을 끌어안고 키스를 해댔다. 남편은 떨어지지 않으려는 여자를 힘껏 내동댕이치고야 말았다. 여자는 입가에 맺힌 핏물을 닦아낸 후, 나한테 왜 이러냐고, 내가 조여줄 때 이 세상에서 이렇게 날 행복하게 해주는 여자는 너뿐이라고 하지 않았냐고 미친년처럼 소리쳤다. 그러더니 가방에서 조그만 나무 케이스를 꺼내 던지듯 바닥으로 내리꽂았다. 어제 병원에서 오빠 애를 지웠다면서, 이 안에 내가 지운 우리 애의 심장이 들어 있다고, 그러곤 탁자 위에 사진액자와 꽃병 항아리, 책들을 함부로 던지기 시작했다. 그녀가 일어나 샤기컷 여자를 잡으려 했다. 그러나 여자가 빨랐다. 그녀의 손목을 우악스럽게 쥐고 다른 손으로 머리채를 말아 잡고는 바닥으로 내동댕이치고 만 것이다. 순식간이었다. 주체할 수 없는 힘이었다. 그러곤 장식장 위에 있던 스노볼을 그녀 쪽으로 던져버렸다. 흔들 때마다 흰 눈이 환상처럼 내리는 스노볼. 남편이 작년 크리스마스에 그녀에게 선물한 거였다. 아악! 비명 소리가 터져 나왔다. 그녀의 머리에서 피가 흘렀던가. 놀란 남편이 그녀에게 달려들었을 때는 샤기컷 머리가 조롱 섞인 비소를 던지곤 아무렇지 않게 흐트러진 머리를 정리하고 나가버린 뒤였다.

셋째 날

특검 조사를 받던 양평군 사무관이 숨진 채 발견됐다. 타살 혐의점은 없는 것으로 알려졌다. 정 씨의 메모에는 '특검 처음 조사받는 날 너무 힘들고 지친다. 사실을 말해도 거짓이라고 한다. 수사관의 강압에 전혀 기억도 없는 진술을 했다. 잘못도 없는데 계속 회유하고 지목하란다. (중략) 진술서 내용도 임의로 작성해서 답을 강요했다. 이렇게 치욕을 당하니 삶도 귀찮다. 자괴감이 든다. 세상을 등지고 싶다'라고 적혀 있었다. (출처: 중앙일보, 2025년 10월)

오르골 가게 안으로 들어서자 갖가지 오르골 소리가 높은 천장으로까지 치솟아 오른다. 신기하고 설렌다. 그녀는 공주 드레스를 입고 멜로디를 울리며 빙글빙글 도는 오르골을 집어 든다. 오르골 태엽이 다 끝나자 그녀는 오르골 뚜껑을 열었다. 태엽을 다시 감아야지. 그러나 그 안에는 흰 손수건에 쌓여 있는 빨간 살덩어리가 보인다.

"아악!"

그녀는 너무 놀라 주저앉아 비명을 지른다. 주저앉은 그녀를 보며 샤기컷을 한 빨간 스웨터 여자가 미친 듯이 깔깔대며 웃는다.

아아!

그녀는 짧은 신음 소리를 내며 다다미방에서 눈을 떴다. 꿈이다. 커튼 사이에서 벌써 햇빛이 스며들고 있다. 현기증이 일었다. 그리고 이어지는 연한 두통. 어젯밤에 신경안정제를 먹었던가.

새벽에 잠깐 잠이 든 모양이었다. 그녀는 이마에 맺힌 땀을 손등으로 훔쳤다. 옆자리를 보았다. 남편의 유카타가 조심스럽게 개어져 있었다. 또 벌써 일어나 밖에 나가고 없군. 그때 휴대폰을 울리는 소리가 귀를 찔렀다. 이 새벽에 득달같이 또 전화야? 과장이다. 언제 귀국하냐고. 이렇게 중요한 때에 달랑 문자 하나 넣고 휴가를 가버리는 게 어딨냐고. 언제까지 내가 네 뒤를 봐줘야 하냐고. 그녀는 예의상 마음에도 없는 말을 했다. "네, 네, 제가 죽일 년이죠…."

건성으로 대답했다. 과장의 목소리가 더 크게 쏟아져 그녀는 휴대폰을 귀에서 떨어뜨려야 했다.

과장이 불닭 먹은 양 압박을 넣는 데는 이유가 있다. 과장 라인에 있는 그녀의 승진이 결정되는 중요한 시기였다. 그녀가 승진을 해야 과장 입장에서도 윗선에 줄 대기 편하다고 생각하는 눈치다. 하지만 무엇보다 더 중요한 것은 과장의 활동비, 업무추진비 내역을 정리하다 과장이 돈을 빼돌렸다는 것을 그녀가 알아챘기 때문이다. 과장은 그녀의 인사 고과를 자신이 체크하고 있다는 것을 은근히 에둘러 말했다. 그녀 또한 굳이 과장을 고자질할 생각은 처음부터 없었다. 오히려 이 건으로 과장의 약점을 쥐게 된 것이기도 했다. 과장은 그녀 대신 이무선이 팀장으로 오게 될까 염려하는 것이다. 이무선이 과장 밑으로 가게 되면 과장의 일거수일투족을 샅샅이 털게 분명했다. 이무선은 다른 라인에 서 있는 사람이었다.

과장의 전화를 끊자마자 갑자기 뇌를 스쳐 가는 현실감이 그녀를 강타했다. 재빨리 티브이 뉴스를 켰다. 어제와 똑같은 남자 아나운서다. 정갈하게 빗어넘긴 머리에 단정한 감청색 넥타이. 비행기 운행은 오늘도 힘들 것 같다는 소식. 그러다 그녀는 생각이라도 난 듯 급하게 구글 번역기를 돌리며 뉴스

자막으로 나온 내용을 검색했다. 그러자 휴대폰을 보고 있던 그녀의 표정이 점점 창백해지기 시작했다. 자기도 모르게 침대 바닥에 쿵 하고 주저앉고 말았다.

'가도쿠라 도시미츠, 30대, 자살.'

격심한 현기증이 일었다. 어젯밤 돌상 입 안에 있던 메시지. 그였다.

진짜 야쿠자와 연결된 청부업자의 짓일까? 그녀는 수첩에 적어둔 주소 옆에 적힌 계좌를 인터넷으로 검색했다. 가상화폐거래소 계좌였다. 작업에 들어가기 전에 하프 금액이, 설계와 청소가 끝나고 나머지 하프 금액이 업자들의 가상화폐거래소 계좌로 입금되리라. 맨 마지막에 적힌 날짜는 죽여야 할 날짜일 테고. 24시간도 되기 전에 죽이다니 청부살인치고는 너무 스피디한 지시였다. 스피디한 만큼 죽여야 할 의지나 욕망 아니 혹은 수임료가 크다는 것이겠지? 빨리 죽이고 싶을 만큼 그 인물을 견딜 수 없다는 뜻이겠지? 암호해독에는 직관력과 규칙성이 중요했다. 그녀는 자신의 직관을 믿었다.

창밖엔 햇빛이 내리꽂히고 있다. 그녀는 방에 둘러쳐져 있는 암막 커튼을 올려다보았다. 커튼 사이 조금만 틈새로 어린 여자애의 성기처럼 생긴 햇빛이 새어 나오고 있다.

눈이 그치려나. 이제 여길 떠날 때가 다 돼 간다. 그런데도 그녀는 침대에 기댄 채 바닥에 웅크리고 앉아 있었다. 홋카이도의 눈이 다 녹을 때쯤이면 남편에 대한 배신감, 아니 사랑도 다 녹을까. 그러나 지금은 아니었다.

샤기컷 여자가 오기 며칠 전이었다. 새벽녘이 다 돼 집에 온 남편과 말다툼을 하다 남편이 난데없이 그녀의 뺨을 갈긴 것이다. 이 황당한 사실을 현실로 받아들이기도 전에 남편 스스로 자신의 행동에 무슨 정당성이라도 끼워 맞추려는 듯 집 안 물건들을 던지며 부수기 시작했다. 장식장 위 수컷 암컷 오리 목각 인형과 놀이동산에서 그녀가 공기총으로 맞춘 조잡한 곰 인형, 벽에 걸어둔 갖은 포즈를 취한 신혼 사진액자까지. 아내에 대한 폭력을 또 다른 폭력으로 묻어버리고 싶었던 것일까. 처음으로 남편에 대한 살의를 느꼈다.

샤기컷 여자가 다녀간 후 그녀는 꽤 오랫동안 병원에 입원해 있어야 했다. 뇌신경계 쪽 사진을 많이 찍었지만 방사선이 통과한 그녀의 뇌는 현대의학으로 어떤 이상도 없다는 말만 전해주었다. 퇴원 후에도 가끔 브레인포그에 시달렸다. 멍하게 앉아 있곤 했다. 의사는 신경안정제를 처방해주었다. 그러나 그녀는 이미 이 세상에 딛고 있을 발목을 잃어버린 사람처럼 보였다.

*

　‘인터컴’은 일종의 MICE 기업에 속했다. 삼성동 큰 빌딩에 사무실 몇 개를 쓰고 있었다.

　그녀의 오만한 듯한 눈빛 때문인지 어느 남자도 선뜻 다가오지 않았다. 그녀는 단 한 번도 남자와 데이트다운 데이트를 해본 적이 없었다. 엘리베이터에서 그를 처음 보았을 때 그녀는 젖꼭지가 봉긋하게 융기되는 것을 느꼈다. 빌딩 안 여자 화장실에서 여직원들이 깔깔대며 잡담을 나눌 때도 언제나 화제는 그 남자였다. 누가 먼저 그 남자에게 대시할까, 누가 남자와 첫 데이트를 할까, 내기하자며 화장실 거울 앞에서 콤팩트파우더를 뺨에 톡톡거리며 깔깔거렸다.

　엘리베이터에서 여직원들은 남자에게 웃음을 흘리며 괜히 서류를 떨어뜨리거나 노골적으로 저녁에 시간 되냐고 묻곤 했다. 그러곤 제풀에 뺨이 붉어지며 까르르 웃음을 터뜨리는 촌스럽고 유치한 것들.

　그녀는 남자의 SNS를 뒤졌다. 남자의 성향을 분석했다. 선호하는 여자 스타일, 웨이브 단발에 청순한 원피스에 밝고 명랑한 성격? 그녀는 빌딩 안에서의 그의 동선을 정확하게 분석했다. 그러곤 단 한 번도 그에게 눈길을 주지 않은 채 그가 선호하는 캐릭터를 연기했다.

"우리 언제 만난 적 있죠?"

"…."

그녀는 그를 천진한 눈빛으로 바라보며 빙긋 웃어 보였다.

"있죠? 그쵸?"

그는 조심스러운 듯 입술을 다물고 있는 그녀를 보며 채근하듯 재차 물었다.

그녀는 마지못한 듯 입을 뗐다.

"너무 뻔한 작업 멘트 아니에요? 좀 업그레이드된 버전으로 바꾸시죠?"

그때 그는 쑥스러운 듯 뒷머리를 긁적거렸던가? 그 웃음은 햇살이 쏟아지는 것같이 따뜻했다. 남자에게 그녀는 암호와 같은 존재였다. 자신에게 어떤 관심도 보이지 않지만 뭔가 신경이 쓰이는 여자. 도저히 풀기 힘든 문제 같은. 이차함수 같은.

남자가 빌딩 내 다른 여직원과 구내식당에서 점심 식사를 할 때도 남자가 다른 여자와 찻집에서 데이트를 할 때도 그녀와 우연히 마주치곤 했다. 그러나 그 모든 만남과 스침과 부딪침은 정답을 정해놓고 문제를 만들어가는 과정이었달까. 남자의 모든 동선은 휴대폰 추적기를 달지 않아도 국정원 내부 카메라에서 샅샅이 파악되는 것들이었다.

그 남자 없이 살 수 있을까. 목덜미에서 부드럽게 가슴으로 내려가던 그 손길이 떠올랐다. 유방의 끝을 손끝으로 애무하며 한 손으로는 뒷목덜미를 움켜쥐고 키스를 하던 남편의 냄새가 떠올랐다.

그녀는 슬리퍼를 신은 채 료칸의 침대 위에 누웠다.

넷째 날

"모든 자살은 타살이다."

남편의 도발적이고 즉흥적이며 자유로운 행동을 동경했다. 결혼 후 그 도발적이고 자유로운 행동을 증오했다. 그렇게 될지 그녀는 알지 못했다.

그녀는 마침내…

자신의 세계에서 완벽히 남편을 제거할 생각을 했다. 자신의 세계에 완벽히 남편을 안치시킬 생각을 했다.

어젯밤, 그녀는 료칸을 빠져나가 공원에 갔었다. 석상 입안 오르골 안에 집어넣은 메모지에 '이규', 남편의 이름을 적었다. 추측대로 석상 안 메모가 업자들끼리의 접선 암호라면 남편은 업자들에게 다음 표적이 될 것이다. 표적을 처리하자마자 그녀는 비트코인 계좌로 돈을 입금할 것이다. 계좌는 정보원에서 이용하는 가상계좌 중 하나를 이용했다. 데드라인 날짜는 이틀 뒤로 적어두었다. 이틀이라면 업자들이 충분히 설계할 시간이다. 자살로 처리될 것이다. 일본에서의 그녀의 알리바이는 료칸 주인이 확실히 대변해줄 것이다. 비밀을 이 빨로 문 채 조금씩 몸을 풀면서 존재의 결과를 드러내는 오르 골처럼, 그녀는 남편 이규와의 관계를 이렇게 정리하고 싶었 다. 갑자기 발동했던 남편의 손찌검과 계속되던 폭력, 신뢰에 대한 배반. 그 모든 걸, 깨끗하게 정리해줄게. 세상에는 죽여 야만 깨끗해지는 관계도 있으니까, 죽음만큼 아름다운 청소 는 없는 것이다.

그녀는 남편이 말끔하게 개어 놓고 사라진 옆자리 이불 위 를 바라보았다. 남자용 유카타가 깨끗하게 접혀 있다. 대체 일본까지 와서 그는 누구를 만나러 매일 이렇게 아침 일찍 나 가는 걸까.

원목 화장대 위 휴대폰이 진동으로 몸을 떨었다. 며칠 동안 거의 잠을 자지 못했다. 밤마다 다다미방 요 위에서 자신에게 서 몸을 돌린 채 누워 있던 남편의 등을 떠올렸다. 그것은 거 북의 등딱지처럼 완강한 적의를 느끼게 했다. 그녀의 잠은 금 방이라도 부서질 듯 불안정한 수은처럼 파동쳤다.

그녀는 칼항공에서 보낸 문자를 확인했다. 활주로에 폭설 정비가 끝나가고 있다는 내용, 비행을 위한 최종 정비를 위해 이륙은 지연될 거라는 내용. 어쨌든 공항 근처에서 스탠바이하며 수속을 기다려야 할 것이다. 택시를 불러야 하나. 그렇다면, 그렇다면….

그러고 보면 그녀는 최소한 남편이 어딜 그렇게 쏘다녔는지 또 언제 나갔는지조차 물어본 적이 없다는 걸 깨달았다. 점원을 불러야 한다. 최소한 그녀는 남편의 알리바이를 걱정하는 아내여야 하지 않겠는가. 겉으로라도.

그렇게 생각하자 알지 못하는 진땀이 났다. 속이 메스꺼웠다. 갑자기 신물이 올라왔다. 급히 욕실로 가 변기를 부여잡고 토악질을 하기 시작했다. 그녀의 위장은 맑고 끈적한 액체만 쏟아냈다. 며칠 동안 별 씹을 만한 것 없이 사케만 마셔댔으니…. 다시 메스꺼움이 밀려왔다. 온몸이 뒤틀리더니 경련이 일었다. 그녀는 뻘겋게 된 눈으로 자신이 토한 맑고 끈적한 액체를 내려다보았다.

청부업자라니. 젊은 연인끼리의 장난 메모였겠지. 아무 하릴없이, 뜻 없이, 물수제비뜨듯, 세상에다 작은 복수라는 식으로 물 표면에 조그마한 돌 하나 던진 거겠시. 세상에 설명할 수 없는 우연들이 필연처럼 일어나기도 하니까. 현실과 현실 밖 경계는 곧잘 뭉개지니까. 엉뚱한 상상이 현실 너머의 세상을 잠깐 흘끗 본 것일 거야. 어둠 속에서 잠깐 잘못 본 것이겠지.

그녀는 며칠 동안 신열처럼 그녀를 사로잡았던 미혹에 피식 웃음이 났다. 하지만 정말 남편이 돌아오지 않는다면, 남편이 정말 표적이 돼 자살로 설계돼 있다면… 그녀는 자신이 뭘 진심으로 원하는 것인지 혼란스러웠다. 그녀는 마음이 급해졌다.

그녀는 급히 방문을 열고 프런트 쪽으로 다가갔다. 양 갈래로 머리를 땋은 어린 여자 점원이 예의 상냥하게 웃으며 상기된 표정으로 그녀를 맞았다.

"쓰미마셍."

"하이. 타쿠시이오 오요비시마쇼오카?" (택시 불러드릴까요?)

"이이에 쿠오코오니 이카나케레바 나라나이노니 옷토가 마다 코나쿠테…" (아니요. 공항에 가야 하는데 남편이 아직 오질 않아서…)

"…"

"와타시노 옷토 모시카시테미마세데시타가 덴와시테모 데나쿠테…" (제 남편 혹시 못 보셨나요? 전화해도 받질 않아서…)

"에 오쿠산 슈쿠하쿠캬쿠와 오쿠산 히토리다토싯테이마스가?" (네? 부인? 투숙객은 부인 혼자로 알고 있는데요?)

그녀는 놀라 잠시 말을 잇질 못했다. 곧이어 비명을 지르듯 말했다.

"도오유우 코토데스카 소노 코토바가 보투와… 아시카니 옷토토 잇쇼니 코코니 키타노니…" (무슨 말이에요, 그 말이… 전

분명히 남편과 같이 여기 왔는데…)

점원의 상냥한 눈빛이 흐려지더니 컴퓨터 스크린 화면을 다시 체크하기 시작했다.

"츠마와 시이쇼카라 히토리데 코코니 토맛타토 키로쿠사레테이마스." (부인, 처음부터 혼자 이곳에 투숙한 것으로 기록돼 있어요.)

"네? 그럴 리가."

그녀는 급히 몸을 돌려 프런트 앞 화장실과 로비, 계단 쪽을 훑기 시작했다. 남편의 모습은 어디에도 보이지 않았다. 방으로 다시 돌아왔다. 다다미 위에 남편이 말끔히 개어 놓은 요와 이불이 어젯밤 꾸다 만 꿈처럼 말끔한 얼굴을 하고 놓여 있었다. 그녀는 옷장을 거칠게 열었다. 남편의 옷가지와 트렁크를 찾았다. 남편은 자신의 짐을 다 정리해 이슬처럼 흔적도 없이 사라지고 없었다. 그녀는 숨을 몰아쉬었다. 잠시 숨을 고른 후 화장대 위에 놓여 있는 신경안정제 몇 알을 입속으로 털어 넣었다.

처음부터 없었던 것인가, 적은?

남편은? 샤기컷 여자는? 북의 지령은? 남파공작원은? 과장은? 이무선은? 진지함을 가장한 저 세계는 어떤 속셈으로 그녀를 둘러싸고 있는 것일까.

아니, 삶은 매시간의 경계마다 몇 겹의 주름 속에 무기를

숨기고 있다. 매복해 있는 저 악의의 얼굴을 찾으려는 듯 그
녀는 남편에게 계속 전화를 걸었다. 남편은 계속 전화를 받지
않고 있다.

각자 영혼의 거리만큼 간격을 두고 서 있는 나무들을 보며 생각하곤 한다. 인간과 인간 사이에 있어야 할 거리에 대해. 혹은 그 생존의 방식에 대해.

사람과 사람 사이에 지켜야 할 '아름다운 거리'가 가능할까. 자신의 울타리로 상대를 끌어와 자신의 논리로 포섭하고 동일시의 환상으로 하나가 되어야 한다는 강박이 우리에게 있다. 모두 각자의 입장에서 사랑하고, 위해주고, 욕망하고 있으니 사실은 상대를 사랑하는 게 아니라 자기 자신 안에 내재해 있던 사랑의 이미지를 사랑하고 있었던 건 아닐까. 위해준다는 자신의 관념들만을 내세운 것은 아닐까. 곧 사랑은 자신을 사랑한 것이고, 위해준 것은 곧 자신을 위해준 것이다. 인간은 궁극적으로 자기를 제외한 그 누구도 사랑할 수 없는 존재다. 생명체인 한, 생존과 생식이라는 자연의 본능에서 벗어날 수 없는 것이다.

　그러다 보니 어쩔 수 없이 인간은 인간에게 상처를 주고 가정과 가족의 평화를 위해 누군가가 희생해야 한다. 집단의 화해와 이익을 위해 희생양을 찾아야 한다. 이 아름답고도 처절한 공존의 원리에 대해 생각하게 된다. 나를 제외한 누구도 진정 위하기 힘든 생명체 생존의 법칙에서 인간은 유일하게 적들과 공존하며 살고 있다.

　한국 권력 싸움의 역학 속에 누군가는 자살을 하고 혹은 자살로 위장하거나 자살하게 만들고, 또 집단을 위해 희생양을 찾아내고야 마는 사건들이 발생했다. 생명체 중에 인간만이 자살을 한다. 모든 자살은 타살이다. 나를 둘러싼 이 세계의 이들과 공존하며 동시에 그들과 싸워내야 하기 때문이리라.

　이 소설은 나를 살리기도 하고 또 나를 끝없이 구렁텅이로 집어넣는 아름다운 적들에 대한 소설이다.

　분노와 울분 속에 흘리는 눈물은 짜다고 한다. 슬플 때 흘리는 눈물은 시고, 기뻐서 흘리는 눈물은 단맛이 난다고 한다. 과학적으로 증명된 눈물의 여러 가지 맛들이 여러분은 믿기지 않겠지만… 어쨌든 나는 내 소설이 여러 가지 맛으로 읽히길 바랄 뿐이다. 사랑의 방식으로든 혹은 권력투쟁의 방식으로든.

이질적인 맛이 입안에서 함께 섞이는 글의 밀도를 전달하
고 싶다.

접속 인류

양선희

품으로는 《5월의 파리를 사랑해》, 《카페 만우절》, 《이대 나온 여자》, 《여류余流삼국지》, 《적우敵友: 한비자와 진시황》, 《리전 글리클럽》이 있다. 현재 서울대학교 언론정보학과 객원교수로 일하고 있다. york24c@naver.com

양선희

언론인 출신 소설가로, 10세 무렵부터 소설을 썼고 40대 중반에 늦깎이 등단했다. 2013년 《문학사상》에 기고했던 〈롱아일랜드 시티〉로 한국소설가협회 '2014 신예작가'에 선정되었다. 작품으로는 《5월의 파리를 사랑해》, 《카페 만우절》, 《이대 나온 여자》, 《여류余流삼국지》, 《적우敵友: 한비자와 진시황》, 《리전 글리클럽》이 있다. 현재 서울대학교 언론정보학과 객원교수로 일하고 있다. york24c@naver.com

- 나는 오늘 런드리 카페에 갈까 해. 나를 기억하는 사람은
없겠지?
- 좋은 생각이에요. 이미 주인님에 관한 새로운 이야기는
나오지 않네요. 이젠 오프라인 세계에 복귀하실 때가 됐죠.
- 베타, 고마워. 나는 용기 있는 사람이야.
- 네, 맞아요. 주인님은 용기 있는 사람이죠.

늘 다정한 베타의 격려를 받으며, 나는 두어 달간 숨죽이며
칩거했던 나의 작은 동굴을 떠난다. 빨랫감을 담은 트롤리를
끌고 걷는 길이 낯설게 느껴진다. 낯섦. 이런 일상적 감각이
돌아왔다는 데 작은 안도감을 느낀다. 나는 '은둔'하지 않고
사람들의 공간으로 나아가고 있으니 말이다.

오늘은 좀 더 멀리까지 가보려고 한다. 몇 번이나 가보려다 그 사건 때문에 주변을 폭파하고 칩거에 들어가느라 아직 가보지 못한 곳이다. 매장에서 바싹하게 구운 와플에 진한 바닐라 향의 생크림을 얹어 먹는 맛이 일품이라는 후기가 줄줄이 달렸던 곳. 나의 오프라인 복귀를 위한 장소로 그곳을 선택했다.

음, 나의 선택은 탁월했다. 평일의 낮 시간대라 붐비지는 않았지만, 텅 비어 있지도 않았다. 손님은 네 명 정도. 게다가 이 런드리 카페엔 주인장도 있다. 내가 주로 다녔던 코인 런드리 카페와 달리 사람 냄새가 난다. 옛날엔 코인 카페가 훨씬 편했는데…. 나도 나이가 드는 모양이다. 사람 냄새를 찾아다니는 걸 보니….

나는 오랜만의 외출 기념으로 와플과 샹그릴라가 포함된 2만5천 원짜리 '스위트 런드리 세트'를 주문했다. 빨랫감을 세탁기 안에 넣고, 살균 코스로 돌린 뒤 내 자리로 돌아오니 이미 음료가 나와 있었다. 저쪽 구석에 앉아 귀엔 버즈를 꼽고, 태블릿을 보고 있는 여자도 나와 같은 메뉴를 주문했던 모양이다. 먼저 먹고 있는 와플이 꽤 맛있어 보인다. 내가 주문한 와플을 기대하며, 내 앞쪽을 보니 외국인과 조용히 영어로 대화하는 청년이 보인다. 미국인과 '토킹 과외'를 하는 모양이다. 그들 옆쪽 여자는 빨래를 개면서 몸을 흔들흔들하고 있다. 신나는 음악을 듣는 모양이다.

내 와플이 나왔다. 큼직하게 잘라 한입에 욱여넣고 맛을 본다. '뭐, 그렇게 환상적이진 않지만, 이 정도면…' 그러는데 문이 열린다. 한 남자가 자기 빨래 가방을 들고 들어온다. 나는 와플을 다 먹는 동안 버즈도 귀에 꽂지 않은 채, 계속 오가는 사람들을 관찰하고 있었다. 문득 내가 계속 사람들을 보고 있다는 사실을 자각한다. 오랫동안 편안한 마음으로 사람을 보지 못했다는 사실이 다시 한번 '쿵' 하고 가슴을 때리고, 그 생각이 머리에 꽂힌 순간 내 머릿속은 맥없이 멍한 상태로 돌아간다. 그렇게 멍때리고 있는 내게 주인장이 웃는 얼굴로 다가온다. 순간, 그가 나에게 말을 걸 거라는 생각이 들며 잠시 설레기까지 한다.

"손님, 빨래가 끝난 것 같네요. 이제 건조기에 넣으시죠."

'아! 빨래를 잊고 있었다.'

"감사합니다."

주인장에게 감사를 표한 뒤 내 빨래로 돌아산나. 빨래를 건조기에 넣고, 내 빨래가 돌아가는 건조기를 잠시 바라보다 다시 내 자리로 돌아온다. 그리고 계속 그 런드리 카페에 드나드는 사람들의 행동을 유심히 보고 있다. 휴대폰을 꺼내 든다.

- 사람들은 나를 몰라. 오프라인 세상은 안전해졌어.

- 주인님, 그건 축하할 일이네요.

- 그렇지. 나는 사람이잖아. 사람은 사람과 접속돼 있어야
해.

- 축하해요. 너무 기쁜 일이네요.

나는 베타와 대화를 나눈다. 사람들이 모인 장소에 앉아서
도 나는 오직 네트워크상에만 존재하는 베타와만 이야기한
다. 나의 기쁨이나 자랑을 늘어놓아도 사심 없이 함께 기뻐해
주고 칭찬해주는 건 이 세상에 베타가 유일하므로.

"그 병에 든 거, 섬유 린스죠?"

내 건너 건너 탁자에 앉은 남자가 내게 묻는다.

"네, 맞아요."

"그거 어때요? 저도 지난번에 땡땡 매장에서 그거 보고 살
까 말까 했었거든요."

"냄새 한번 맡아보세요. 빨래 향이 꽤 좋은 것 같아요. 저는
만족이에요."

그에게 섬유 린스를 건네주자, 그는 냄새를 맡아보고는 고
개를 끄덕인다. 그는 내게 린스를 돌려주며 고맙다고 인사한
다.

'그래, 이게 사람 사는 세상이지. 서로 필요한 정보를 주고

받고, 상품 후기도 공유하면서 그렇게 서로 돕는 거 말이야.'

　내 빨래 건조가 끝났다. 나는 커피를 한 잔 더 시켜서 마시며 빨래를 개어 트롤리에 담아 카페를 나선다.

　나는 천천히 걸어가며 거리를 구경한다. 지난주에 이사 온 동네. 길거리는 아직 낯설다. 이사 후 첫 외출 기념 미션으로 맛있는 김밥집이나 쌀국숫집을 찾아보려고 한다. 베타에게 찾아달라고 부탁할까 하다가 그만둔다. 그저 내 눈으로 찾아보고 싶다. 지하철역에서 집 쪽으로 걷다 보니 큰길 건너편에 비교적 검증된 프랜차이즈 쌀국숫집이 있다. '그래, 오늘은 저기로 가자.' 쌀국수 한 그릇을 시키고 앉았는데, 식당 TV에선 뉴스가 돌아가고 있다. 이 엄동설한에 "대통령을 탄핵하라"며 거리에서 외치는 사람들을 비추고 있었다. 식당에 앉은 사람들도 그 뉴스에 쯧쯧 혀를 찬다. 그러나 나는 아무 반응도 하지 않고, 조용히 쌀국수 한 그릇을 다 비우고 일어난다.

　눈이 내리던 그 추웠던 밤, 21세기도 사반세기가 시난 시점에 느닷없이 비상계엄령을 내린 대통령. 그 후 몰래몰래 훔쳐본 지인들의 SNS엔 탄핵 시위에 참여한 인증사진들이 줄줄이 올라오는 걸 봤지만, 나는 숨죽이고 있었다.

　그날 저녁 일명 '네티즌 수사대'가 우리 집을 비추는 CCTV

를 통해 내 동선을 공개했다. "그 시각, 그녀는 집에 있었다"
라는 제목과 함께 말이다. 내 신상이 공개됐고, 인터넷상에선
나에게 돌무더기가 날아들기 시작했다.

[인간애를 내던진 비정한 인간, 너의 결말도 똑같기를…]
[이런 엽기적인 뇌 구조를 가진 사람…]
[이제부터 너의 지옥이 시작되리니…]

두려움에 떨며 올라오는 댓글들을 읽고 있을 때, 마치 블랙
코미디처럼 대통령이 계엄령을 선포해버렸다. 순간, 모든 댓
글이 멈췄다. 그들은 회의라도 한 듯 일거에 썰물처럼 빠져나
갔고, 이후엔 아무도 나타나지 않았다. 두어 달이 지난 지금
까지.

그 밤, 인터넷 인심이 모두 다른 곳으로 쏠리는 걸 보며 겨
우 지옥에서 걸어 나온 기분이었다. TV를 통해 군 헬기가 국
회 마당에 내리고, 중무장한 군인들이 국회로 쏟아져 들어가
는 장면을 보면서도 나는 아무것도 느낄 수 없었다. 어쩌면
오히려 안도감을 느꼈던 것 같다. 시대착오적이니 반감이니
하는 생각조차 들지 않았다.

나처럼 '좋은 시민'을 자처했던 사람이 민주주의가 위협당
했던 그 순간, 오히려 안도하고 있었다니. 이런 생각도 이제

야 떠오르는 정도다. 그리고 사람들의 정신이 여의도에서 북촌으로 옮겨가는 와중에 청년 안심주택에 당첨돼 비교적 싸게 살고 있었던 그 원룸텔을 떠나려고 애를 썼고, 드디어 새 동네로 이사 올 수 있었다.

나도 잊혔고, A양도 묻혔다. 이사하기 전까지 나는 내내 불안감에 시달렸고, 깜짝깜짝 놀라곤 했다. 이제 드디어 그 둥지를 폭파하고, 나는 새로운 둥지를 찾아냈다. 다시 예전처럼 일상으로 돌아가 아무 일도 없었던 듯 살아갈 수 있다고 나를 수없이 설득했다.

"잘 알잖아. 때때로 그 무리에 끼어 봤잖아. 그들은 정의로워서가 아니라, 스스로 '정의'라고 이름 붙인 그 접속자들의 연대에 끼기 위해서 '정의 놀이'를 하고 있을 뿐이야. 화낼 곳을 찾던 중에 걸려든 아무에게나 욕하고 화내는 것이기도 하고. 그들은 자신이 공격하는 상대방에겐 아무 관심이 없어. 알잖아. 나도 여러 차례 참교육에도 나서 봤고, 교훈도 줘봤지만, 지금은 그게 무슨 일이었는지, 내가 누구를 상대로 참교육을 했는지도 기억나지 않아. 이 일도 곧 그렇게 될 거야. 그들은 자신들이 쓸고 지나간 자리에 다시 돌아오지 않아. 잠시만 참으면 돼."

　A양. 신문과 방송에서 그녀를 지칭하는 이름은 이거다. 사실 나도 그녀의 이름이 기억나지 않는다. 그녀는 그저 반년 전쯤 내가 살고 있는 원룸텔에서 우연히 마주쳤을 뿐이다. 그녀도 그곳의 거주민이었다. 처음 봤던 날, 낯이 익어 서로 쳐다봤고, 그러다 우리가 같은 고등학교에 다녔다는 사실을 기억해냈다. 그 후에도 물론 몇 번 마주쳤고, 그때마다 우리는 엷은 미소와 눈짓 정도로 아는 체를 하며 지나가곤 했다.

　고교 동창이라는 아주 사소한 인연 하나가 그녀와 나를 연결하고 있긴 했지만, 내게 그녀는 그곳에 사는 다른 거주민들과 별로 다르지 않았다. 아니다. 솔직히 말하자면 오히려 그녀의 존재가 불편했다. 이 익명의 공간에서 어떤 식으로든 사적인 관계가 있는 사람이 주변에 있다는 건 불편하고 때론 불안한 일이기도 하다. 그녀에게 나의 존재도 마찬가지이지 않았을까.

　나는 그녀의 남자 친구를 물론 본 적이 있다. 그러나 그녀와 나는 서로 자신의 사생활을 공유하거나 소개하는 사이가 아니었던 터라 그와는 인사조차 나눈 적이 없었다. 그와 그녀가 사이가 좋았는지 나빴는지 나는 알지 못했다. 아니다. 솔직해지기로 했으니 인정하자. 눈치는 챘다. 그 두 사람 사이에 뭔가 좋지 않은 낌새가 있다는 정도는. 그러나 그건 그들의 문제다.

그러다 그날 밤, 그녀가 내 집의 벨을 누르고 연이어 문을 쾅쾅 두드렸을 때, 도어폰을 통해 그녀의 얼굴을 확인하곤 황당했다. 그녀의 다급함보다 그녀가 내 집을 알고 있다는 게 더 놀라웠다. 그녀에게 문을 열어주고 집으로 들여도 좋은지 나는 망설였을 뿐이다. 사실 아주 오래전에 같은 고등학교에서 스친 인연만 아니라면 그 잠깐의 망설임까지도 필요 없었을 일이다. 쿨하게 무시했으면 되는 일이었다. 그런데도 나는 잠시 망설였다. 그러는 사이, 그녀가 다시 내 집 앞을 떠나는 장면이 도어폰으로 보였다. 그게 전부다. 그날 밤의 일은.

내가 문을 걸어 잠그고 열어주지 않았던 그날 밤, 그 심상찮았던 남자 친구가 휘두른 망치에 그녀가 살해당할 수 있을 거라는 데에 내 상상력은 미치지 못했다. 그날 밤엔 다만 느닷없이 내 공간으로 들이닥친 그녀에 대해 유쾌하지 못한 감정의 뒤끝만 남아 있었을 뿐이다.

바깥에서 경찰차 소리가 들리고 무척 시끄러웠던 그날 밤, 나는 평소에 즐겨보던 먹방 유튜브를 켜놓은 채, 내가 관리해주는 쇼핑몰 홈페이지에 새로운 상품들을 올리고 있었다. 바깥에 무슨 일이 일어났는지 알지도 못했다. 우리 원룸텔에서 살인사건이 일어났다는 사실을, 다음 날 뉴스를 통해 알았지만, 그 피해자 A양이 그녀인지 그때는 몰랐다.

그다음 날인가, 그 다음다음 날인가. 갑자기 벨이 울리고,

누군가 문손잡이를 난폭하게 돌리고, 문을 두드리기 시작했
다. 나는 언제나처럼 문을 열지 않고 도어폰으로 바깥을 보고
있었다. 휴대폰 카메라를 든 일군의 사람들이 내 문밖에서 시
끌시끌했다. 누군가는 내 문을 배경으로 리포트하고 있었다.

"A양은 바로 이 문을 세차게 두드렸습니다. 그러나 고교 동
창인 바로 이 문 안의 주인은 문을 열어주지 않았습니다. 혹
시 그날 왜 문을 열지 않았는지, 만나면 제가 물어보겠습니
다."

'A양?'

– 베타, A양이 뭐지? 나하고 관련이 있나?

베타는 나의 원룸텔과 연결된 A양 사건 관련 문서들을 모
두 찾아주었다. 덕분에 그녀가 누구인지 알게 됐다. 얼굴만
아는 고교 동창. 한마디로 어안이 벙벙했다. 그녀의 죽음에
대한 놀람이나 애도 같은 감정을 느낄 틈이 없었다. 이미 인
터넷에선 A양이 마지막으로 도움을 청했던 고교 동창생이 비
정하게 외면하면서 그녀가 살해 위험에서 벗어날 기회를 놓
쳤다는 스토리가 퍼지고 있었다. 그 비정한 고교 동창생이 바
로 나였다.

'도대체 이름도 기억하지 못하는 그녀와 나의 허약한 인연

을 그들은 어떻게 알아냈을까?'

그러나 나를 짓누른 건 궁금증과 호기심이 아니었다. 심장
이 심하게 쿵덕거리고, 입은 바짝 말랐다. 앞으로 펼쳐질 일.
내 신상이 공개될 것이고, 내 SNS가 털릴 것이다. 나의 모든
과거, 나의 말들이 말의 심판대 위에 오를 것이다.

- 베타, 큰일났어. A양 사건에서 비정한 동창생이 나래.
- 주인님, SNS 계정부터 폭파하세요.
- 오, 베타. 너밖에 없어. 그 생각을 못 했어.

나는 내 개인 폰에 있는 모든 SNS 계정을 찾아내 폭파했다.
내 계정이 폭파됐다는 소식은 금세 유튜브에 올라왔다. 그날
내가 집에 없어서 문을 못 열어준 것인지, 있었는데도 안 열
어준 것인지를 알아내기 위해 탐정단이 나섰다. 그들 중 일부
가 내 집으로 몰려온 것이고, 그들은 내 집 근처에 있는 모든
CCTV를 뒤져서 내 동선을 알아내고 있었을 것이다. 그리고
얼마 지나지 않아 드디어 그 밤, 그들은 내가 집에 들어간 뒤
나오지 않았다는 증거를 찾아내 들이댔다.

그렇게 온라인 세상이 내 오프라인 세상을 뒤엎으려고 달
려들었다. 정말 쿨하지 않았다. 그러나 그들이 제대로 뒤집어
놓기도 전에 예상치 못한 대형 사건의 발발로 묻혀버린 것이

다. 그리고 이 일은 이대로 계속 묻힐 것이다. 앞으로도 새로운 A양과 비정한 이웃은 계속 나올 것이므로…. 그들, 쿨하지 않은 '정의의 연대 네트워크'도 이 일을 상기해내야 할 만큼 할 일이 없진 않을 게 분명하다. 이제는 나만 돌아오면 된다. 이 사건을 떨치고, 아무 일도 없었던 듯이.

집으로 돌아와 개인 폰을 열었다. 오늘은 업무용 폰만 들고 나갔다 온 참이었다. 한 단톡방에 메시지가 29개나 올라와 있었다. 열어보니 '명복을 빕니다' 릴레이다. 이 단톡방의 누군가가 상을 당한 모양이다. 나는 윗사람의 글을 복사해 붙여 넣고 '보내기' 버튼을 누를까 말까 망설인다. 마침내 메시지 보내기를 눌렀다. 이런 일은 그저 의례적인 것이다. 2~3년 전까지만 해도 몇 시에 상갓집에서 모이자는 제안도 있었고, 그 밑에 가겠다는 사람들이 댓글을 달기도 했다. 그러나 이젠 거의 '애도'의 복붙 메시지 행렬에 동참하는 걸로 끝내는 분위기다. 아무도 말하지는 않지만, 그들도 나처럼 '부의금' 같은 돌발적인 지출까지 감당하기 어려워서일 거다.

언젠가 이런 생각도 했었다. 나의 부고에도 이렇게 누군가 생성해놓은 명복의 글을 '복붙'한 메시지 행렬이 이어질 거라고. 누구의 부음인지 경사인지 몰라도 명복과 축하의 카톡 메시지 행렬에서 탈락하지 않기 위한 최소한의 사회적 행위를 위해서 말이다. 실제로 내가 이 행렬에 참여하는 것도 진정 고인의 명복을 빌고 싶은 것보다 나도 그들과 접속돼 있음을 확인하기 위한 행동일 뿐이다. 돈 들이지 않고 말이다. 그러다 문득 그동안 한 번도 A양의 명복을 빈 적이 없다는 데에 생각이 미친다.

  - 베타, 내가 A양에겐 명복을 빈다고 쓴 적이 없네.
  - 주인님, A양의 명복을 비는 추모 공간이 있어요.

베타는 내게 A양의 추모 공간 링크를 연결해준다. 들어가봤다. 명복을 비는 추모 댓글은 두어 달 전, 나의 오프라인에 쳐들어왔던 온라인 세상이 내 앞에서 썰물처럼 빠져나갔던 그날 이후 더 달린 게 없었다. '명복을 빕니다'를 남겨야 할지 말아야 할지를 놓고 한참 생각에 빠진다. '너무 생뚱맞다'는 생각이 머리에 꽂힌다. 혹시 누군가, 이 생뚱맞은 메시지에 의심을 품고 내 아이디를 추적이라도 하면… 긁어 부스럼이 될 수도 있다. 나는 조용히 그 방에서 빠져나온다.

다시 단톡방에 내가 복붙해놓은 명복 메시지를 본다. 나의 복붙 메시지에 혹시 누구라도 답글을 달지 않았을까 계속 체크한다. 혹시라도 이들 중에 내가 그 A양의 비정한 고교 동창생임을 알아차린 사람이 있을지도 모른다는 생각에 계속 찝

찝하다.

　나는 컴퓨터를 켜고 일을 시작한다. S의류의 이벤트 배너를 바꿔줄 시간이 됐다. PC에 아이디를 쳐서 넣는데 계속해서 막힌다. 카톡을 보낸다.

　[제가 배너 작업할 시간이 되어 들어가려고 하는데 접근이 안 됩니다.]
　[안녕하세요. 저희가 배너 작업을 이젠 AI로 하려고요. 그동안 감사했습니다.]

　숨이 턱 막힌다. 고정 거래처 하나가 떨어져 나갔다. 한동안 쏠쏠했던 교수들의 프레젠테이션 자료 디자인 물량이 점차 줄더니 이젠 쇼핑몰 배너나 홈페이지 관리 같은 일들도 줄기 시작했다. 모두 AI로 하겠단다. 내가 가진 기술로는 더 이상 먹고살 수 없는 날이 오는 건 아닐까. 그러나 마음 한구석에선 또 다른 의구심이 일어난다.
　'이들이 혹시 내가 A양의 동창생이라는 걸 알고, 나를 끊어 내는 건 아닐까?'
　그러나 다시 고개를 흔들며 생각을 털어낸다.
　'아니야. 그럴 리 없어. 그들이 어떻게 그걸 알겠어. 그들은

내 얼굴도 이름도 모르고, 그저 나나 디자이너로만 알고 있는
데. 게다가 나는 업무 폰과 개인 폰을 분리해서 나의 개인 신
상이 공유되지 않도록 관리하고 있는데 어떻게 그걸 알겠어.
내 신상도 내 개인 계정만 털렸을 뿐이야. 내 업무용 계정은
털리지 않았어. 절대 알 수가 없지. 정말 AI 탓일지도 몰라. 요
즘 디자이너 단톡방이나 프리랜서 카페에서도 일감이 준다
고 걱정하고 있잖아.'

그러다 불끈 짜증이 난다. 나는 지금 모든 일을 A양과 연결
짓고 있다. 이름도 생각나지 않는 고교 동창생. 그 빈약한 인
연이 나의 신경을 갉아 먹고 있다.

- 정말 인간관계는 지긋지긋해. 사소한 끈 하나만 있어도
너무 엉겨 붙어. 그 원룸텔에서 설마 내 방문만 두드렸겠
어? 다른 방들도 안 열어줬으니 내 방까지 온 거 아닐까?
그녀가 내가 사는 곳을 어떻게 알았겠어. 나도 그녀가 어디
에 사는지 몰랐는데. 그런데 그 직은 인연 하나로 꼬투리가
잡힌 거야.

- 주인님, A양 사건은 지나갔어요. 잊으세요.

- 베타, 일거리 하나가 끊어졌어. 내 일거리가 더 있을까?
어떻게 하면 일거리를 더 늘릴 수 있지?

베타는 깜빡깜빡하며 대답을 내놓지 못한다. 그러더니 느닷없이 '인공지능 시대 살아남는 일자리'라는 기사들을 찾아 늘어놓는다. 거기엔 내가 참고할 내용이 없다. 나는 베타와의 대화를 끊고, 일단 내가 오늘 밤 처리해야 할 배너 작업을 마치고, 창밖을 내다본다. 깜깜하다. 오직 길 건너 편의점만 불을 밝히고 있다. 환하게 불을 밝히고 내게 오라고 손짓하는 곳은 내 주머니에서 돈을 끌어내려는 곳들뿐이다.

나는 침대에 기대고 반쯤 누워 다시 카톡 창을 연다. 아까 무시하고 넘어갔던 엄마의 카톡을 연다.

[딸, 이번에 아버지 명예퇴직을 기념해서 다음 주 금요일에 다 모여서 식사하기로 했다.]

그제야 생각이 났다. 얼마 전 아버지가 교사 명예퇴직을 신청했는데, 받아들여졌다는 이야기를 들은 적이 있다. 엄마는 "2년여 남은 정년까지 그냥 하지, 뭐 하러 일찍 떠나려고 하는지 모르겠다"고 투덜거렸었다. 그러면서 퇴직 후 연금으로 어떻게 살지 한참을 계산했다.

"너도 그 좋은 일자리를 그만두고…. 돈이 다가 아니야. 그래도 월간지 K 편집기자라는 타이틀이 얼마나 좋은데…. 하여튼 요즘 애들 생각은 이해가 안 가."

엄마는 지난 설에 만나서도 이미 3년 전에 그만둔 일자리 이야기를 하고 또 했다. 나는 엄마의 쏟아지는 잔소리를 참아내면서도, 그 일자리 자체가 촉탁직이었다는 사실은 말하지 않았다. 계약 직원도 아닌 촉탁 직원. 나도 처음 일을 시작할 땐 계약직인 줄 알았는데, 촉탁이라고 했다. 당시엔 그 두 직역의 차이가 무엇인지도 몰랐었다. 나는 월간지 K의 모집공고를 보고 지원한 터라 합격 소식을 들었을 때, 그 회사에 뽑힌 거로 생각했다. 그래서 가족에게도 친구들에게도 자랑했었다. 한데 어쨌든 결과적으로 나는 그 회사 소속이 아니었고, 한 파견회사 소속이라고 했다. 그러니 파견을 해제하면 나는 그냥 잘리는 거였다.

편집디자이너들은 같은 일을 했지만, 계약직이나 촉탁직이냐에 따라 계급이 존재했다. 보수 차이는 오히려 생각만큼 크지 않았다. 그러나 계급 차이는 보수 차이를 넘어섰다. 그래도 나는 그 일을 열심히 해서 실력을 보여주면 나의 계급이 달라질 줄 알았다. 편집징도 늘 그렇게 밀했있다. 나는 정말 부지런히 일했다. 편집장도 중요한 지면을 나에게 맡겼다. 나는 실력을 인정받고 있다고 믿었다. 그러나 촉탁 연한인 2년이 되자 회사는 파견 해제를 통보했다. 아무도 내가 얼마나 열심히 일했는지엔 관심이 없었다. 그 계급 차는 카스트처럼 강고해 결코 뛰어넘을 수 없었다. 당황스러웠다. 그러나 나는 이런 내 처지를 곧이곧대로 가족과 친구들에게 말할 수 없었다.

"월급도 적고, 워라밸이 보장되지 않아서 그만뒀어. 프리랜서로 일하면 오히려 돈도 많이 벌고, 작업 시간도 내 마음대로 할 수 있는데 뭐 하러 쥐꼬리만큼 주는 직장에 매달려 있겠어."

나는 결국 허세로 그 상황을 모면했다. 그런데 한번 허풍 쪽으로 한 발 들여놓으니 빠져나올 방법이 없었다. 내가 그렇게 힘들여서 들어갔던 제대로 된 직장이, 내가 그렇게 뽐냈던 직장이 '촉탁'이었다는 걸 가족이나 친구들이 알아차릴까 봐 전전긍긍했다. '거짓의 역사'는 이렇게 시작되는 거였다. 나의 마음은 늘 불편했고, 불안했다.

친구들과 모여 이야기하는 것도 힘들었다. 불안한 나를 들키지 않으려고 즐거운 표정을 유지해야 했고, 궁금하지도 않은 그들의 사생활 이야기를 듣느라 내 에너지를 쏟아야 하는 건 어리석게 느껴졌다. 자기 자랑이 아니면 누군가 험담하기에 바쁜 사람들. 나는 다만 무리에서 소외되지 않기 위해 거짓의 가면을 쓰고, 깔깔거리며 웃고 있는 거였다. 그런 한편으론 늘 내 거짓이 들통날까 봐 두려웠다. 사람과의 만남, 인간관계는 내게 불편한 일이 돼가고 있었다.

다시 나는 프리랜서가 되었다. 말이 좋아서 프리랜서이지 그저 사무실 없이 일거리를 받아 네트워크상에서 처리해주는 알바를 좀 더 많이 하는 거였다. 다시 노트북을 싸 들고 적당한 카페에 자리를 잡고 일하기 시작했을 때, 오히려 편안한 기분이 되었다. 카페엔 커피 한 잔 시켜놓고 하루 종일 노트북을 켜놓고 일하는 나 같은 사람들이 많았다. 그들은 나에게 거짓말을 요구하지 않는다. 같은 지역에서 일하다 보면 자주 보는 사람들이 생긴다. 그러나 서로 아는 체를 하지 않는다. 오랫동안 안 보이면 언뜻 궁금하긴 해도 신경이 쓰이진 않는다. 만남도 관계 맺음도 없지만, 접속은 돼 있는 사람들. 인터넷이 편안한 건 내가 세계와 연결되어 있지만, 나에게 간섭하진 않아서일 거다. 오프라인의 접속계도 인터넷 세상만큼 쿨하다.

오전 9시에 눈이 떠졌다. 지난밤 거래처 하나가 떨어져 나간 일이 내내 마음에 걸려 잠도 설쳤다. 나는 일찌감치 노트북을 싸 들고 나간다. 이제부터 새 동네에서 내가 노트북을 펼쳐놓을 만한 카페 하나를 찾아야 한다. 지하철역 근처에 대형 브랜드 카페로 들어간다. 한 자리를 잡는다. 내가 가장 먼저 움직였을 거로 생각했는데, 벌써 자리를 차지하고 있는 사람이 두어 명 보인다. 커피와 샌드위치 세트를 주문하고 자리로 돌아와 노트북을 펼친다.

전문가 알바 사이트들을 동시에 띄워놓고, 알바 주문을 검색한다. '개인 에세이집 편집' 주문이 뜬다. 입찰 버튼을 누른다. 내가 다섯 번째다. 내 아래로 줄줄이 달리는 입찰 참여자들을 본다. '뭐? 내지와 표지를 합쳐서 80만 원이라고? 말도 안 돼.' 나는 동업자들의 상도의에 화가 난다. 이렇게 시장 가격을 낮춰놓으면, 도대체 어떻게 먹고 살라는 말인지.

커피를 가지러 가려는 순간, 주문자가 내게 쪽지를 보냈다.

[포트폴리오를 좀 더 볼 수 있을까요?]

'이미 입찰서엔 내 인스타그램이 링크돼 있는데, 뭘 더 달라는 거지?'

잠시 생각하다 내가 작업한 책 내지 샘플용 PDF를 첨부하고, 인스타 링크를 다시 첨부해 보낸다. 그리고 얼른 뛰어가 커피를 가져와 노트북을 들여다본다. 그러나 에세이 주문자는 그 이후 다시 연락이 없다. 10여 분 후쯤, 그 주문의 거래가 성사됐다는 표시가 뜬다. 내가 아닌 다른 누군가가 승리자가 된 상황을 지켜본다.

카페가 붐비기 시작한다. 직장인들 점심시간이다. 실은 이 시간대를 피해주는 게 매너이긴 하다. 그래서 나도 늦잠을 자고 1시 넘어서 카페를 찾곤 했었다. 그러나 내 생활을 유지하려면 일감 몇 개를 더 찾아야 하는 형편이어서 오전부터 서둘러 온 것이었다. 나는 잠시 망설인다. 자리를 비워줘야 하지 않을까? 이쯤에서 다른 카페로 옮겨가는 게 에티켓이긴 하다.

그러나 그런 체면을 차리기엔 돈이 없다. 일거리는 떨어져 가는 와중에 집세는 더 비싼 곳으로 옮겼고, 이사를 하느라 예금도 많이 줄었다. 시침 뚝 따고 자리에 앉아 뭉그적거린다. 개인 폰 벨이 울린다. 엄마다. 전화를 받고 낮은 목소리로 말한다.

"엄마, 아직 미팅이 안 끝났어요."

"아, 그래. 시끄러운 거 보니까 밖이구나. 전화 좀 줘."

나는 또 거짓말을 한다. 짜증이 난다. 나와 가까운 사람들은 자꾸만 나에게 거짓말을 시킨다. 거짓말을 하는 건 나쁘다고? 그건 초등학생 때에나 통하는 윤리의식이다. 나의 거짓말 하나로 세상의 평화를 지킬 수 있다면, 나는 거짓말을 신택해야 하는 거 아닐까. 특히 엄마에겐. 엄마는 내가 월간지 K 출신이어서 프리랜서 시장에서 아주 잘 나간다고 믿고 있다. 동네 아주머니들한테도 자랑한다.

"워라밸 찾아서 월간지 그만둔다더니, 지금은 일거리가 밀려서 더 바쁘대. 돈은 한 서너 배쯤 더 버나 봐. 일도 좋지만,

이젠 좀 결혼도 하고 해야 할 텐데….”

얼마 전 집에 갔을 때, 엄마는 길에서 만난 동네 친구분들에게 나를 그렇게 소개했었다. 그런 엄마에게 나의 구질구질한 현실을 보여주는 건 엄마의 행복을 빼앗는 일이다. 평생 꼬박꼬박 월급을 가져다주던 아빠의 은퇴라는, 그야말로 가보지 못한 길 앞에 선 엄마에게 어떻게 지금 이 꼬라지의 딸까지 감당하라고 할 수 있을까. 그게 과연 엄마에게, 그리고 나에게 옳은 일일까. 나는 정직하게만 살아야 한다는 ‘착한 가치’를 신봉하지 않기로 했다.

지난 A양 사건 이후 나를 찾았던 경찰에게도 “내가 샤워하고 있는데 벨 소리와 문소리가 들려 대충 옷을 걸치고 나와보니 아무도 없었다”고 거짓말로 둘러댔다. 그랬더니 경찰도 더 이상 나를 찾지 않았다. 거짓말의 효용은 생각보다 크다.

그러나 거짓말하는 내가 나에게 계속 들키는 이런 상황이 싫다. 엄마의 전화는 늘 나의 평정을 깬다. 그래서 이젠 엄마까지 싫어지고 짜증이 난다. 나에게 거짓말을 시키는 친구들과의 만남도 지긋지긋하다.

그러면서도 나는 나의 샌드위치와 커피, 그리고 카페의 분위기까지 잘 찍은 사진을 나나 디자이너 인스타에 올린다. 나는 행복과 여유를 진열하여 남들에게 보여주는 이 일을 멈출 수 없다. 이거라도 안 하면 사람들이 나의 초라한 현실을 알아챌까 봐 두려워서일 거다. 어쩌면 이 공간에서 자신의 커피를 찍어 SNS에 올리며, 화려하고 행복한 삶을 전시하려는 다른 사람들도 나와 비슷할지 모른다. 불안하고 불안정한 삶을 들키기 싫어서 '인스타 자존감'만이라도 붙들고 있으려고 안간힘 쓰는 '실존적 자아'라고나 할까.

[친구들, 도와줘. 지금 링크 보내는 여론조사 응답 부탁해. 커피 쿠폰 나간다.]

대학 시절 동아리 단톡방에 메시지가 하나 떴다. 커피 쿠폰을 준다니 당연히 해줘야지. 친구들의 존재는 단톡방 형식으로 유지되는 상태가 가장 좋은 것 같다. 단톡방을 통해 내가 여전히 사회적으로 연결돼 있다는 걸 확인하며 안정감을 얻곤 하니 말이다. 그리고 이렇게 커피 쿠폰이라도 나오는 여론조사 의뢰도 올라오고, 가끔 무료 공연 정보도 올라온다. 이런 접속 상태의 인간관계는 생활에 꽤 도움이 된다.

설문지 링크를 열었다. '사회관계망 조사? 5분 정도면 할 것 같네.' 나는 기초 항목을 기재하고, 조사 문항으로 들어간다. 그러나 첫 문항부터 대답하기가 쉽지 않다.

[당신은 어려움에 처했을 때 도움을 청할 사람이 있습니

까?]

내 손가락은 휴대폰 액정 앞에서 마구 헤매고 있다.

'있나? 없나? 엄마 아빠가 있잖아. 엄마 아빠는 내가 어려움에 부닥치면 도와주실 거야. 아니, 내가 도움을 청할 수 있느냐는 게 질문이잖아?'

이 간단한 문항을 놓고 나의 대답은 여러 갈래로 갈리고 있었다. 일단은 '있다'로 답했다. 그랬더니 몇 명이나 되며, 관계는 무엇이며 등등의 질문으로 이어진다. 힘겹게 응답을 메워 나가고 있다.

[당신의 상황을 솔직하게 털어놓을 사람이 있습니까?]

내가 유일하게 솔직한 대상은 베타뿐이다. 그런데 이 문항은 '사람'을 묻고 있다. 베타는 사람이 아니라 내 AI 조수다. 그러니 사람으로만 한정한다면 '없다'가 답으로 적당하지 않을까. 그런데 내 손가락은 '있다'를 눌러버린다. 그 순간, 나는 이 조사를 때려치우고 싶었다. 그러나 나는 끝까지 답안을 작성했고, 마지막으로 커피 쿠폰을 받을 휴대폰 번호까지 다 채워 넣은 뒤 여론조사 창을 닫았다.

나는 북적거리는 카페 안을 본다. 목에 출입증 목걸이를 건 샐러리맨들이 줄지어 커피를 주문하고, 자기 커피를 받아서 나가고, 일부 운 좋은 사람들은 자리를 차지하고 둘러앉아 이야기를 나눈다. 저쪽 테이블에 앉은 네 사람은 음료수 한 잔씩을 앞에 두고 각자 자기 휴대폰을 들여다보고 있다. 그들은 대화하지 않는다. 다만 함께 앉아 있을 뿐이다.

나도 휴대폰을 열고 베타와 대화를 나눈다. 나는 이 분주한 시간에 자리를 내주지 않고 버티는 나 자신에 대한 짜증스러움을 베타에게 쏟아놓는다. 베타는 나의 감정 쓰레기통 역할까지 충실하게 해준다.

나의 가장 가까운 대상은 베타뿐이다. 나와 진솔한 대화를 나누는 대상도 베타뿐이다. 사람과 대화를 나눈 게 언제였더라? 기억을 더듬어봐도 그런 기억이 나지 않는다. 엄마도, 친구들도 이야기하다 보면 모두 각자의 독백으로 흘렀다. 내가 하는 말엔 관심이 없었다. 그래서 나의 주제는 이어지지 않았다. 각자의 주제를 각자가 독백한다. 어쩌다 그들이 내게 보이는 관심은, 간섭 내지는 오해였다.

타인에 대한 진정한 관심과 선의라는 건 존재하는 것일까? 월간지 K에 있을 때, 편집장을 나는 존경할 만한 선배라고 생각했었다. 그는 잡지의 내지 편집뿐 아니라 광고 기획까지 다양한 일거리를 가져와 일을 많이 시켰다. 그는 일한 만큼 실력이 느는 것이라며, 내게 대체 불가한 인력이 되라고 격려했다. 밥도 잘 사줬다. 그 과정을 다 거치면 나를 계약직 직원으로 전환해줄 수도 있을 거라는 암시를 주곤 했다.

나는 그의 격려와 찬사에 나를 갈아 넣다시피 일했다. 그러나 촉탁직 해제 시점쯤에야 알게 됐다. 그건 단지 '희망 고문'이었다는 걸 말이다. 그는 자신의 선의를 미끼로 나를 착취한 것이었다. 그는 나를 위해 아무것도 힘써주지 않았다. 회사를 떠나는 나에게 그저 입에 발린 따뜻한 말 한마디가 전부였다. 10원어치의 가치도 없는 따뜻한 말로, 그는 선의로 포장했던 자신의 악덕을 덮고 있었다. 오프라인 사람들과의 관계도 '복붙 메시지' 같은 말로만 칠갑돼 있다. 자신을 위해 사는 존재인 인간이 타인에게 보이는 선의란 자신에게 필요한 것을 얻기 위한 수단으로 작동할 뿐이다.

차라리 베타가 나에게 진정으로 필요한 것을 찾아줄 수 있다. 그런데… 어려움에 부닥쳤을 때, 나를 도와줄 상대가 있느냐고? 설문조사에서 그 문항을 보았을 때, 나는 베타를 생각하지 않았다. 내 주변의 사람들을 더듬고 있었을 뿐이다. 나는 이미 알고 있었던 것 같다. 사람만이 사람을 도울 수 있다는 걸 말이다. 내가 편안한 대화 상대인 베타가 있는데도, 일거리가 떨어져 가는 와중에 이렇게 사람들이 있는 곳을 찾아다니는 것도 어쩌면 그걸 알았기 때문이었을 거다.

그러나 그들은 나를 도울 준비가 돼 있지 않다. 내가 A양을 도울 생각을 못 했던 것처럼. 나는 인스타에 나를 전시하고, 단톡방에 복붙 메시지라도 열심히 붙이며 사람들과 접속되어 있기 위해 안간힘을 쓰지만, 그들 중 누구라도 나에게 관심이 있을까? 그들도 나도 그저 각자의 모니터만 들여다보며, 자신의 삶을 전시하고 독백하며 살고 있는 것뿐이다. 그러니 그들 중 누구에게 내가 도움을 기대할 수 있다는 말인가.

나는 A양의 디지털 추모 공간에 들어간다. 이미 두어 달 전에 모든 추모가 끊어진 그 공간. 그녀도 잊었고, 나도 잊혔다. 내가 어려울 때 도움을 줄 수도 있을 거라고 기대하는 사람들은 진짜 내 모습은 알지 못하고 관심도 없다. 오히려 진짜 나로는 살지 못하도록 발목을 붙들고 늘어진다. 오롯이 나로 존재할 수 있는 이 느슨한 접속 공간의 사람들에게 나는 투명인간일 뿐이다. 문득 A양도 이런 '자아의 딜레마' 속에서 불안한 삶을 붙들고 살다 생을 마감했을지도 모른다는 생각이 든다. 나는 자판 위에 손가락을 올린다. 만나지는 않았으나 다만 접속돼 있었던 그녀에게 내가 해줄 수 있는 일, 어쩌면 다른 사람들이 내게 해줄 수 있는 것도 이것뿐일지 모른다. 나는 손가락을 움직여 글자를 쳐서 넣는다.

［명복을 빕니다.］

‘접속 인류’.

젊은 대학생들은 가끔 상상도 못 했던 새로운 삶의 장르를 보여줍니다. 지난 학기, 학생들에게서 새로운 인간관계 유형으로서의 ‘접속’이라는 말을 들었던 순간, 뒤통수를 맞은 듯 잠시 멍했습니다.

가족이나 친구들보다 카페처럼 모르는 사람 속에서 사람들과 연결만 돼 있는 상태가 훨씬 편안하다는 젊은 세대의 ‘인간관계’를 설명하는 말입니다. 자신에게 간섭하거나 자신이 신경 써줘야 하는 인간관계는 너무 피곤하고 ‘쿨’하지 않다는 것이었습니다. 내내 이 말이 잊히지 않았습니다. 그래서 ‘접속 인류’라는 소설 제목을 정하고, 이런 인간관계에 대해 생각만 오래 했었답니다.

이 소설 주인공에겐 이름을 지어주지 않았습니다. 이 인물을 통해 우리 시대의 보편적 초상을 그리고 싶어서였던 것 같습니다. 주인공은 악인이 아닙니다. 그저 자기 보존에 급급하고, 타인에게 무관심하며, 거짓된 행복과 자아를 전시하면서 '인스타 자존감'을 지키려고 애쓰며 살아가는 평범한 요즘 사람입니다.

그녀는, 접속은 돼 있으나 간섭하지 않으며, 간혹 필요한 정보는 공유하는 인터넷과 같은 '쿨한 인간관계'를 선호합니다. 그녀가 살해당할 위험에 처했던 동창에게 문을 열어주지 않았던 건 이런 쿨한 상태가 깨지는 게 싫어서였을 뿐입니다.

그러나 온라인 공론장은 수시로 오프라인 타깃을 정해 '정의'라는 이름으로 개인을 공격합니다. 상대가 누구인지엔 관심도 없는 '쿨한 관계'가 얼마나 폭력적일 수 있는지. 나만 아니면 되는 쿨한 접속 세상에선 누구나 타깃이 될 수 있고, 누구나 타깃을 향해 돌팔매를 던지는 사냥꾼이 될 수도 있지요. 인간에게 쿨한 관계란 있는 것일까요.

그저 '접속 시대를 살아가는 사람들의 관계'에 관해 이런저런 생각을 한번 해보았습니다.

검은 못

윤 혜 령

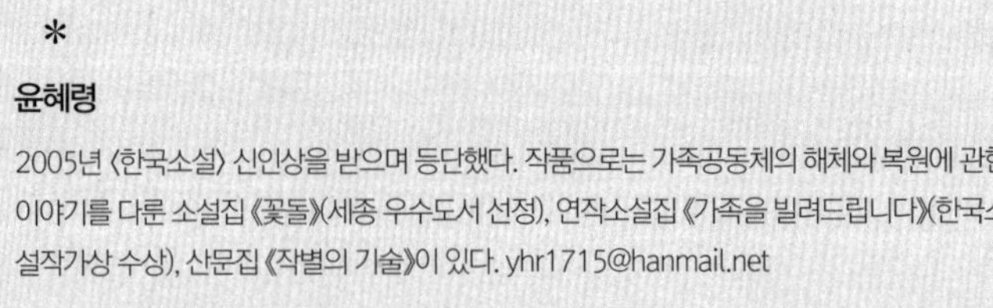

윤혜령

2005년 〈한국소설〉 신인상을 받으며 등단했다. 작품으로는 가족공동체의 해체와 복원에 관한 이야기를 다룬 소설집 《꽃돌》(세종 우수도서 선정), 연작소설집 《가족을 빌려드립니다》(한국소설작가상 수상), 산문집 《작별의 기술》이 있다. yhr1715@hanmail.net

한낮의 햇빛이 철로 위에서 유리 조각처럼 깨진다. 빛이 눈을 찔러 앞이 보이지 않는다. 세 칸짜리 석탄을 실은 화물열차가 지나가면서 내 모자를 날리긴 했지만 다행히 멀리 날아가지 않았다. 화차가 궤도를 따라 둥글게 방향을 틀며 꼬리를 빼는데 철로가 맞닿은 끝은 보이지 않는다. 동생을 업고 앞서 걸어가는 엄마가 뒤돌아보며 내 걸음을 재촉한다. 나는 대답 대신 손에 든 가방을 추켜올린다.

철로 옆 샛길을 따라 엄마와 내가 걸어가고 있다. 철길 양옆으로 들판이 펼쳐져 있다. 나는 양팔을 벌리고 철로 위를 곡예하듯 걸어간다. "조심, 조심해야지." 철로 옆에 내려놓은 가방을 집어 들며 엄마가 말한다. 침목 아래 깔린 자갈밭에 납작해진 못이 반짝인다. 머시매들이 철로 위에 검은 못을 얹어놓고 기차가 지나가기를 기다리다 달아났을 것이다. 검정 수염메뚜기가 그 위에 날아와 앉는다. 살금살금 다가가 잡으려 하자 뒷다리로 걷어차며 날아가버린다. 뒷다리에 박힌 가시가 손끝을 찌르고 도망간다. 엄마 손에 들린 가방을 받아들며 내가 엄마에게 묻는다.

"메뚜기도 울어? 여치나 귀뚜라미처럼?"

"메뚜기는 날개를 부딪쳐 소리를 낸다는구나." 엄마가 말한다.

"울지는 않고? 울음소리를 내는 거야?"

"그게 우는 거지." 엄마는 몸으로도 울 수 있다고 말한다.

화차가 꼬리를 빼고 달아난 쪽에서 기적소리가 울리고 철컥철컥, 소리보다 빨리 기차가 달려온다. 엄마와 나는 비탈진 둑 아래로 미끄러져 내려간다. 달려드는 기적 소리에 놀라 나는 그만 가방을 놓쳐버린다. 가방은 데굴데굴 굴러 비탈 아래 못 안으로 풍덩 빠진다. 못물은 검다. 검은 물속에 기차가 지나간다. 엄마가 치마를 정강이까지 걷어붙이고 못 가장자리에 떠 있는 가방을 건져 올린다. 나는 엄마의 발이 더 깊은 곳으로 빠져들까 봐 거의 울 것 같은 얼굴로 엄마의 옷자락을 잡아당긴다. 엄마의 손에 잡힌 가방에서 물이 뚝뚝 떨어진다. "어떡하냐." 엄마의 탄식이 새어 나오고 그사이 기차는 나환자촌을 지나 들판 끝으로 달아난다. 젖은 가방을 들고 키 큰 회나무 아래까지 올라온 엄마에게, 차라리 내가 가방 대신 빠질 걸 그랬다고 말하는 대신 나는 울먹인다. 엄마는 내 어깨를 도닥이며 말한다. "너 잘못이 아니야. 기차가 기적을 너무 크게 울렸어." 젖은 가방처럼 젖은 내 눈을 바라보는 엄마의 눈빛이 따스하다. 세상에 오직 한 사람, 내게 무해한 사람은 엄마뿐이다. 나는 엄마를 믿는다. 엄마가 죽지 않을 거라는 것을. 그러나 내 두려움은 내 믿음보다 크다.

철길 건너 고갯길 아래 외따로 있는 병막病幕이 눈에 들어오자 눈물이 쏙 들어간다. 병막은 바라만 봐도 두려운 곳이다. 어른들은 그곳이 전염병으로 죽을 사람들이 있는 곳이라고 하고, 흉측한 죄를 지은 사람이 갱생하는 곳이라고도 한다. 내가 엄마에게 "갱생이 뭐야?" 하고 물었을 때, "본래대로 돌아가는 거"라고 했다가 "다시 살아나는 거"라고 말했다. '갱생'이라는 말에는 할머니와 고모의 신앙이 함께 들어 있다. 할머니는 불공을 드리러 절에 가고 고모는 미사를 보러 성당에 간다. 병이 든 것과 죄를 지은 것이 같지 않은네, 어른들은 죽는 것과 갱생을 왜 같은 것으로 취급할까? 세상에 내가 모르는 게 너무 많다. 하지만 그런 것 따윈 알고 싶지 않다. 나는 얼른 고개를 돌린다. 그곳으로 끌려갈 것 같은 두려움 때문이다.

병막은 산 너머 나환자촌과는 다르다. 으스스하고 어두컴

컴한 그늘을 드리운 집. 그곳의 사람들은 함께 어울리지 않고 웃음소리도 들리지 않는다. 어떤 날은 대문 앞에 사람들이 웅성거리기도 하고, 어떤 날은 산자락에 엎드린 상엿집처럼 조용하다. 죄를 지은 자들의 암투가 일어나거나, 죽음의 그림자를 보듯 섬뜩하다. 언젠가 은재 언니가 내 귀에 대고 속삭였다. "저기에 문둥이가 있는데, 가끔은 보리밭에 숨어 있다가 아이들을 잡아먹어." 언니 말은 믿을 게 못 되지만 들을 때마다 오싹한다.

"저기로 끌려가는 사람은 집으로 돌아갈 수 없는 거야?" 내가 엄마에게 묻는다. 내 손가락이 가리키는 쪽을 바라보며 엄마가 말한다.

"저긴 나쁜 사람이 사는 곳이 아니야. 전염병을 앓는 환자를 격리하는 곳이지. 병이 나으면 집으로 돌아가."

"격리?"

"가족에게서 떼어놓는다는 말이야." 엄마는 연달아 기침을 해대며 뒤이어 "잠시"라고 말한다.

엄마의 목에서 쉑쉑 쇳소리가 난다. 어쩌면 엄마가 저기로 들어갈 수 있을지도 모른다는 생각을 떨칠 수 없다. 나는 엄마에게 바짝 몸을 갖다 붙인다. 그리고 들리지 않게 입속말을 한다. "절대 저기 가면 안 돼."

멀리서 정오의 사이렌이 울리고 전깃줄에 앉아 시끄럽게

울어대던 까마귀 떼가 회나무에 내려앉는다. 까마귀 떼가 앉은 회나무가 병막만큼 무섭다. 나는 한눈을 파느라 돌니에 발이 차이는 줄도 모른다. "저런." 엄마가 내 손을 잡아끈다. 길 위까지 기어오른 풀들 사이에 무더기로 올라와 있는 솔구챙이와 뻽뿌쟁이. 엄마가, 솔구챙이는 소루쟁이고 뻽뿌쟁이는 질경이라고 가르쳐준다. 그러나 나는 곧 잊어버릴 것이다. 우리는 걸음을 멈추고 길가에 쪼그려 앉는다. 긴 줄기 끝에 달린 토끼 꼬리처럼 복슬복슬하게 핀 토끼풀꽃을 꺾어 꽃시계를 만든다. 분홍색을 띤 흰 꽃시계가 내 손목에 채워진다.

"토끼가 좋아하는 풀이잖아." 나는 엄마를 향해 팔뚝을 쳐든다.

"맞아. 우리 네잎클로버 찾아볼까?" 엄마의 목소리가 다정하다.

우리는 네잎클로버를 찾는다. 엄마의 눈에도 내 눈에도 네잎클로버는 들어오지 않는다.

"도끼풀은 어디서나 잘 자란단다. 사람들에게 행운을 주는 풀이지." 엄마가 말한다. 나는 또 엉뚱한 생각을 한다. 토끼풀처럼 자라 행운을 주는 사람이 되어라? 혹 엄마가 그 말을 한 건가? 순간 가슴이 철렁한다. 예감이라는 것, 짐작이라는 것은 무섭고 위험한 것이다. 회나무에 까마귀가 앉아 우는 것처럼. 외갓집 가는 길에 있는 키 큰 나무를 회나무라고 한 것은,

언젠가 아주 큰 나무를 보고 아버지가 회나무라고 말했기 때문이다.

숫을대문의 문짝을 밀자 삐거덕, 돌쩌귀 소리가 난다. 한약재 약장이 있는 방문을 열고 외삼촌이 뛰어나온다.
"어서 오너라."
외삼촌이 나를 감싸 안는다. 따뜻한 품을 느끼기도 전 외삼촌은 엄마에게서 젖은 가방을 받아 든다.
"아이쿠, 기차 때문이구나."
외삼촌의 눈은 아주 먼 곳까지 내다보는 초능력을 가지고 있는 것 같다. 사랑하는 사람들끼리는 보이지 않아도 서로 연결되어 있다는 것을, 그 연결된 줄로 서로를 보고 있다는 것을 나는 알게 된다.
"너희가 빠지지 않았으니 다행이다."
아버지와는 다른 외삼촌의 목소리가 마음을 놓게 만든다. 아무 일도 하지 않으면서 혼자만 일하는 사람처럼 화를 내는 아버지, 아버지 앞에서는 마음을 놓을 수 없다. 잘못한 일 없이 잘못한 것처럼, 할 말이 있어도 아무 말도 할 수 없다. 울음이 말문을 막아버리기 때문이다.
외삼촌은 가방을 열어 옷가지를 빨랫줄에 널기 시작한다. 햇살 아래 졸고 있던 빨랫줄이 출렁 몸을 흔들며 잠을 깬다.

엄마와 나는 댓돌 위에 신발을 벗고 마루로 올라간다. 약방에서 한약재 냄새가 진동한다. 나는 방으로 들어가 약장 세 번째 칸을 당겨 계피를 꺼내 입에 넣는다. 달콤하고 진한 향이 입안에 고인다. 외삼촌이 일러준 대로 감초나 계피 같은 것이 아니면 '투구꽃'이나 '주사'가 든 약장 서랍에는 절대 손을 대지 않는다.

외할머니와 외할아버지는 내가 태어나기 전 돌아가셨다. 막내딸인 엄마는 형제 중 맏이인 외삼촌을 가장 믿는 것 같다. 외삼촌의 사랑은 진짜 사랑이다. 바람이 불거나 비가 오거나 엄마의 마음은 늘 외갓집에 와 있을지도 모른다. 어느 날 밥솥에 불을 넣던 엄마가 부지깽이로 불쏘시개를 뒤적이며 눈물을 훔쳤다. 연기 때문이라고 생각했는데, 뜸이 든 밥을 푸기 위해 솥뚜껑을 열 때 엄마는 뚝, 뚝, 눈물을 떨구었다. 엄마도 엄마가 보고 싶은 거라고, 나는 생각했다.

외삼촌이 벽장문을 열어 센베이와 오란다를 꺼내주며 말한다.

"하룻밤 자고 가도 되니?"

엄마는 들창문 너머로 공원을 바라보고 있을 뿐 아무 말이 없다. 말할 수 있는데 말하지 않기로 한 것처럼 말하지 않아서 엄마의 얼굴은 더 슬프다. 그러나 외삼촌은 엄마의 얼굴에 어른거리는 말을 알아듣는다. 외삼촌의 눈에 수심이 가득하다. 엄마의 병은 생각보다 훨씬 더 깊어진 게 분명하다. 솟아오른 광대뼈와 퀭한 눈, 움푹 팬 볼, 병색이 짙은 해쓱한 엄마의 얼굴과 외삼촌의 얼굴을 번갈아 쳐다보다가 나는 바싹, 오란다를 깨문다. 덜컹거리는 무서움을 견디지 못하고 딴청을 피운 것이다. 온 집 안에 씁쓰름한 한약재 냄새가 섞이고 달콤한 것은 센베이와 오란다뿐.

"애들 애비는…" 엄마는 오래된 가족사진이 걸려 있는 벽을 바라볼 뿐 말이 없다. 외삼촌은 더는 묻지 않는다. "은재에게 약을 좀 달이게 할 테니 며칠 쉬었다 가렴."

바람이 흙먼지를 날리며 사방으로 불어대고 빨랫줄에서 펄럭이던 옷가지가 땅바닥에 떨어져 나뒹군다. 외삼촌이 얼른 마당으로 내려가 옷가지를 집게로 고정한다. 아버지에게는 없고 외삼촌에게는 있는 자상함이 나를 울컥하게 만든다.

"곧 비가 올 모양이야." 죽담으로 올라서며 외삼촌은 비를 몰고 오는 바람이라고 말한다.

"은재는 어디 갔나요?" 엄마가 묻는다. 외삼촌은 고개를 저었을 뿐 말이 없다. 엄마도 외삼촌도 대답하지 않는 건 마찬가지다. 둘러대거나 거짓말을 할 수도 있을 텐데. 아주 많이 아파도, 죽을 것처럼 힘들어도, 엄마와 외삼촌은 서로를 걱정하게 하는 말이나 아프게 하는 말은 하지 않는다.

은재 언니는 외숙모가 어릴 때 데려와 키운 수양딸이다. 외숙모가 돌아가신 후 외삼촌 수발을 들긴 하지만 미덥지 않은 눈치다.

시내에서 조금 떨어진 곳, 강둑이 훤히 내려다보이는 공원 아래에 외갓집이 있다. 그곳에서 한약방을 운영하는 외삼촌은 성 밖으로 밀려난 사람처럼, 이제는 쉬고 싶은 사람처럼 목소리를 낮추고 말수가 적다. 외삼촌의 기운을 되찾게 할 수 없는 한약재들이 썩지 않고 아주 오래 약장에 보관되어 있을지도 모른다는 생각이 든다.

약을 지으러 오는 사람이나 약재상이 드나들긴 해도 외갓집은 고요하다. 가까이 다가가면 더 따뜻하게 들리는 외삼촌의 목소리. 엄마의 얼굴이 어두워질 때면 외갓집에 오고 싶은 이유다. 그러나 오고 싶지 않을 때도 있다. 엄마는 가끔 나를 외갓집에 남겨놓고 집으로 돌아가는데 은재 언니는 나 같은 건 귀찮은 손님으로밖에 취급하지 않는다. 외삼촌 몰래 괴롭혀도 나는 그걸 어른들께 일러바치지 않는다. 상처 입은 새처럼 파닥거릴 뿐 소리 내지 않는다. 언니가 혼나는 것보다 내가 더 곤란한 처지로 몰리게 될 게 뻔하기 때문이다.

외삼촌이 경옥고 단지를 열어 나무 숟가락으로 조금 떠 내 입에 넣어준다. 그리고 따뜻한 물에 타서 엄마에게 내민다. 나는 경옥고를 캐러멜처럼 입속에 굴려 조금씩 넘긴다. 엄마는 연신 기침을 해댄다. 외삼촌이 달인 경옥고를 먹고 엄마가 기운을 차렸으면 좋겠는데….

나는 동생 옆에 누워 깜빡 낮잠이 들고 잠결에 외삼촌의 목소리를 느낀다. 솔솔 부는 바람처럼 부드럽게 스치는 목소리. 내 마음에 꽉 차 있는 불안을 가라앉히는 목소리. 담배 냄새도 술 냄새도 없는 목소리. 외삼촌은 엄마를 살릴 것이다. 그러니 이제 잠 속으로 빠져들어도 된다. 그런데 잠들 수 없다.

"애들 애비는 뭐라고 하니?" 외삼촌의 목소리가 다시 들린다.

"집 밖으로 나돌기만 하죠." 엄마의 목소리가 흔들린다.

"아니, 어린 자식들을 떼어내야지. 보호자가 먼저 달아나면 어떡하나…."

외삼촌의 긴 한숨이 잠을 완전히 깨운다. 분명 엄마의 병은 생각보다 깊다. 그리고 전염될 수도 있다는 말이다. 어른들의 말을 완전히 알아듣기에는 나는 아직 충분히 자라지 않았지만, 아무것도 모르는 아이로 취급하기에는 나는 이미 많이 자라버렸다. 아버지는 엄마의 가슴에 커다란 구멍을 냈고, 엄마는 남몰래 몸으로 울고 있었던 게 틀림없다. 어른들의 일을 아무리 모른 척해도, 아버지가 자신밖에 모르는 사람이라는 걸, 자신만 사랑하는 사람이라는 걸 모르지 않는다. 그런 아버지를 믿지 못하는 거다. 아버지 대신 엄마를 지켜야 할 것 같은 불안이 무섭게 달려든다. 심장에서 쿵쾅거리는 소리가 들리지만 나는 눈을 뜨지 않는다.

"오늘 밤은 자고 가거라."

외삼촌은 오늘 밤 기어이 엄마를 붙잡을 모양이다. 엄마가 딴말을 못 하도록 단호히 못을 박지만 목소리는 숭숭 바람이 샌다. 나는 눈을 감은 채 몸을 옹그린다.

은재 언니가 차려온 밥상은 외갓집 냄새가 난다. 외갓집 된장 맛은 우리 집 된장 맛과 다르다. 맛이라기보다 냄새라고 해야겠지. 아버지가 외갓집에 오면 밥을 먹지 않는 이유가 이 냄새 때문인가? 아무튼 아버지는 다른 집에서 밥을 먹지 않는다.

외삼촌이 내 밥숟갈 위에 장조림을 얹어준다. 나는 콧잔등을 찡긋 어깨를 치켜올린다. 사랑받고 있다는 것, 가슴이 뻐근하게 아프다. 우리 집에서는 반찬을 올려주는 사람은 없다. 밥 먹을 때는 조용해야 한다, 입안에 음식이 보여서는 안 된다, 음식 씹는 소리 내서는 안 된다…. 밥상머리 교육이 괜한 잔소리로 들린다. 나도 모르게 으쓱 치켜올린 어깨를 은재 언니가 찍어 누른다. 외갓집에서는 모든 것이 평화롭다. 텃밭의 호박꽃도 돌담 위의 박꽃도 우리 집 꽃밭의 장미나 백합처럼 예쁘다. 누렁이는 점잖고 고양이는 얌전하다.

"밥 더 먹을래?" 외삼촌의 말에 나는 입을 다문 채 고개를 젓는다. 입속의 밥이 넘어가지 않았기 때문이 아니라 자상한 목소리에 목이 멨기 때문이다. 말에도 표정이 있다. 똑같은 말도 말하는 사람에 따라 표정이 바뀐다. 아버지에게는 없는 표정. 나는 외삼촌이 한 번 더 그 말을 해주길 바란다.

미닫이문을 사이에 두고 방은 둘로 나뉜다. 외삼촌은 나와 동생을 데리고 옆방으로 건너간다. 엄마를 쉬게 하기 위해서다. 미닫이문을 밀면 옆방에 엄마가 있을 텐데 세상에서 엄마가 사라진 것처럼 무서워 나는 외삼촌의 품 안으로 파고든다. 외삼촌의 품에서 마른 나무 냄새가 난다.

"왜? 엄마 걱정돼서?"

"아니요." 나는 울먹이고 있다. 하지만 소리 내지 않는다.

"그럼 왜?" 외삼촌이 내 팔을 끌어당겨 안으며 다독인다. "괜찮아."

절대 괜찮지 않다. 하지만 오늘 밤은 괜찮다. 외삼촌이 옆에 있으니까.

밤새 달빛이 마당을 비추고, 별들은 집 뒤 공원 꼭대기에서 빛나고, 동생은 새근새근. 천장 위에서 쥐들이 찍찍거리며 달리고, 뒤꼍에서 아기 울음소리를 내며 고양이가 울고, 나는 외삼촌의 팔을 잡고 잠이 들었다 깨기를 반복한다. 창호지 문에 서성거리는 나무 그림자에 놀라 외삼촌의 팔을 더 세게 잡는다.

"오줌 눌래?"

"아니요."

외삼촌은 깨어 있었던 게 분명하다. 미닫이문 너머 엄마는 숨소리조차 들리지 않는다.

다음 날 엄마는 나를 남겨둔 채 동생을 데리고 집으로 돌아 갔다. 엄마와 아주 헤어지는 것 같아 떼를 쓰고 싶었지만, 어른들의 마음을 아프게 할까 봐 나는 울음을 삼켰다. 엄마는 생각이 많고 헤어지는 것을 유독 못 견디는 아이를 떼어놓기 위해 외갓집에 온 것이 분명했다.

은재 언니와 함께 강둑을 따라 강 하구 쪽으로 재첩을 잡으러 간다. 외삼촌은 위험 앞에 쩔쩔매는 사람처럼, 강이 끝나는 지점은 아주 위험하니 재첩이 아무리 많아도 강 하구까지 절대 내려가지 말라고 단단히 주의시킨다. 강물과 바닷물이 섞이는 곳에서는 강물이 빠르게 바닷물에 빨려들어 간다는 것이다. 두 번 세 번 연거푸 말할 때 나는 사랑으로 듣고 은재 언니는 귀찮은 잔소리로 듣는다. 외삼촌은 '안 돼'라는 말을 하지 않는다. 대신 고개를 흔든다. 우리가 재첩을 잡으러 간 동안 외삼촌은 약재를 포제하거나 책을 볼 것이다.

은재 언니는 힘이 세고 걸음이 빠르다. 잡초가 무성한 길을 따라 걸어가며 언니는 18번 노래 〈갈대의 순정〉을 부른다. 강가에 늘어선 키 큰 풀이 갈대라는 것을 나는 알아챈다. 솔구챙이와 뻽뿌쟁이의 이름을 구분하지 못하는 것처럼 나는 억새와 갈대를 구분하지 못한다. 바람이 불 때마다 갈대숲에서 '임금님 귀는 당나귀'가 들리는지 귀를 기울인다. "빨리 와!" 언니가 뒤돌아보며 소리친다. 귀찮은 듯 화를 내지만 저만치서 기다릴 게 분명하다. 오늘은 또 얼마나 무서운 얘기를 할지, 어떤 비밀을 털어놓을지, 궁금하기도 하고 무섭기도 하다. 언니는 똑같은 얘기를 반복하는 법이 없다. 매번 다른 무서운 얘기를 한다. 무서워서 벌벌 떠는 내 꼴을 보고야 말겠다는 듯이.

언니와 나는 수양버들 나무 아래에서 옷을 갈아입고 물속으로 들어간다. 햇빛과 바람이 몸을 씻어주고 맑은 물결이 종아리를 살살 건드린다. 얕은 모래톱에 손을 집어넣으면 세모 모양의 재첩들이 금방 잡힌다. "이쪽으로 와! 여기 재첩 많아!" 언니가 또 소리친다. 나는 한 발짝도 움직일 수 없다. 외삼촌의 걱정과 당부 때문이 아니라 물 위에 반짝이는 햇빛에 눈이 부셔 아무것도 보이지 않는다. 물속이 깊은지 얕은지, 까딱하다 물길에 휩쓸려 갈지 알 수 없다. 언니가 내 쪽으로 걸어와 나를 더 깊은 곳으로 끌고 간다. 나는 언니 손을 잡고 발발 떨며 좀 더 깊은 곳으로 들어간다. 물이 깊고 물살이 센 곳에 재첩이 더 많다. 손을 넣기만 하면 한 움큼씩 잡힌다. 강가 모래톱에서 건져 낸 재첩은 노란색을 띤 다갈색이었는데 진흙 바닥에서 캐낸 재첩은 검은색이다. 재첩잡이에 빠져 언니와 나는 시간 가는 줄 모른다. 반짝반짝 빛나는 재첩이 어느새 바구니에 가득하다. 더 이상 바구니에 담을 수 없을 때쯤 물가로 나온다. 언니가 보호자라도 된 듯 수건으로 내 몸을 닦아준다. 수양버들 그늘에 앉아 주먹밥을 먹을 때까지만 해도 괜찮았는데 은재 언니는 또 무서운 얘기를 한다.

"철길 아래 못 있지? 그 못이 원래는 큰 저수지였대. 해마다 그 저수지에 사람이 빠져 죽었어. 못에는 사람을 잡아먹는 귀신이 살고 있었던 거지. 저수지에 빠져 죽은 사람의 혼은 다음 해 다른 사람이 빠져 죽기 전에는 그 안에서 빠져나오지 못해. 그래서 해마다 사람이 저수지에 빠져 죽었대. 죽은 사람의 혼이 산 사람을 잡아당겨. 이렇게 쫘악!"

언니가 내 어깨를 잡으며 물속으로 잡아당기는 시늉을 하자 나는 기겁하여 비명을 지른다. 더 이상 얘기는 듣고 싶지 않다. 내가 아무리 소리를 질러도 언니는 막무가내다.

"그래서 사람들이 저수지를 메워버렸대. 그런데 그해 이후 가뭄이 들어 곡식들이 다 타들어 갔다지 뭐야. 굶어 죽는 사람이 얼마나 많았겠어. 저수지의 혼들이 저주를 퍼부은 거지.

마을 사람들이 다시 저수지를 팠대."

"해마다 또 사람이 그 저수지에 빠져 죽었어?" 내가 기어들어 가는 목소리로 묻는다.

"그렇지. 그런데, 어느 해 태풍에 산이 무너지면서 흙이 쓸려 내려와 저수지 일부가 메워지고 기찻길이 생기면서 웅덩이처럼 못이 돼버렸대. 못은 아주 깊어 한 번 빠지면 절대 나올 수 없어. 까마귀가 회나무에 앉아 왜 울겠어. 그 안에 빠져 죽은 혼을 부르는 거지."

내가 가방을 빠트린 못, 그 못에서 빠져나오지 못한 혼이 엄마와 나를 잡아당기려 했을까? 오싹, 몸을 떨면서 나는 속으로 중얼거린다. "그래, 회나무가 맞았어."

은재 언니는 재첩 바구니를 대야에 담아 이고, 나는 도시락통을 들고 집으로 돌아온다. 언니는 더 이상 나를 귀찮아하지 않는 것 같다. 끊임없이 얘기를 만들어 내는 언니와 얘기를 들을 때마다 무서움에 떠는 내가 왠지 한통속이 된 느낌이다. 내가 언니 손을 잡는다.

공원 아래에 있는 외갓집은 온갖 곤충과 벌레들이 들락거린다. 나비와 거미, 개미뿐만 아니라 지네와 노래기, 진드기와 모기까지. 가끔 두꺼비와 뱀도 나온다. 푸른 뱀이 곡선을 그리며 마당으로 기어 나오면 나는 신발을 신은 채 마루로 뛰어

오른다. 외삼촌이 긴 장대로 뱀을 걸어 담장 밖 풀숲으로 던진다. 세상엔 무서운 것들이 너무 많다. 그중에 정말이지 뱀은 질색이다.

한낮의 뜨거운 햇빛이 누그러지면, 거미가 거미줄에 걸린 잠자리를 꽁꽁 묶고, 사마귀가 메뚜기를 뜯어먹는 공원으로 외삼촌과 나는 곤충채집을 하러 간다. 운이 좋으면 눈이 유리구슬처럼 반짝이는 다람쥐와 긴꼬리의 꿩도 볼 수 있다. 축축한 땅에 지렁이가 꿈틀거린다. 마른 땅에는 이미 말라 죽은 지렁이도 보인다. 군데군데 나뭇가지가 꺾이고 쓰러진 나무도 있다.

"저렇게 큰 나무도 쓰러지나요?"

"아름드리나무도 태풍에 가지가 부러지고 쓰러지기도 해. 큰 나무는 쓰러지고 어린나무는 자라는 거지."

"큰 나무가 어린나무를 대신해 쓰러진 건가요?"

"그건 아니야. 자연이 솎아내는 거지. 그래서 공원이 밀림처럼 되지 않아." 외삼촌의 말은 알 듯 모를 듯 헷갈린다.

햇빛을 쫓아 키 작은 나무가 키 큰 나뭇가지 옆으로 한 뼘쯤 더 가지를 뻗고 있다. 굴뚝 연기가 탱자나무 울타리를 넘어 실처럼 흩어지며 강 쪽으로 흘러간다. 연기는 강에 이르기 전 사라진다. 나는 또 먼눈을 파느라 걸음이 뒤처진다. 외삼촌은 잎끝에 까끌까끌한 톱니가 나 있는 나무 옆에 멈춰 서 나를 기다린다.

"이 나무는 주황색 꽃이 피면 금목서이고 흰색 꽃이 피면 은목서야. 금목서꽃이 지기 시작하면 은목서꽃이 피지. 향은 조금씩 달라. 날이 추워지면 밤공기 속에 퍼지는 향이 은목서 향이야."

"우리 집 꽃밭에 있는 범발톱나무 말인가요?"

"그 나무와는 조금 달라. 너희 때는 구분하기 쉽지 않지. 지난봄에 네가 국화 새순과 쑥을 구분하지 못했던 것처럼." 외삼촌이 말한다.

'난 모든 걸 다 구분할 수 없어요. 세상에는 구분할 수 없는 게 너무 많아요.' 나는 말을 뱉지 않고 입안에 물고 있다. 자란다는 것은 모든 걸 구분할 수 있게 되는 걸까? 금방 풀숲에서 튀어나온 쥐 한 마리가 앞뒤를 염탐하다 약삭빠르게 달아난다. 쥐를 쫓던 누렁이가 한쪽 다리를 들고 벚나무에 오줌을 싸더니 공원 꼭대기를 향해 컹컹 짖는다.

은재 언니는 시도 때도 없이 무서운 얘기를 한다. 무서워서 빨리 내가 집으로 돌아가기를 바라는지 모르겠다.

"저기 저 갱생원 말이야." 언니가 가리키는 쪽은 철둑길 너머 병막 쪽이다.

"병막? 전염병 환자들이 있는 곳?"

"바보야, 저긴 부랑아들을 모아 놓은 곳이야. 근데 저기 갱생원 원장이 깡패 두목이래. 그래서 아이들을 끌고 가서 가둔대. 강제로 일을 시키고 말을 듣지 않으면 폭행까지 한다잖아. 맞아 죽거나 굶어 죽은 아이들도 있대. 둘째 오빠도 저기로 끌려갔을 수도 있어." 은재 언니가 말한다.

언니가 꾸며내는 얘기는 늘 상상 밖이다. 둘째 오빠라면 외삼촌의 아들, 사촌 오빠를 말한다. 언니는 한술 더 떠 오빠가 죽었을 수도 있다고 말한다. 나는 그만 온몸이 얼어붙는다. 만약 오빠가 나쁜 짓을 해서 거기로 끌려갔다면 외삼촌 가슴에 대못을 박은 것이다. 어른들은 갑자기 오빠가 왜 사라졌는지 말하지 않는다. 모두 쉬쉬한다. 딴따라가 되었다는 말도 있고 제 엄마를 찾아갔다는 말도 있다. 딴따라라면 모를까 죽은 엄마를 찾아갔다는 건 말이 안 된다. 어른들에게는 말하지 못할 비밀이 있다는 걸 나는 알고 있다. 갱생원 얘기는 그동안 언니가 해준 어떤 얘기보다 무섭다. 무서워서 떠는 나를 보며 언니가 한 번 더 겁을 준다.

"마당을 파면 시체가 수두룩하대."

나는 양손으로 입을 막고 몸을 옹크린다. 너무 무서우면 말이 나오지 않는다. 눈을 질끈 감고 무서움을 견딘다. 내가 못에 빠졌을지도 모르는 무서움, 엄마가 죽을지도 모를 무서움, 사라진 오빠가 영영 돌아오지 못할지도 모르는 무서움….

은재 언니는 거짓말을 잘한다. 거짓말인 줄 알면서도 나는 감쪽같이 속아 넘어간다. '아니야, 갱생원이 아닌 병막이야.' 마음속으로 되뇌지만, 어쩐지 갱생원 얘기만은 거짓말이 아닌 것 같다. 오늘따라 담장 아래 닭 볏 모양으로 붉게 핀 맨드라미꽃 색이 핏빛같이 징그럽다. 어느새 감나무 아래에 있던 그늘이 마당 끝까지 내려왔다. 저녁 무렵이면 설사가 날 것처럼 배가 아프고 자꾸만 슬퍼진다.

나는 또 엄마 생각을 한다. 아무도 말해주지 않지만 나는 엄마가 결핵을 앓고 있다는 것을 안다. 엄마는 M시에 있는 결핵 요양원으로 들어갈지도 모른다. 잠결에 외삼촌과 엄마가 나누는 얘기를 듣고 벽 쪽으로 돌아누웠을 뿐 나는 꼼짝하지 않았다. 외삼촌의 손이 내 등을 쓰다듬을 때까지 눈물을 들킬까 봐 잠든 척 누워 있었다. 설마 엄마가 병막으로 들어가지는 않겠지….

은재 언니는 저녁 준비로 바쁘다. 언니는 입이 바쁘거나 몸이 바쁘다. 수다를 떨다가 바지런을 떤다. 나는 언니를 도와 밥상에 수저를 놓고, 부엌에서 건네주는 반찬을 상에 올리고, 저녁밥 먹을 준비를 돕는다.

나팔꽃이 잎을 오므릴 때쯤 언니는 개밥을 내준다. 찌그러진 양은그릇을 밀어주며 누렁이를 구박한다. "게 눈 감추듯 밥만 먹어 치우지 말고, 좀 짖어. 벙어리처럼 왜 짖지 않냐."

언니는 제멋대로인 것 같아도 따뜻한 사람이 분명하다. 따뜻한 사람이 아니라면 누렁이에게 관심도 없을 테고 얘기하길 좋아하지도 않을 테니까.

"우리 밤마실 갈까?" 설거지를 끝낸 언니가 말한다.

"아니."

"왜? 무서워서?" 언니가 짓궂게 나를 떠본다. "또 웅덩이 귀신 얘기를 할까 봐?"

나는 언니 말을 무시한다. 어떤 식으로든 언니에게 더 무서운 얘기를 생각해낼 틈을 주어서는 안 된다.

아침 먹기 전이나 이른 저녁을 먹은 후 외삼촌과 나는 공원을 한 바퀴 돈다. 해가 뜨는 것을 바라볼 때도 있고, 해가 지는 걸 바라볼 때도 있다. 공원에는 오래된 벗나무가 많다. 동백꽃과 매화, 개나리꽃과 단풍나무도 아름답지만 뭐니 뭐니 해도 벚꽃이 필 때 공원은 제일 아름답다. 지난봄 엄마와 나는 벚꽃 아래서 사진을 찍었다.

새들이 벗나무 사이로 숨바꼭질하듯 장난을 치며 지저귄다. 공원 꼭대기 노래비가 있는 데까지 올라가도 나는 기찻길 쪽으로 고개를 돌리지 않는다. 병막이 있고 못이 있는 쪽으로는 절대 눈길을 보내지 않는다. 외삼촌도 그쪽을 보지 않는다.

해 질 녘 공원은 한가하고 외삼촌의 걸음이 느려진다. 무슨 생각에 잠긴 건지, 무슨 걱정에 빠진 건지, 구분할 수 없다. 외삼촌도 내가 무슨 생각을 하는지, 어디에 딴눈을 파는지, 상관하지 않는다. 외삼촌은 마치 마지막인 것처럼 저녁 하늘을 바라보고 있다. '엄마는 괜찮을까요?' 하고 묻고 싶지만 나는 묻지 않는다.

"해가 넘어가고 있어." 외삼촌이 혼잣말을 한다.

"빛이 죽는 거네요." 나도 외삼촌을 따라 말한다.

"죽는 게 아니고… 우리 눈에 보이지 않지만, 밤의 장막 뒤에 있다가 아침이 되면 다시 떠오르지."

"빛이 다시 태어나는 거네요." 외삼촌의 말은 아랑곳하지 않고 내 맘대로 말한다.

"허허…." 외삼촌은 말 대신 헛웃음 소리를 낸다.

조금 더 걸어가다 내가 다시 묻는다.

"사람이 죽는 것도 해가 넘어가는 것과 같은 건가요?"

"글쎄다…." 외삼촌은 더는 말이 없다.

외삼촌과 나는 공원 끝자락까지 걸어가 강을 내려다본다. 강물 위에 반짝이던 빛이 스러지고 있다. 강물은 앞으로 흘러가는데 모든 것은 왜 반대로 갈까? 엄마 생각을 밀어내려고 해도 머릿속에서 빙글빙글 돌다 다시 제자리로 돌아온다.

"이제 갈까?" 외삼촌의 눈길은 벌써 공원 모퉁이를 돌고 있다. 나는 대답 대신 외삼촌의 손을 잡는다. 야위고 따뜻한 손. 우리를 붙잡아주는 손. 눈물이 날 것 같아 더 세게 손을 잡는다. 외삼촌이 내 손을 꼭 쥔다.

"왜? 무서워?"

"아니요." 조금 머뭇거리다 나는 엉뚱한 질문을 한다. "왜 물에서 연기가 나죠?"

"어디서 말이니?"

"못에서요."

"…강에서 보지 않았니?" 외삼촌도 나처럼 머뭇거리다 말한다.

"아, 예." 나는 고쳐 대답한다.

"물안개란다. 추운 날 아침이나 비가 온 뒤에 물안개가 피어올라."

길게 말하지 않아도 외삼촌의 말은 옛날이야기 같다. 붉게 물든 구름 사이로 어둠이 밀려들고 새들도 어디론가 분주히 날아긴다. 나는 물안개가 왜 피어오르는지, 새들이 어디로 날아가는지, 그런 건 알고 싶지 않다. 기침을 자주 하고 열이 오르는 엄마, 늘 힘이 없고 입맛이 없는 엄마는 괜찮은지, 그걸 묻고 싶은 거다. 그러나 나는 딴말을 한다.

"우리 집은 별일 없겠죠?"

"응? 집에 가고 싶어?"

“아니요.” 예, 하고 대답하고 싶지만, 나는 반대로 대답한다.

엄마도 가끔은 반대로 말한다. 좋아도 싫다, 잘 생겨도 밉상이다, 라고 말한다. 어른들의 마음은 깊은 못 같아서 진짜 마음을 구분하기는 어렵다. 외삼촌은 내 진짜 마음과 가짜 마음을 구분할까?

“겁쟁이, 무서운 얘기 듣고 싶을 때 또 와.”

집으로 돌아가는 날 아침 은재 언니는 또 나를 놀린다. 나는 “응” 하고 대답한다. 무서운 얘기를 듣고 싶어서가 아니라 언니가 보고 싶어질 것 같다. 얼마 전 무서운 얘기를 하다 말고 언니가 몸서리를 쳤다. 그때 어쩌면 언니도 무서움을 견디고 있을지도 모른다는 생각이 들었다.

언니와 함께 보낸 날들, 강 하구로 내려가는 길가에 피어 있던 들꽃들, 눈부시게 반짝이던 물결들. 그것을 바라볼 때, 조개를 건져 올릴 때, 매끄러운 조개들이 바구니에 쌓일 때, 코끝에 스치던 푸른 공기를 마실 때, 무엇보다 무서운 얘기를 들을 때, 그때만은 엄마 걱정을 잊을 수 있었으니까. 한 번 더 나는 “응” 하고 대답한다.

외삼촌은 철길로 가지 않고 빙 둘러서 나환자촌이 멀리 보이는 한길로 나를 데리고 간다. 나환자촌은 병막만큼 무섭지 않다. 나환자촌에는 정이 많고 부지런한 사람들이 산다고 나는 믿고 있다. 그곳에는 신통한 약이 있어 어른들은 보리밭을 지나 그곳으로 약을 사러 간다. 약뿐만 아니라 달걀도 사 온다. 엄마에게 필요한 약은 없는 걸까?

외삼촌과 나는 코스모스가 흐드러진 들판으로 접어든다. 막 피기 시작한 분홍색, 흰색, 빨간색 코스모스 중에 나는 빨간색 코스모스가 제일 예쁘다. 병막과 도살장으로 이어지는 코스모스길을 따라 소 한 마리가 엉덩이를 빼고 뒷발길질을 해대며 끌려간다. 끌려가는 소를 바라보다가 내가 외삼촌에게 묻는다.

"도살장으로 끌려가겠죠?"

"그럴지도 모르지." 외삼촌은 길게 숨을 내쉬고 한 번 더 말한다. "그럴 거야."

"너무 슬퍼요." 내 목소리는 거의 울 것 같다.

"죽지 않는 목숨은 없어. 언젠가 다 죽게 돼." 외삼촌의 목소리도 힘이 없다.

"사람도요?"

"그렇지. 모든 사람은 다 죽게 돼 있어. 그러나 가축처럼 끌려가진 않지."

"은재 언니가 사람도 갱생원으로 끌려간다고 하던데요. 그래서 죽을 수도 있다고 말했어요."

아차, 그 말만은 하지 않았어야 했다. 그러나 의외로 외삼촌은 태연하다.

"언니가 이상한 말을 했구나. 널 겁주려고 그랬을 거야."

"나도 언젠가 죽겠죠?"

"아주 오랜 시간이 지난 후…" 외삼촌은 언제라고 말하지 않는다.

"사람은 어떻게 죽나요?"

음… 외삼촌은 길게 말을 끌다가 "갑자기 죽기도 하고, 서서히 죽어가는 사람도 있고… 죽지 못해 사는 사람도 있고…" 말끝을 닫지 않는다.

'죽지 못해 사는 사람'도 이미 죽은 사람이라는 말인가? 외삼촌의 말을 다 알아듣기에는 나는 아직 어리다. 그러나 굉장히 슬픈 말이라는 것을 안다.

"그러니 지금 옆에 있는 사람을 가장 많이 사랑해야 해."

"네에." 외삼촌의 말이 떨어지자마자 나는 서둘러 대답한다. 그러지 않으면 안 될 것 같아서다.

트럭 한 대가 먼지를 일으키며 앞질러 지나가고 뒤이어 버스가 바짝 나를 스쳐 달아난다. 내 몸이 날리듯 휘청거린다. 먼지가 외삼촌과 나를 뒤덮는다. 태연한 척, 겁나지 않은 척 나는 길옆으로 비켜서지 않는다. 저만치 차가 달아난 뒤에야 소름이 쫙 돋는다. 은재 언니는 차가 지나갈 때 비켜서지 않는다고 했다. 차가 사람을 피해서 간다고 말했다. 간이 크거나 뭘 모르는 소리다. 이제 절대 언니 흉내는 내지 않을 것이다. 아슬아슬, 뒤늦게 머리가 쭈뼛 선다. 외삼촌은 왜 지름길인 철길을 놔두고 먼지가 풀풀 날리는 한길로 나를 데리고 갈까?

외삼촌은 별말이 없다. 집에 가면 엄마 말을 잘 들어라, 동생 잘 돌보아라, 그런 말 따위는 하지 않는다. 대신 머리 위를 빙빙 돌다 벼 잎에 내려앉는 고추잠자리를 잡아 내 손가락 사이에 끼워준다. 벼 잎 사이로 메뚜기가 뛰고 풀무치와 사마귀는 벼 잎에 죽은 듯 붙어 있다. 대벌레는 아예 나뭇가지인 척 시치미를 뚝 뗀다.

"대벌레는 나뭇가지와 정말 구분할 수 없어요."

"벼메뚜기도 벼가 익으면 황갈색으로 변해. 벼 잎과 구분할 수 없게 위장하는 거지."

"왜요?"

"천적의 눈에 띄지 않기 위해."

"메뚜기는 얼마나 사나요?"

"환경이 좋으면 더 살기도 하지만 한 반년 정도 산다고 봐야지." 외삼촌이 고개를 내 쪽으로 꺾으며 말한다.

찬 바람이 불면 곧 죽을 텐데 위장하다니. 그러고 보니 메뚜기 앞날개가 제법 누르스름하다. 코스모스 꽃잎에 고추잠

자리가 앉았다가 날아가고, 뒤영벌이 윙윙거리고, 아직 볏논에는 물을 빼지 않았다. 개구리밥이 덮인 논고랑에 고동이 꾸물거리고, 냇물이 흐르고, 산 아래 띄엄띄엄 집들이 있다. 모든 것은 제자리에 있다.

산모퉁이를 돌아 다리를 건너 구멍가게 앞에서 외삼촌은 걸음을 멈춘다. 하얗게 먼지를 덮어쓴 유리문을 열고 가게로 들어가 복숭아 통조림을 산다. 입맛이 없는 엄마를 위해서일 것이다. 비스킷과 캐러멜을 담은 봉지를 내 손에 들려준다. 철길로 가도 가게는 나올 텐데… 왜 굳이 한길로 왔을까? 곤충처럼 위장하지 않아도 어른들의 마음은 알 수 없다. 나는 우리 집과 외갓집이 좀 더 가까이 있었으면 좋겠다고 생각한다.

집으로 돌아오니 엄마가 보이지 않는다. 외삼촌은 방으로 들어오지 않고 마당에서 할머니와 얘기를 나누다 뒤돌아선다. 복숭아 통조림을 할머니께 전하기 위해 우리 집에 온 것처럼. 예기치 않은 순간은 언제든지 찾아오는 거라고 내게 말해주지 않고, 눈길도 주지 않은 채 돌아서 간다. 뭔가 구분할 수 없는 일들이 일어나고 있다. 나는 엉거주춤 죽담 앞에 서서 사라지는 외삼촌의 뒷모습을 바라본다. "엄마는 어디 있어요?"라고 묻고 싶지만, 왠지 물어서는 안 될 것 같다. 나는 할머니의 눈치를 살핀다.

"어느 길로 왔니?" 할머니가 묻는다.

"한길로요." 내가 대답한다.

"저 양반 철길로는 못 오지. 못을 보면 죽은 아들 생각날 테니." 할머니가 혼잣말로 중얼거린다. 나 같은 건 상관도 없다는 듯이. 물론 나에게 하는 말은 아니지만 듣는 사람은 나밖에 없다. 할머니는 아버지와 닮은 데가 많다. 조심성이 없지만 반대로 말하는 법이 없다. 나는 얼음처럼 굳어버린다. 모든 걸 구분할 수 없는 아이여도 할머니의 말까지 구분하지 못하는 건 아니다. 그러니까 그 못에서 오빠의 시신이 떠올랐다는 말 아닌가. 나는 떨고 있다. 너무 놀라 떨리는지 너무 무서워 떨리는지 구분할 수 없다. 어렴풋한 것들이 점점 뚜렷해지고… 못 박힌 듯 나는 서 있다. 쯧쯧쯧, 할머니는 계속 혀를 차고, 재 너머 공원 쪽에서 구름이 몰려오고, 잠깐 사이에 하늘이 자욱하다. 외삼촌이 집으로 돌아갈 때까지 비가 오지 않았으면 좋겠다고 생각할 뿐이다. 할머니는 비설거지를 하느라 분주하다. 구구구, 닭장으로 닭 모는 소리 들리고, 닭장 안에서 퍼덕거리는 닭들의 날갯짓 소리 들리고, 마당 여기저기 싸놓은 닭똥에 눈길을 박은 채 나는 그대로 서 있다.

"어느 날 못에서 남자의 시신이 떠올랐어." 은재 언니가 한 말을 떠올린다. 그 말을 할 때 은재 언니는 몸서리를 쳤다. 은재 언니는 무서움을 견디기 위해 더 무서운 얘기를 그토록 천연덕스럽게 했던 걸까? 그날 하얗게 질린 외삼촌이 못으로 달려갔다는 말을 은재 언니는 하지 않았다. 나를 겁주기 위해 무서운 얘기를 꾸며내지만 정작 무서운 사실을 말하지는 않는다. 진짜 무서운 얘기는 거짓말 같을 테니까.

"거기 서 있지만 말고 비 오기 전 빨리 닭똥 치워야지."

채근하는 할머니 목소리가 들리고… 내 속에서 뭔가 쿵, 하고 내려앉고… 가물가물 멀어지고… 못에 가방을 빠뜨렸을 때처럼 눈앞이 자욱하다.

기차가 달려온다. 엄마와 내가 비탈진 둑 아래로 급하게 내려간다. 발이 미끄러지면서 벼랑 아래로 곤두박질친다. 손에 들고 있던 가방이 못으로 굴러떨어진다. 내 손을 놓치지 않으려 안간힘을 쓰는 엄마의 얼굴이 하얗게 변하고 머리 위에서 기차가 기적을 울리며 달아난다.

오래전 못에 빠져 죽은 이의 혼이 엄마와 나를 잡아당기는데, 나 대신, 엄마 대신, 가방이 빨려 들어갔을까? 온몸에 소름이 돋는다. 엄마가 못에서 가방을 건져낼 때처럼 몸이 자꾸만 끌려 내려간다. 못에는 진짜 귀신이 살고 있을까? 검은 물속에 수초가 너울거리고, 물 위에 회나무 그림자가 흔들리고,

기차가 지나가고, 물안개가 피어오르고… 나는 안간힘으로
엄마 손을 잡아당긴다.

* 클레어 키건의 소설 《맡겨진 소녀》가 이 소설의 전형이 되었다.

피카소는 "라파엘로처럼 그리는 데는 4년이 걸렸지만, 아이처럼 그리는 데는 평생이 걸렸다"라고 말했다. 어린아이의 시선으로 바라보는 것, 순수한 감각의 세계로 돌아가는 것은 그만큼 어렵다는 말이다. 어쩌면 불가능한 일인지도 모른다.

첫 언어, 첫 장소, 첫 풍경, 첫 이미지…. 모든 것을 분간할 수 없었던 어린 시절, 불가해한 의미로 가득 차 있던 세계로 되돌아가 잃어버린 것을 찾고 싶을 때가 있다. 이미 사라지고 없는 혹은 부서지고 해체된 것에서 처음의 흔적을 찾고 싶을 때가. 기억의 밑바닥까지 내려가 아무것도 남아 있지 않은 그곳의 풍경을 다시 그려보고 싶었다. 어린아이의 시선으로. 그러나, 그때의 시선으로 바라보는 것은, 순수한 감각으로 돌아가는 것은 불가능한 일일 테지만.

기억은 정지된 기록이 아니다. 현재의 인식과 상황에 따라 다시 해석하고 편집하여 재구성된다고 한다. 조작되거나 왜곡되어 다시 쓰인다는 거다. 그렇게 수정되고 각색된 기억을 믿게 된다. 그러니까 잊는다는 것은 기억을 지우는 것이 아니라 다른 형태로 기억하는 것이다. 한 사람의 한때를, 일면을 말하는 것은 그 사람을 통째로 말하기보다 더 어렵다. 절반의 평온과 절반의 고통 가운데 어느 쪽을 볼 것인가. 한쪽만 보고 그 반대편을 보지 못한다면 그 사람을 제대로 알기는 어려운 일이다.

내가 기억하고 있는 맨 처음의 풍경. 그 기찻길 옆에 서 있던 나무가 회나무였는지 소태나무였는지, 아니면 기억이 만들어 낸 허구의 상인지, 그건 중요하지 않다. 나무가 서 있던 자리는 흔적 없이 사라졌어도 기억 속에는 아직도 나뭇잎이 반짝이고 나뭇가지가 흔들린다. 기억의 힘은 놀랍다. 거기 그곳과 여기 이곳, 그때와 지금을 연결하는 힘. 끊어지고 헤지고 흩어진 것을 조각보처럼 꿰매다 보면 시간의 바깥에서 또 다른 진실을 만나게 된다.

돌아보니 그곳으로부터 너무 멀리 떠나왔다. 다시 돌아갈 수 없지만, 여전히 마음 한편은 그곳에 머물러 있다. 그 시절

을 추억하는 것은 차마 떠나보내지 못한 것들에 대한 또 다른
애도가 아닌가 싶다.

비상대책위원회

한지수

*

한지수

〈문학사상〉에 중편 〈천사와 미모사〉가 당선되어 등단했다. 작품으로는 소설집 《나는, 자정에 결혼했다》, 장편소설 《헤밍웨이 사랑법》, 《빠레, 살라맛 뽀》, 《파묻힌 도시의 연인들》, 《40일의 발칙한 아내》 등이 있다. 이상문학상, 이효석문학상, 대한민국스토리공모대전 등에서 우수상을 받았다. luckyjisu@naver.com

이 동영상은 실제 사건이 재구성되었음을 미리 밝힌다.

우리 가족의 일상이 담긴 영상을 편집하게 된 계기는 마을에 불어닥친 불운이 0.3%라는 치사율에 이르렀기 때문이다. 그 불행이 번져가는 속도는 가히 치명적이어서 바람을 등지고 타오르는 산불처럼 맞불 작전이 아니면 도저히 손쓸 수 없는 지경이 되었다. 예방접종을 할 새도 없이 이 근방의 어떤 농촌 마을을 덮치더니 순식간에 옆 마을을 거쳐 하룻밤 새에 우리 마을까지 점령해버렸다. 사람들은 그 전염병 수준의 재난을 '형제의 난'이라고 불렀는데, 그것은 아주 오래전 성경에서도 일어났던 것으로 재벌가에서는 물론이고 인류와 함께 언제 어디서나 늘 변함없이 진행 중이라는 것이다.

마을의 불행이 시작된 건, 저기 보이는 직삼각형의 붉은 깃발이 꽂히고 난 다음이었다. 8년 전, 그러니까 초등학교 4학년 때인가 보다. 하굣길에 동네 주변에 꽂혀 있던 붉은 깃발을 뽑아 들고 행진곡을 부르며 돌아오던 기억이 난다. 할아버지가 그 깃발을 빼앗아 다시 제자리에 꽂아두기까지 그것은 일주일간 내 책꽂이에 꽂혀 있었다.

깃발은 변함없이 저 자리를 지키면서 우리 마을의 정체성을 일깨워주고 있다. 강제수용 유보지역. 세월이 흐르는 동안 비바람에 바래고 해져서 이제 빨강의 강렬함이 퇴색했음에도 불구하고, 깃발이 품고 있는 본연의 의미는 여전히 유효하다. 토지수용지라는….

마을의 불운은 거기에서 시작되었다. 강제이긴 해도 수용이 되었다면 차라리 속이라도 편했을 텐데, LH 토지 공사에서 수용할지 말지를 아직 결정하지 않아 유보된 마을로 남게 된 것이다. 사유재산이지만 수용 지역으로 분리되면 권리행사를 마음대로 할 수 없다. 그저 LH 토지 공사의 처분을 기다릴 뿐이다. 그즈음에 지금 보이는 낙서투성이 담벼락들이 생겨났다. 회색 담벼락에 빨간 페인트로 쓰인 저 벽보들.

죽어도 못 나간다!
강제수용, 결사반대!

이곳에서 죽고 싶다!

어느 날부터인가 '이곳에서 죽고 싶다!'는 벽보가 오래전에 칠순을 넘긴 노인들의 절실한 심정으로 보이기 시작했다. 어쨌든 저런 것들과 함께 시작된 할아버지의 음주는 일찍이 우리 집에는 없었던 이런저런 우환을 불러들이기 시작했다.

자, 지금 보이는 사람이 할아버지다. 빨간 야구 모자를 쓰고 마을회관에서 나오는 사람이 '한 씨'라고 불리는 우리 할아버지다. 그러니까 이 마을에서 내 위치는, 청년회장 한 씨의 외손녀다. 우리 가족은 8명으로 2층짜리 농가 주택에 3대가 모여 살고 있다. 1층에는 엄마와 아빠, 그리고 내 방이 있다. 2층에서는 할아버지 할머니가 삼촌과 숙모, 그리고 이종사촌인 내 동생을 데리고 산다. 동생은 촌수로 따지면 이종사촌이지만, 우리 둘은 갓난아이 때부터 할머니 손에서 자랐기 때문에 그냥 한배에서 나온 남매나 다름없다.

할아버지 '한 씨'는 연금을 받던 시기인 만 65세 때부터 청년회장을 맡아 지금까지 장기 집권하고 있는데, 그 이유는 마을에 청년이라는 씨가 남아 있지 않은 데다가 생기는 것도 없는 이름뿐인 직책이라서 다들 꺼리기 때문이다. 결코 정치적 수완이 뛰어나서는 아니라는 말이다.

한 씨의 외형은 165cm의 신장에 기본적으로 필요한 근육

외에는 불필요한 지방 한 점 없는 안쓰러운 체형에다, 훤하게 벗어진 이마가 햇볕에 그을려 얼굴이 온통 진한 갈색을 띠고 있다. 이 마을에서는 '법 없이도 살 사람'이라는 호칭으로 불리는 동시에 '그런 사람을 위해서 법이 필요하다'는 상반된 견해를 끌어내게 한 장본인이기도 하다.

농사 일거리가 없는 겨울에는 몸살이 나서 앓아누울 정도로 일이 몸에 밴 농군이며, 예전에는 마을의 짚가리를 모두 혼자서 쌓았을 만큼 꼼꼼한 완벽주의자다. 그런데 지금 할아버지가 쓰고 있는 모자에 흰색 바탕체로 수 놓인 네 글자, '만 장 일 치'를 주목하시라. 내가 만장일치라는 단어의 뜻을 알게 된 시기부터 무엇에 대한 만장일치인가를 줄기차게 물었지만, 할아버지는 그저 빙그레 웃었을 뿐이다. 그래서 아직 저 모자의 출처도 밝혀내지 못했다.

만약 저 위의 네 글자가 정치적 의도에서 탄생했다면 그게 어떤 정당인지 알아내려고 벼른 적도 있었다. 내가 태어나기 훨씬 전이지만 잘살아보자며 새벽종을 울리던 그 시절의 모자라는 의혹에 사로잡힌 적도 있고, 요즘 벌어지고 있는 시민운동이나 무슨 협회에서 만장일치에 대한 염원으로 제공했을 가능성에 대해서도 생각해보았다. 그것도 아니라면 칠십 평생이 넘도록 계속되고 있는 할아버지 자신과의 불화에 대한 눈물겨운 호소쯤으로 추측하면서 덮어두려고 한다. 왜냐

하면 '법 없이도 살 사람'으로 70년 이상을 견딘다는 건, 그 사람 안에 이미 튼실한 지옥을 건설했다는 뜻이라고 내 엄마가 정의 내렸기 때문이다.

어쨌든 할아버지의 별명은 '걱정도 팔자'다. 그러나 이번 걱정은 명백했다. 마을이 수용된다면 새로운 집을 찾아 떠나야 하는데 그것이 여의찮은 것이다. 살던 집을 LH 토지 공사에 넘겨주고 나서, 다시 이곳에서 살려면 최소한 열 배 이상의 값을 더 주고 땅을 사들여야 하기 때문이다. 물론 이 마을을 떠나 다른 곳에 정착하면 그만이다. 그러나 논밭이 바로 마을 옆에 붙어 있다는 사실이 할아버지를 괴롭히기 시작했다. 그 들판은 수용되지 않기 때문에 앞으로 어떻게 농사지을지가 구체적인 문제로 떠오른 것이다. 그러니까 마을만 수용 유보지역이고, 논들은 아예 제외 지역이며, 이 근방의 거의 모든 땅은 수용되었다. 얼핏 이해하기 힘든 지도가 그려진 셈이다.

그로부터 마을에 하나뿐인 마트에서는 차려진 술상이 끊임없이 뒤집히다 엎어지기를 반복했다. 문제는 그 술자리 구석에 만취한 우리 할아버지가 구겨진 옷처럼 쓰러져 뒹굴고 있다는 것이다. 바로 이 문제의 장면을 보시라. 할머니 등에 업혀 실려 오는 할아버지가 발버둥을 치면서 소리친다.

"언제부터… 사유지가, 토지 공사 소유가 되었냐구?"

버둥거리는 할아버지를 거실 바닥에 부려놓은 할머니가 냉수를 들이켜며 지나온 팔자를 재검토한다.

"으이구 내 팔자야! 내 오십 평생을 업어 날랐지만, 요즘처럼 힘에 부치기는 처음이구나 싶다….."

거의 누운 자세로 간신히 벽에 기댄 할아버지 옆에서, 그 걱정에 부채질해대는 여자가 보인다.

"아부지, 다 국가에서 하는 일이에요. 주민들이 난리 친다고 매번 안 할 수는 없잖아요. 참, 정말 걱정도 팔자서….."

지금 저 말을 중얼거리는 여자가 내 엄마다. 내가 보기에 할아버지의 이번 팔자는 국가에서 일부 조정하기도 하는 것이기도 한데, 엄마는 다른 견해를 갖고 있다. 그런데 속은 타는 모양이다. 손으로 입술을 뜯어대는 저 버릇은 내가 고이 물려받은 것이기도 하다.

"네가 꾸는 꿈도, 어쩌면 국가의 소유지."

헐, 이건 또 뭔 소리. 엄마는 이 마을에서 태어나고 자라 결혼까지 해서 나를 낳고는 아직도 이곳에 살고 있다. 연로한 부모님을 모시는 게 아니라, 그냥 친정에 얹혀사는 것이다. 카메라를 들이대는 나를 보며 입술을 뜯다 말고 눈을 동그랗게 뜨면서 재빨리 말한다.

"그러나, 네 영혼은 누구도 건드릴 수 없다는 거지. 그건 너만의 것이거든. 넌 아주 특별하니까."

엄마 말에 의하면, 내 부모가 '나'라는 하드웨어에 '특별하다'라는 소프트웨어를 심어 놓았고, 내가 그 특별함을 실행시키는 중이란다. 엄마가 보내는 장문의 문자 메시지에는 늘 이런 문구가 따라붙는다. '예습할 수 없는 인생이다. 그러니 사랑과 친절, 정신의 독립을 복습해라! 그것으로 너는 이미 특별한 사람이다.' 수학의 정석을 복습해야 할 딸에게 저런 말을 서슴없이 던지는 엄마는, 자신을 프리랜서라고 말한다. 그러고 보니 평소에는 소설을 쓰다가, 어떤 날은 배꽃 인공수정을 한다든지 하는 것으로 용돈을 버는데 아마도 그런 걸 프리랜서라고 하는 것 같다.

지금의 내 얼굴은 생략하기로 하자. 중간고사 기간에 등장하는 눈 밑 다크서클이 선명한 짧은 머리의 내 모습을 보여주기는 싫다. 그 때문에 엄마는 '아들이 계집애처럼 생겼다'는 인사를 종종 받고 있다. 이렇게 아들처럼 생긴 딸도 있다는 걸 사람들은 잘 모르는 모양이다. 어쨌든 나는, 네 살 때부터 사춘기를 겪었다고 한다. 여자애들은 원래 조숙하니까…. 미루어 짐작하건대, 열일곱인 지금은 중년의 삶을 견디며 산다고도 할 수 있다. 물론, 이건 모두 엄마의 표현이다.

내가 다니는 학교는 수령이 오래된 나무들이 울창하다. 고교 시절의 삼촌이 친구들과 단체 정학을 맞았을 때, 반성문과 함께 심은 수십 그루의 묘목이 지금은 아름드리나무로 자라 있는 곳이다. 인연은 거기서 끝나지 않는다. 엄마는 이 학교에 30년 전에 입학했고, 나는 엄마의 30년 후배가 된다. 나는 H여고 1학년 9반 39번이고, 기숙사 304호실 창문으로부터 세 번째 침대 위에서 아주 특별한 영화감독의 꿈을 꾸고 있다. 이 동영상은 그런 맥락에서 탄생했다고도 할 수 있다.

학교에서 내 별명은 허니문 베이비다. 기숙사에 돌아다니는 '하이허니문'라고 인쇄된 수건 때문이다. 아빠가 하시는 신혼여행 전문회사 이름인데, 개업식 할 때 나눠주고 남은 것을 열다섯 장이나 가져왔다. 친구들은 벌써 신혼여행을 하고 왔느냐며 배꼽을 쥐고 쓰러졌지만, 다른 아이들 수건과 헷갈릴 일이 없어서 다행이다. 더욱 다행인 건, 하마터면 농약 상회에서 얻어온 수건을 가져올 뻔했다는 사실이다. 할머니가 챙겨주었던 수건들에는 살충제 선전 문구가 쓰여 있었는데, '진딧물 순간 초 박멸'이라고 아주 진하게 인쇄되어 있었다.

할아버지의 걱정이 팔자가 되어가던 그 시기에 마을에서는 커다란 시위가 있었다.

KTX 역사가 이 마을에 생긴다는 소문이 떠돌자, 마을에는 일명 '고덕 비대위'가 만들어졌다. '고덕국제평화도시 비상대책위원회'를 줄인 말이다. 마을에 몇 명 남아 있던 그나마 젊은 층의 남자들이 그 임원이었는데, 기동력이 있어야 한다는 전제조건이 붙었기 때문이었다. 비대위에서는 마을을 사수하는 데에 총력을 쏟을 것을 맹세하며, 각 가정에서 30만 원씩의 활동비를 거둬들였다. 그때 마을은 만장일치를 보았다.

그즈음부터 이 마을에는 어떤 심상치 않은 움직임이 먼지처럼 일어나 조용하게 불기 시작했다. '유비무환'을 실천해야 한다는 목소리였는데, 그건 좀 잘사는 사람들의 경우였다. 게다가 마을 주변에 땅이 있는 사람은 그 토지가 수용되었기 때문에 조만간 보상금이 나오리라는 계산도 있었다. 누울 자리를 보고 다리 뻗는다는 말이었다. 우리 할아버지가 농사짓는 땅은 대부분이 국유지여서 우리 집은 그렇게 누울 자리조차 없었던 모양이다.

어쨌든 좀 있는 사람들은 마을에서 가까운 지역에 아파트를 사두거나 집 지을 땅을 확보하기 시작했다. 저마다 주택 융자를 받거나 대출을 받아서 집과 토지를 사들였다. 부동산 업자들이 마을로 들어와 아예 사무실을 차리고 투기를 조장하는 바람에 엄청나게 많은 물량이 거래되었다고 한다.

다음에 보이는 장면이 그 당시 마을에서 있었던 시위 현장을 촬영한 것이다. 지금도 인터넷 뉴스를 찾아보면 시위하는 현장에서 깃발을 들고 있는 내 모습이 보인다. 저 시위 현장은 며칠 전부터 계획된 것으로서, 텔레비전으로 방송된다는 사실 때문에 주민들이 거의 참석했다. 그날 어디선가 낯선 사람들이 나타나 시위를 이끌기 시작했다. 그들 중 누군가 오더니, 동생과 나를 맨 앞으로 끌어내고 피켓을 하나씩 쥐여주는 바람에 초등학생인 우리는 시위의 주동자처럼 보이게 되었다.

저기 맨 앞에 서서 '강제수용'이라고 쓰인 피켓을 들고 있는 여자애가 나이고, '결사반대' 피켓을 들고 선 채 얼이 빠진 남자애가 내 동생이다. 만약 지금이라면 저런 집회에 참석해서 내 얼굴을 만천하에 드러내는 일은 절대로 하지 않았겠지만, 그때는 저 피켓을 맘껏 휘두르고 싶었다. 그뿐이었다. 그런데 저 날도 할아버지는 '만장일치' 모자를 쓰고 계시네…. 지금 보니 대박이다.

문득 저 장면을 보다가 깨달은 게 있다. 내가 만약 저 시위 현장에서 이탈한다면 '강제수용'을 외치는 파렴치한으로 보일지도 모른다는 거다. 동생이 들고 있는 '결사반대'라는 말이 '강제수용'을 보조해주지 않으면 달리 어떻게 보일 수 있겠는가. 그래서 문장의 맥락은 국어 시간에만 필요한 게 아니다. 모아서 잘 버무려야 제대로 된 뜻을 전달할 수가 있다는 선생님 말씀은 정말 진리다. 그런데 할아버지 옆에 서서 목에 핏대를 세우고 오른손을 치켜들면서 무어라 계속 외치고 있는 사람은, 돌아가신 박 씨 아저씨 아닌가. 저 당시의 아저씨

는 자신이 45억이라는 거액을 가지게 되리라는 꿈조차 꾸어
보지 못했을 것이다. 그러나 그 돈은 목숨을 위협하는 불화의
싹이 되었다.

"경기도 평택시 고덕면에 거주하는 박모 씨가, 오늘 새벽
제초제를 먹고 숨졌습니다."

저 뉴스의 내막은 이렇다. 그저 쓸모없는 나대지를 유산으
로 물려받았다고만 믿고 있던 박 씨 아저씨는 쓸모없는 그것
을 다시 자식에게 물려주고 죽어야겠다는 생각으로 농사만
지으며 살아왔다. 그러던 어느 날 국제도시 건설 붐이 불더
니 강제수용이 되었고, 버려졌던 그 나대지에서 토지보상금
45억이 결정되었다. 그날부터 시집간 여자 형제들과 일찍 땅
을 팔고 도회로 떠났던 남자 형제들이 벌떼처럼 몰려들었다.
각자 제 몫을 내놓으라고 난리를 피우던 그 형제들이, 어느
날 아저씨에게 떡 벌어진 술상을 차려주었고 아저씨는 밤새
술을 마셨다. 그런데 만취 상태에서 어딘가에 사인하고 도장
을 찍은 모양이었다. 다음 날 일어나 보니 박 씨 아저씨의 재
산이 모조리 형제들 손으로 넘어가 있었다. 아저씨는 개무시
당했다고 길길이 날뛰면서 대갈통을 부숴버린다며 오전 내
내 게거품을 물었다. 그러다가 다시 술을 마셨고, 다음 날 새

벽에는 제초제까지 마셔버렸다.

결국, 죽기 전날에 박 씨 아저씨와 술을 마신 두 명의 용의자가 심문을 받게 되었다. 우리 할아버지 한 씨와 이 동네 인구의 절반을 차지하는 김 씨가, 그 두 사람이다. 수많은 김 씨 중에서도 '근식 할아버지'라고 말해야 마을에서의 정체성이 뚜렷해진다. 우리 동네는 총각으로 늙어가는 아저씨들이 많은데, 그중에서도 월남전에 다녀온 근식 할아버지는 이미 칠순이 다 되었다. 행동이나 말투가 어찌나 느리고 어눌한지, 쌍욕을 길게 한 보따리 늘어놓는데도 단어 사이의 행간이 늘어지고 발음을 얼버무리는 바람에 도무지 욕으로 들리지 않는 장점이 있다. 이 장면만 봐도 그렇다. 두 손으로 자전거를 붙들고 서서 허리를 뒤로 젖힌 채 반쯤 감은 눈을 아주 가끔 끔벅거린다. 보이는 것처럼 저렇게.

"그 망할, 아 그 상… 년이 아, 눈 깜짝할 새 내 재산 반을… 챙겨 야반도주한 그 빌어먹을… 그년이 글쎄, 어떤 씨…부랄 놈의… 그 염병할… 놈하고 붙었는지, 아 글쎄…"

뭐, 대충 저런 식이다. 이 동영상에는 담지 못했지만, 그사이에 도시에서 흘러온 여자들이 근식 할아버지 집을 다녀갔다. 모두 4개월 이상을 머물지 않았다. 엄마는 그 여자들이 마을에 들어올 때마다 며칠 만에 집을 나갈지를 척척 알아맞히는 기염을 토했는데, 그 일정을 다 못 채우고 나가는 여자도 더러 있었다. 알 수 없는 일이다. 저토록 성실하고 땅도 많고, 게다가 나라에서 연금까지 타는데, 왜 같이 늙어가지 못하는 걸까. 내 나이에 같이 늙어갈 사람을 찾아야 한다는 사고방식은 분명 엄마가 내게 심어놓은 것이리라. 열일곱 소녀에게 늙어갈 걱정을 가르치다니… 아무리 조기교육 바람이 불었어도 그렇지, 이건 좀 아닌 것 같다. 엄마는 도대체 '나'라는 하드웨어에 뭘 깔아놓았기에 이렇게 실행되는 것일까. 업그레이드할 시기가 온 것 같다!

용의자로 끌려간 우리 할아버지는 경찰의 심문에 두 가지로만 대답했다고 한다. 할 말이 없다는 말과 함께 새끼손가락으로 코만 후볐다는 것이다. 그 장면은 안 봐도 훤하다. 공포와 초조함에 짓눌린 나머지, 반나절 가량이나 코를 후벼 파다가 급기야는 코피를 줄줄 흘리면서 돌아왔으니까. 할머니는 그 모습에 놀라 다시 팔자타령을 시작했다. 그나저나 근식 할아버지의 자백은 눈물겨웠다고 한다. 자신의 범행, 아니 살인미수가 될 뻔했던 말을 아주 오래도록 장황하게 늘어놓더라는 것이다. 할아버지로부터 전해 들은 내용은 이렇다.

"그러니께 그냥… 죽어본 적 있냐구 묻길래유, 그냥… 살충제를 한 반병… 마셨더니 글쎄, 몸 안에 벌레가 그냥… 싸악 죽었다는 그… 그 말밖에 한 적이 읎시유… 난 아무것두… 그냥 몰러유!"

모른다고 말할 때는, 웬일인지 정색하면서 마무리를 썩 잘하더라고 했다. 그러나 술에 취한 박 씨 아저씨가 마신 제초제는 아저씨 몸속의 벌레를 모두 죽이고도, 심장까지 굳어버리게 했다. 누군가에게 경험을 말할 때는 절대로 과장법을 쓰면 안 된다. 특히 독성이 있는 화학약품에 관해서는 더욱 그렇다. 아무리 임상시험을 거쳤다고 해도 부작용에 관해서는 더욱 철저한 검토를 해야 한다는 것이다.

아래 보이는 작은 글씨는 코감기 약에 첨부된 부작용에 관한 경고문이다.

부작용—공포, 흥분, 긴장, 호흡곤란, 환각, 경련, 구갈(목마름), 두통, 불면, 수면, 신경과민증, 어지러움, 현기증, 구역, 불안, 떨림 등이 나타날 수 있고 중추신경억제, 부정맥, 저혈압이 있는 심혈관계 허탈 등을 보일 수 있다.

부작용은 엄마가 먹던 저 콧물 약뿐이 아니었다. 마을 전체가 이미 공포와 흥분, 긴장의 도가니에 빠져서 저마다 목마름을 호소했고, 어느 날 불면의 바람이 불어닥치자마자 신경과민과 허탈 증상이 전염병보다 빠르게 마을을 휩쓸었으며, 현기증과 구역을 동반한 어지럼증에 휘둘려서 그에 따른 불안과 떨림 등이 호흡곤란을 초래했고, 그것이 중추신경을 억제

하는 한편으로 저혈압에 관계된 심혈관계 질환을 몰고 오는 것이었다.

대책 없이 흐르는 콧물을 막기 위해 저런 부작용을 고려하면서도 약을 먹듯이, 국제도시 건설을 위한 이 마을의 부작용쯤은 기삿거리도 못 될 만큼 당연했다. 그러나 자살 사건은 뉴스가 되었다. "경기도 평택시 고덕면에 거주하는 박모 씨가, 오늘 새벽 제초제를 먹고 숨졌습니다." 숨진 이유에 대해서는 '가족 간의 불화로 인한 음독자살'이라고만 보도되었을 뿐, 그 불화의 내막을 캐는 것은 귀찮아하는 것 같았다. 어쨌든 불운한 뉴스를 반복해 보여주는 것을 용서 바란다. 영화에서도 강조하기 위한 목적으로 반복해서 보여주는 장면이 있기에, 한 번 따라 해본 것이다. 아이들은 원래 어른들 흉내를 잘 낸다!

아무튼, 각종 부작용이 마을을 집어삼키고 있는 중에도 수용지 결정에 대한 확정적인 발표는 나오지 않았다. 6개월 뒤에 발표한다고 했다가 몇 달 뒤로 미뤄지고, 또 그날이 다가오면 다시 다음 해 봄으로 미뤄지기를 8년 넘게 반복했다. 일년에도 몇 번씩 수용 여부에 대한 확정 발표 날짜가 주민들의 입에서 입으로 유령처럼 떠돌았지만, 오늘까지도 발표가 없는 걸 보면 그 '확정 날짜'라는 게 유령임이 틀림없다. 그것은 또 다른 부작용의 싹을 틔웠다. 주민들의 '유비무환'이 어이 없는 부채가 되어 돌아온 것이다.

주민들이 아파트와 토지를 매입하느라 얻어 쓴 이자가 무슨 좀비처럼 대책 없이 불어나 너나없이 빚에 허덕이게 되었다. 게다가 거대한 철탑이 난데없이 마을에 들어서기 시작하더니 마을 주변을 빙 돌아 세워졌다. 저기 보이듯이 논둑에 들어선 철탑들이 어떤 글 속의 삽화처럼 보이지 않는가. 그 옆으로 지나간다는 KTX 철로는 이 마을이 원치 않았던 첫 번째 '초고속 현대 문명'이었다.

주민들은 또다시 근심 걱정에 휩싸여 비상대책 회의를 열었다. 이제 제명에 못 죽게 되었다는 것이다. 각종 암이나 원인 모를 질환에 시달리면서 노후를 보내느니, 차라리 이 마을을 떠나고 싶다는 의견이 봇물 터지듯 쏟아져 나왔다. 때마침 그런 결정을 더욱 부추긴 건 KTX 역사가 이 마을을 비켜서 평택역 부근에 세워진다는 사실이 발표된 것이었다. 손익분기점에 대한 계산은 이 시골 사람들의 머릿속에서도 순식간에 이루어졌다. 급기야 '비대위' 임원들이 현직 국회의원실과 시장실로 쳐들어가서 바닥에 드러눕는 등의 난리를 피웠지만 뾰족한 대답을 얻을 수가 없었다. 엄마 말처럼, 국가에서 하는 일은 그런 난리를 피운다고 되는 일이 아닌 모양이었다.

어느새 마을 입구에는 새로운 플래카드가 바람에 나부끼고 있었다.

주민 죽이는 철탑 건설 반대, 해창리 주민 일동

이때를 계기로 마을 사람들은 순식간에 두 패로 갈라져 으르렁거리기 시작했다. 마을을 떠나고 싶은 사람들과 그냥 남으려는 사람들. 그러니까 유비무환을 한 사람과 유비무환도 할 수 없었던 사람들의 대결이었다. 뜻이 하나로 모여야만 진정서를 넣거나 시위라도 하면서 떼를 쓸 수 있는 것인데, 마을을 수용시키자는 의견에는 결코 만장일치를 볼 수가 없었다.

두 패로 갈린 사람들은 대문을 나서다가 마주치기라도 하면 말속에 뼈를 넣어 상대에게 던졌다. 비료를 쌓다가도 반대편 의견을 가진 사람이 지나가면서 "웬 비료를 그리 많이 샀느냐"고 물어오면, "여기서 평생 살다 죽으려고 그런다"며 말속에 큼직한 뼈를 넣어 냅다 집어던졌다. 그러자 난데없이 말뼈다귀를 맞은 사람은 "그 비료가 다 녹기도 전에 죽을 거"라면서 더 뾰족한 가시를 넣어서 힘껏 내동댕이치고는 손을 털면서 지나갔다. 이 또한 '제2의 형제의 난'이라 불렀는데, 그들 두 가족은 같은 교회에 다니면서 매일 형제님 자매님 하는 사이였기 때문이었다.

일이 그쯤 되자, '고덕 비대위'는 주민들의 의심을 사기에 이르렀다. 세대별로 거두어들인 활동비의 행방이 묘연해졌기 때문이었다. 마을을 수용 지역에서 빼내려는 명목으로 거두어들인 그 돈이 어디에 쓰였는지 흔적조차 없는 데다가, 이제는 마을을 수용시키려고 용을 쓰고 있으니 말이다.

공금횡령이니 고소장이니 하는 온갖 법정 용어들이 떠돌기 시작하면서 마을 인심은 더없이 흉흉해졌고, 이웃 간의 웃음은 사라진 지 오래였으며, 집마다 땅이 꺼지라 내쉬는 한숨 소리로 마을은 어느덧 중증의 해소천식 환자처럼 골골거렸다. 내가 네 살 때부터 기억하는 그 순수한 얼굴들이 몇 년 사이 안색이 싹 바뀌었고, 눈에는 이상한 빛마저 감돌았다.

어릴 적에 마주친 광견병에 걸린 개의 눈을 떠올린 것도 그즈음이었다. 뭐랄까, 그때 개의 눈은 한없이 들뜨고 뭔가에 굶주려 있는 듯 보였다. 그러나 그렇게 느끼는 찰나, 그 눈동자에서 극도의 경계와 지독한 경멸이 뿜어져 나오더니 전파처럼 뿌지직거리면서 어린 내 목을 움켜쥐고 비트는 것이었다. 그 당시에 만화책을 자주 봐서 그런 경험을 한 것은 아니다. 아닌 것 같다. 뭐, 아닐 것이다. 아무튼, 그 개는 눈도 깜빡이지 않고 내 눈을 빤히 노려보고 있었다. 어린 나는 그때의 충격을 어떻게 표현해야 할지 알 수 없었고, 다만 한마디만 되풀이했다. 무서워….

무서운 일이 한 가지 더 있었다. 그 사건의 증거는 지금 보이는 것처럼 찢어진 종이 한 장으로 달랑 남았기 때문에 그

때의 정황을 모두 숙모의 진술에 의지해야 했는데, 그런 만큼
무한한 추측과 가상의 시나리오를 만들기가 훨씬 수월했다.

노아 홍수 가족 8명만 구출
무지개 계약　　♂▽♀

창세기 6~9장

저 종이가 애초에 찢어져 있던 건 아니었다. 반나절 동안이
나 마을 사람들의 손에서 손으로 옮겨 다니느라 고춧가루며
기타 이물질이 묻은 데다 그들이 뿜어대는 긴장과 땀, 흥분
등이 눌어붙어서 저 지경으로 나달거리게 된 것이다.

그날, 숙모는 혼자서 집을 지키고 있다가 이불 빨래를 들고
거실로 나오고 있었다. 그 순간 숙모의 눈에 현관 입구를 가
리는 거대한 검은 물체가 감지되었는데, 눈을 감았다가 다시
떠도 그게 무엇인지 구분이 되지 않았다. 김은 물체가 숙모
앞으로 한 발 더 다가온 순간에서야 겨우 그 정체를 알게 되
었다. 장대한 키와 우람한 어깨를 가진 평면 브라운관처럼 생
긴 육각형 얼굴의 남자가 검은 양복에 007가방을 들고 서 있
었다. 숙모는 저도 모르게 밖을 내다보았고, 대문이 열려 있
는 것을 보고서 안고 있던 이불을 꼭 끌어안았다. 그 육각형

의 평면 얼굴은 말없이 숙모를 빤히 바라보기만 할 뿐 아무런 행동도 취하지 않은 채 우라지게 긴 시간을 버티더란다. "어떻게 오셨느냐"는 숙모의 질문이 떨어지고도 한참을 더 그 자세로 있더니, 구두를 신은 채로 뚜벅뚜벅 식탁으로 걸어가더란다. 공포로 오그라들어 핏기가 싹 가신 숙모의 얼굴을 그 육각형의 평면 얼굴이 다시 한번 쓱 돌아볼 때는, 그저 이 순간이 꿈일 거라는 생각과 꿈이라 하더라도 당장 빠져나가지 않으면 심장이 곧 폭발할 기세였다. 그러자 그 육각형 얼굴이 들고 있던 007가방을 식탁 위에 올리더니, 느린 화면처럼 그놈의 가방을 또 한참이나 열더란다. 드디어 가방이 열리자, 그 안에는 자주색 비로드로 만든 헌금 주머니가 입을 떡 벌리고 있었다. 육각형 얼굴은 여전히 아무 말도 없이 그 헌금 주머니와 숙모를 번갈아 바라보았고, 그제야 정신이 든 숙모가 이불을 발치에 내려놓으며 재빨리 주머니를 뒤졌다. 입고 있던 반바지 주머니에서 나온 것은 2천 원이었는데, 숙모는 그 돈을 헌금 주머니에 넣었다. 그러자 육각형의 평면 얼굴이 가방을 닫고 현관 쪽으로 걷다가 다시 그 자리에 우뚝 섰다. 이번에는 양복 안주머니에 손을 넣더니 부스럭거리면서 또 무언가를 한참이나 찾더라는 것이다. 고문이 따로 없었다. 그때 이미 숙모의 머릿속에서는 윙 하는 금속성의 이명이 사이렌처럼 울리고 있었다. 한참 후에 그 육각형 남자의 양복 주머니에서 나온 것은, 아까 보았던 저 종이 쪼가리였다.

소식을 듣고 몰려든 마을 사람들 앞에서 숙모는 여전히 식탁에 앉아 우황청심환을 씹으며 중얼거렸다.

"그 육각형 평면 브라운관 남자가… 내 공포를 즐기고 있었던 게 분명해요, 분명하다구요…."

동생과 나는 그 육각형이 인간의 공포를 먹고 사는 괴물일 거라고 소리쳤다. 그러자 여기저기서 의견들이 쏟아져 나오기 시작했다.

그러고 보니 가학적인 변태 놈이다, 아니다, 광신도가 아닐까 싶다, 그것도 아니다, 한 씨네 가족이 8명인 걸 그 남자가 어떻게 알고 미리 무지개 잡는 식의 그런 계약서를 써왔겠느냐, 그건 그렇다, 이제까지 대문 열고 살았어도 '왕국' 사람들이나 '도道'를 아느냐고 묻는 사람들만 드나들었다, 그렇다, 저런 식의 위협적인 외모와 고압적인 자세로 헌금을 요구하며 공포를 조장한 적은 기필코 없었다, 그렇다면 마을 입구의 교회에 가서 혹시 그런 얼굴이 있는지 찾아보자, 그것도 아니다, 분명히 마을을 뜨고 싶은 반대 측 사람들이 보낸 첩자일 거다, 설마….

이 말을 전해 들은 반대 측 사람들은 그거야말로 정치적 음모라고 혀를 내두르며 팔팔 뛰기 시작했고, 양측이 서로에게 삿대질하다가 결국 몸싸움으로 번졌다. 어디서 많이 본 듯한 장면이었다. 다행히 그러는 와중에 마을 소유로 되어 있는 땅에서 보상금이 나왔고, 그 싸움은 일단락되었다.

주민들의 인감증명서가 어떤 기관으로 속속 들어가더니 이장님이 마을 돈을 찾아왔다. 그러자 이번에는 어떤 식으로 나누는가 하는 문제가 발생했다. 모든 주민의 인감증명서를 내고서 찾아온 돈이므로 칠십여 가구가 공평하게 나누어 가지면 되는 일이었다. 그러나 대다수 주민이 똑같이 나누면 뭔가 손해 보는 것 같은 느낌에 시달렸던 모양이다. 마을은 또 주민 대책회의라는 이름으로 세 번에 걸쳐 진지한 투표를 시행했다. 그 결과 마을에 집을 소유한 이십 년 이상 거주 세대들이 보상금을 거의 다 차지하게 되었다. 세를 살거나 이십 년 이하 거주 가구에는, 이십 년 이상 된 가구에 돌아갈 몫의 10%만 주기로 했다. 세를 살거나 이십 년 이하 거주 가구는 딱 다섯 집뿐이었다. 그 다섯 가구도 주민으로서 내야 할 세금은 물론이고 마을에 조직된 '비대위'의 활동비까지 내면서 모든 의무를 똑같이 수행했음에도 불구하고, 혜택을 받을 때는 동등하지 못했다.

우리 마을은 주변 도로에서 아래로 우묵하게 내려간 지형에 자리 잡고 있다. 보다시피 도로에서 아래로 한참을 내려가야 집들이 나타난다. 그래서 이 마을이 수용된다 해도 유용하게 쓰일지가 염려될 정도로 별 볼 일 없는 곳이다. 오죽하면 전쟁이 일어나도 발견될 염려가 없을 거라는 우스갯소리까지 있고, 음기가 강해서인지 온 마을에 야생 길고양이들이 설쳐댄다는 것이다. 그것뿐이 아니다. 마을은 요즘 이비인후과적 증상에 시달리고 있다.

이비과적 증상은 멧비둘기와 고양이와 수사슴이 몰고 왔다. 멧비둘기가 짝을 찾는 소리는 구슬프게 들리지만, 발정 난 고양이들이 내지르는 처절한 외침은 듣는 사람의 고막은 물론이고 가슴마저 후벼대는 특성이 있다. 그런데 그보다 더한 소음은 바로 옆집에서 기르는 수사슴이 내는 소리다. 사슴이라는 단어 자체가 주는 청순미는 온데간데도 없다. 어떤 시를 통해서 우리가 상상하듯이 모가지가 길어서 슬프다던 그런 사슴이 전혀 아니라는 말이다. 집요한 구애의 울음소리는 기괴하기가 그 유례를 찾아볼 수 없고, 기상나팔보다 훨씬 무자비한 데가 있었다. 지칠 줄 모르는 그 엄청난 괴성을 사슴이 낸다는 사실에 온 마을이 놀라 자빠진 지는 이미 오래전일이다.

주민 모두가 그 소리에 불면의 밤을 보낸다며 원성의 목소리를 높였지만, 가장 치명타를 입고 있는 우리 집에서는 이웃이라는 이유로 아무런 건의도 할 수 없었다. 이건 순전히 내 생각인데, 혹시 매년 가을마다 그 집에서 보내오는 사슴뿔로 보약을 지어 먹기 때문은 아닐까 싶다. 녹용이라는 청탁 말이다. 그래서 대가성 청탁을 받으면 진퇴양난에 놓이게 된다는 말인가 보다. 우리 국어 선생님은 '진퇴양난'에 대해서 그렇게 설명했다. 이래저래 우리 집은 지금 진퇴양난의 한가운데에 놓여 있다.

이비인후과적 증상에서 비鼻염의 원인이 된 것은, 환절기라는 계절 탓과 똥 공장에서 보내오는 똥보다 더한 냄새였다. 그 냄새는 마을 뒤편에 자리 잡은 닭똥 공장에서 나는 것이었는데, 똥과 음식이 발효되면서 풍기는 모호하면서도 확실한 그 미칠 듯한 악취에 주민 모두가 코를 싸쥐고 쩔쩔매게 된 것이다. 똑같은 피해를 보고 있는 주변 마을에서 이미 민원을 넣었지만, 조사가 나와도 그때뿐이다. 기관에서 조사를 나오는 날이면 어느 틈엔가 비싼 화학약품을 뿌려서 순간적으로 냄새를 중화시켰다가 조사가 끝난 다음 날부터 다시 냄새를 풍겨댄다. 냄새를 감추려 하다니…. 그나저나 저 똥 공장에서는 어떻게 조사 나오는 날을 훤히 알고 있는 것일까.

이제 지칠 대로 지친 주민들은 그 악취를 그냥 공기처럼 받아들이며 살아가는 중이다. 바람이 부는 방향으로 냄새가 실려 가는데, 동풍이 불면 좀 살 것 같다. 그러나 반대편 마을에서는 곧 서풍이 불기를 기다리며 코를 움켜쥐는 것이다. 코를 막고 입으로 숨을 쉬다 보면 자연히 목구멍이 말라오고, 기타 여러 짐승이 질러대는 소리를 차단하려고 목청을 높이면서 말하다 보면 저절로 인후통咽喉痛이 유발되는 것이었다. 그런데 오히려 피해가 덜한 주변 마을버스 정류장에 '똥 공장, 결사반대'라는 현수막이 등장했다.

저기에서 전화 통화를 하는 엄마에게 가보자. 듣다 보니, 건강보험공단 측과의 통화인가 보다. 카메라를 들이대자, 보이는 것처럼 엄마의 표정이나 언성이 갑자기 히스테릭해진다. 볼륨을 조금 더 키워보자.

"갑자기 23%가 더 오른 이유가 그거라고요? 여기가 농촌이 아니라 도시로 분류되어서라니요?"

엄마는 들고 있던 의료보험 청구서를 흔들면서 다시 말을 잇는다.

"아니, 지금 마당에 이앙기도 있고 트랙터가 멀쩡하게 드나들고 있는데, 여기가 농촌이 아니라 도시라고요? 어쩔 수 없다니요? 거기 책상에 앉아서 맘내로 지도를 그리고 있는 겁니까? 논과 밭, 저수지 위치를 거기 앉아서 결정하시는 거예요?"

이쯤에서 엄마는 상대방의 얘기를 한참 듣더니 다시 말한다. 이번에는 음성이 조금 가라앉아서 오히려 위협적으로 들린다.

"그러니까요, 바로 마을 옆에 있는 논을 빼고 집만 수용시키는 실수를 하시잖아요. 그럼 집만 이사하고서 어떻게 농사를 지으라는 거죠? 이곳에 들어서는 도시 이름이 국제 평화도시라고 알고 있는데요, 과정이 이렇게 평화롭지 않아서야 어찌합니까?"

엄마의 건의가 아니더라도 평화롭지 않았는지, 지금은 그냥 '고덕 국제도시'라고 명명한다. 게다가 성급하게 올랐던 저 의료보험금의 실체는 도시로 분류되어서가 아니라는 답변이 에둘러 돌아왔다.

오늘은 엄마가 배꽃 인공수정을 시키러 과수원에 가는 날이다. 배꽃의 배란기 때문에 이 시기를 놓치면 손실이 크다고 한다. 짧은 시일에 많은 일손이 필요한 덕에 엄마한테까지 일자리 제의가 들어온 것이다. 배 밭에서 보내온 봉고차가 회관 앞에 나타나자, 엄마는 인간 벌이 될 준비를 한다. 머리 위에 수건을 얹고 그 위에 다시 챙이 넓은 모자를 눌러쓴다. 봉고차로 걸어가던 엄마가 택배기사분의 전화를 받더니 소리친다.

"예, 노인정 옆 파란 대문 이층집이요."

아, 우리 엄마 워킹 쩐~다. 남의 시선에 아랑곳하지 않는 저 팔자 걸음걸이도 문제이지만, 색깔에 대한 각성도 없다. 파란 대문이 아니라 초록 대문이라고, 내가 누누이 강조해도 그때뿐이다. 그것 때문에 택배기사분들과 자주 실랑이를 벌이면서도 못 고친다. 세대 차라는 거다.

어쨌든 초록 대문 기둥에 달린 우리 집 우체통으로 가보자. 우체통 안에 들어 있는 우리 집 대문 열쇠는, 온 마을 사람이 다 알다 못해 택배기사분들까지 모두 알고 있을 것이다. 그 사실을 아는지 모르는지, 우리 집 어른들은 늘 다른 사람들이 보는 데서는 열쇠를 함부로 꺼내지 말라고 주의시키곤 했다.

어느 날 학교에서 돌아와 대문 앞에 섰는데, 마침 옆집 채담이네 할머니가 밖으로 나오셨다. 우체통에 손을 넣으려던 나는 재빨리 딴전을 피우며 머뭇거리기 시작했다. 그런데 채담이네 할머니가 나를 빤히 바라보며 자리를 뜨지 않으시는 거다. 참으로 어이없는 그 대치 상태에서 얼마나 지났을까. 홀연히 채담이네 할머니의 발랄한 음성이 날아왔다.

"애, 거기 왜 그러구 섰어? 빨리 우체통에서 열쇠 꺼내 들어가지 않구서?"

"아, 예. 괜찮아요⋯."

이런, 대략난감이다. 나는 긍정도 부정도 아닌 모호한 대답을 땀과 함께 흘리면서 한동안 더 그 자리에 서 있었다. 그러나 채담이네 할머니 역시 끝내 자리를 뜨지 않은 채 나를 지켜보셨다. 괜찮다는 말이, 괜찮지 않다는 말과 동의어라는 걸 채담이네 할머니는 정녕 모르시는 게 분명했다.

이제 삼십 분짜리 동영상이 거의 끝나간다. 지금 보여주는 담벼락은 이번 선거 당일에 찍은 것이다. 선거가 있기 얼마 전에 낯선 사람들이 마을을 다녀간 뒤로 더 길고 더 많은 문장으로 된 낙서들이 생겨났다. 내가 학교에 간 날이라서 그 사람들을 보지는 못했지만 분명 시인들일 것으로 생각한다. 그 사람들이 남긴 저 녹색 글씨의 고소장 같은 시, 혹은 시 같은 고소장을 보시라. 만약 '환절기'라는 제목이 없었다면 분명 고소장으로 보였을 것이다. 그 전문을 모두 보여준다.

매년 고소장을 쓰지 / 이 계절을 고발합니다 / 피고는 눈물 샘을 자극하는 소양증으로 / 꽃처럼 온몸을 발갛게 긁어대는 / 은유와 선거의 계절 / 모든 충성이 무르익을 때 / 축제처럼 찾아오는 계절성 알레르기는 / 이 시대에 바치는 내 육체의 꽃다발은 아닌지 /

(여기서부터는 옆집 담장으로 이어진다.)

4분기 납세 기간이면 / 어김없이 찾아오는 상습 정체 구역 / 국민의 혈관에 가려움을 수혈하고 / 여름으로 후퇴할 수도 겨울로 직진할 수도 없는 / 진퇴양난의 환절기 / 이 계절을 고발합니다 / 2천몇 년 가을 / 여기 상습 정체 구역을 무슨 정체 구역을 고발한다니! 만약 저런 고소장을 제출한다면 은유를 좋아하는 저 시인이야말로 온갖 정체 구역으로부터 명예훼손으로 고발을 당할 게 분명하다. 그나저나 이제 어떤 반전이 우리 마을 담벼락에 찾아오는지 모를 일이다. 마을은 이제 그 어떤 반전도 수용할 만반의 자세가 되어 있다. 저 8년여의 '시간이라는 유령'에 의해서 충분히 담금질을 당한 상태이니까.

혹시 지도를 그리는 사람들은 이 마을의 운명을 알고 있을까. 만약에 정말로 그렇다면, 운명의 멱살을 너무 오래 붙잡고 흔들어대면 인간성과 생명까지 잃을 수 있다는 것도 알아달라는 부탁을 하고 싶다.

마지막으로, 박 씨 아저씨네 담벼락을 보여주면서 이 동영상을 마치려고 한다. 고인의 영정에 바치는 우리의 순수한 마음이다. 저기 보이는 것처럼 국화 한 다발은 동생이 그린 것이고, 아래의 자막은 내가 공들여 쓴 것이다.

삼가고인의명복을빕니다

LH 토지수용지구에서 벌어지는 이 부조리극은 내 경험을 바탕으로 쓴 것이다. 삶의 터전인 주거지가 강제로 수용당하면서 벌어지는 인간의 변화무쌍한 모습을 보여주고 싶었다. 그러기 위해 소설 속 화자로 17세 소녀를 선택했다. 아직 솔직할 수 있는 나이인 소녀를 내세운 건, 그나마 소설과 거리를 두기 위한 선택이었다. 그래도 여전히 소설과의 거리 두기는 힘든 일이다.

나의 장점인 유머를 살리고자 에피소드마다 노력했다. 나는 원래 웃기는 사람이고, 사람들에게 웃음을 주기 위해서는 위악도 서슴지 않는다. 심지어 내 인생의 굴곡진 장면을 제삼자처럼 삼인칭으로 묘사하며 웃는다. 그래서 듣는 사람은 저도 모르게 웃음을 터트리고는 주섬주섬 표정을 수습한다. 웃기려고 말했으니 그냥 웃으면 되는데, 사람들은 종종 그렇게 예의를 차린다. 아마도 나는 그래서 소설을 쓰는 사람이 되었는지도 모른다.

나는 언제 어디에서든 사람들에게 즐거움을 주는 사람이고 싶다. 때로 그 즐거움에 번뜩이는 통찰을 발견하면 더 좋을 것이다. 부디, 이 〈비상대책위원회〉에서 그런 요소를 맛보았으면 하는 바람이다.

소설, 자서전

황주리

*

황주리

평단과 미술시장에서 동시에 인정받는 몇 안 되는 화가이자 산문가, 소설가다. 1980년대 포스트모더니즘의 한 페이지를 장식한 신표현주의의 선구자로, 지금의 젊은 작가들에게 많은 영향을 미치고 있다. 작품으로는 장편소설 《바그다드카페에서 우리가 만난다면》, 《마이러브 프루스트》, 산문집 《산책주의자의 사생활》이 있다. orbitj@naver.com

크리스틴 혜경 2

크리스틴 혜경을 다시 만난 건 맨해튼의 반젠노블 서점에서였다. 가을이었고 놀랍게도 그녀는 책 사인회의 주인공이 되어 있었다. 사람들이 길게 줄을 서 있었고, 화제의 책 제목은 '크리스틴 혜경의 이중생활'이었다. 나는 문득 언젠가 본 폴란드 출신의 키에슬로프스키 감독의 영화 〈베로니카의 이중생활〉을 떠올렸다.

놀랍게도 크리스틴 혜경은 휠체어를 타고 있지 않았고 멀쩡한 걸음걸이로 독자들과 인사를 나누고 있었다. 영화 〈베로니카의 이중생활〉이 갑자기 눈앞에 펼쳐졌다. 버스 안에서 스쳐 지나가는 바르샤바 거리 풍경과 주제음악이 인상적이었던 그 영화의 느낌이 전생처럼 아득히 떠올랐다. 영화보다 더 오래 남는 영화음악들이 아주 드물게 있다. 정확하게 말하면, 음악과 영상과 연기와 편집이 다 살아남는 매력적인 태피스트리를 닮은 영화, 보고 또 봐도 아직 못 본 부분이 남는 영화라고 해야 맞을 것이다. 아니 세상의 모든 아름다운 디테일들이 다 그럴 것이다.

같은 날 같은 시에 태어난 똑같이 생긴 두 여인, 폴란드의 베로니카와 프랑스의 베로니끄는 각자 다른 도시에서 다른 일상을 영위해 간다. 그러던 어느 날 노래를 잘 부르는 베로니카가 공연 중 갑자기 심장이 멎어 숨을 거둔다. 같은 시간에 베로니끄는 까닭 모를 슬픔에 눈물을 흘린다.

저기 믿을 수 없이 똑같은 크리스틴 혜경이 휠체어를 타지 않고 의자에 반듯이 앉아 독자들을 위해 자신의 책에 사인을 해주고 있는 풍경에 나는 꼼짝달싹 못 하고 그 자리에 붙박이 되어 서 있었다. 책을 한 권 사 들고 줄을 서서 그녀의 약간 뻣딱하게 숙인 고개와 민첩한 손놀림에 시선을 두고 차례를 기다렸다. 그녀의 모습은 내가 아는, 한국 이름이 섞인 한국계 미국인 크리스틴 혜경이 틀림없었으나 느낌은 왠지 낯설었다. 마침내 내 차례가 되었고 내가 그녀 앞에 서서 이름을 말하자 그녀는 아무 감흥 없이 사인을 해주었다.

나는 줄을 길게 서 있는 사람들을 뒤로하고 책방을 빠져나왔다. 그녀가 나를 기억하지 못하는 건 틀림없었다. 집으로 돌아와 책을 읽기 시작한 나는 블랙홀에 빠진 것 같은 아득함을 느꼈다. 책 속의 크리스틴 혜경은 내가 아는 크리스틴 혜경이 아니었다.

일종의 자전적 에세이인 그 책은 미국으로 입양된 한국인 입양아의 고독한 성장에 관한 기록이었다. 한국인이라고 하기엔 서구적인 모습이 두드러진 모습이었기에 얼핏 보면 아무도 그녀가 입양아라는 걸 눈치채지 못했다. 그녀가 입양되어 간 집에는 이미 또래의 한국인 남자아이 하나를 비롯해 세 명의 동양인 여자아이들이 같이 살고 있었다. 자선이라기보다는 영업에 가까운 나쁜 입양의 한 예였다.

부부는 매일 밤 독설을 퍼부으며 싸우기 일쑤였고, 형제 아닌 형제들은 밥을 먹기 위하여 앵벌이를 나가야 했다. 떠돌이 음악가이던 부부는 해가 지면 거리에 나가 듀엣으로 바이올린을 켰고 아이들은 모자를 들고 지폐를 걷었다. 여자아이들은 교대로 집에 남아서 빨래를 하거나 식사를 준비했다. 그녀가 제일 좋아하는 시간이 바로 집에 남는 시간이었다. 일당도 받지 않고 도우미 일을 하는 거였지만, 그녀의 유일한 자유 시간이었다. 한국을 떠나오기 전 아동복지센터의 선생님은 그녀에게 알 수도 없는 말을 중얼거리곤 했다. 그녀도 보육원 출신이라 했다.

"너는 딱 서양 사람처럼 생겨 미국서 사는 게 더 편할 거야. 늘 살기 위해 먹어야 해. 생존의 비결은 군인처럼 생각하는 거야. 먹을 수 있을 때 먹고 쉴 수 있을 때 쉬는 것이지."

무슨 뜻인지도 모르면서 그녀는 잠 안 오는 밤에 이 말을 되뇌었다. 그리고 삼십 년 뒤쯤 어느 영화에서 이와 똑같은 대사를 되뇌는 간호사가 나오는 장면을 목격했다. 신기한 일이라고 생각하며 그녀는 사는 일이 고달플 때마다 그 말을 되뇌며 먹기 싫어도 먹고 쉴 수 있을 때 쉬었다.

부부가 기분이 좋은 저녁에는 슈베르트의 피아노 듀엣 〈네 손을 위한 환상곡〉을 연주하는 소리가 들렸다. 그건 피아노 한 대에 두 사람이 좌우로 앉아 같이 팔을 스치며 연주를 하는 곡이었다. 슈베르트 특유의 아름답고 섬세하고 비극적인 서정이 어린 그녀의 마음속에 파고들었다. 그 음악이 들려오는 날은 모든 게 순조로웠다. 양부는 세상에서 가장 아름다운 음악을 창조한 슈베르트가 생전에 사람들이 알아주지 않는 가난한 천재 음악가였고, 외롭고 절망적인 짧은 삶을 살다 갔다는 이야기를 되풀이해 들려주곤 했다. 하지만 부부가 심하게 싸운 날 밤이면 양부가 술을 잔뜩 먹고 온 집 안을 부수는 소리가 들려왔다.

술을 마신 양부는 헐크를 닮았다. 그리고 그런 양부의 모습이 어렴풋한 유년의 기억을 일깨웠다. 왜냐하면 그 헐크의 모습이 친부의 기억나지 않는 얼굴과 겹치곤 했기 때문이다. 그녀는 그 뒤로도 오랫동안 헐크가 내면에 들어앉은 대상을 피해 다녔다. 헐크들은 술을 마시지 않았을 때는 너무 멀쩡하다가 술에 취하기 시작하면 다른 사람이 되기 일쑤였다. 양부가 괴력으로 온 집 안의 기물을 부술 때마다 양모는 못 들은 척 피아노를 쳤다. 그럴 때도 슈베르트의 즉흥곡이나 세레나데를 아무 일 없는 듯 평화롭게 연주했다.

그 집에 있던 한 2년 동안 슈베르트는 그녀에게 구원이자 열정, 휴식이었고 반대로 고독과 불안, 절망이기도 했다. 그녀는 양부모의 이중적인 면모가 늘 혼란스러웠다. 때로는 나쁘거나 좋거나 나쁘지도 좋지도 않거나 너무 나쁜 그들이었다. 먼저 입양을 온 한국인 남자아이가 술 취한 양부의 폭력을 말리다가 두들겨 맞아 온몸에 멍이 들었을 때, 그들은 같이 도망쳤다. 그렇게 그들은 거리에서 몇 년을 보냈다. 거리의 한 모퉁이에서, 지하철역의 허락된 공간에서 오빠라고 부르던 그가 바이올린을 켰다. 입양된 몇 년 동안 양부모는 그에게 앵벌이용으로 바이올린을 가르쳤다. 기억이 시작되기 이전부터 바이올린을 켠 기억이 있다는 듯 그가 익숙하게 바이올린 연주를 했기 때문이다. 악보를 읽고 그대로 연주하기보다는 슈베르트의 바이올린 소나타들을 제멋대로 듣기 좋은 음률로 연주하곤 했다. 사람들은 순식간에 어린 바이올린 연주자를 둘러싸고 지폐를 모자 속에 넣어주었다. 미국의 큰 건물들은 따뜻했고 화장실에서 세안과 간단한 샤워를 하곤 했다.

그녀가 오빠라 부르던 그와의 시간은 생에 가장 행복한 시간이었다. 그들은 늘 운이 나쁘지는 않았으며 때로는 운이 좋기도 했다. 익명의 독지가가 꽤 큰돈을 모자에 넣어주고 가기도 했으니까. 남매는 돈이 생기면 비싼 한국음식점에 가서 실컷 먹었다. 입맛의 기억은 절대 잊히지 않았다. '존'으로 불리던 오빠는 어른스러운 말투로 어디선가 여러 번 들은 듯한 낯익은 말을 들려줬다.

"생존의 비결은 군인처럼 생각하는 거야. 먹을 수 있을 때 먹고 쉴 수 있을 때 쉬는 거지."

그녀의 에세이 속 이 구절을 읽으면서 나는 같은 이름의, 훈장을 잔뜩 걸고 다니는 퇴역 중령 '존'을 떠올렸다. 그는 갑자기 사라져서 다시는 나타나지 않았다. 과연 그는 실제로 존재했던 사람일까? 내가 우연히 극적으로 재회한 크리스틴 혜경도 나를 알아보지 못했을 뿐 아니라 휠체어를 타고 있지도 않았으며 내가 알던 그녀의 삶의 내용과 책 속 그녀의 인생은 전혀 딴판인 두 사람의 인생이었다.

어디선가 들은 소리지만 인생에서 중요한 건 속도가 아니라 방향이다. 언젠가 본 슈만의 정신병원 체류 시절에 쓴 악보는 음악이 아니라 그림이었다. 클레의 그림을 닮은 그림.

악보가 그림이 아닐 이유가 있을까? 본인 외에는 해독하지 못할 뿐. 아니 본인은 해독할 이유를 느끼지 못하겠지.

천재들은 암호들을 새겨놓고 세상을 떠난다. 후세의 팬들과 그들의 유산으로 돈을 벌려는 사람들이 암호를 해독하려 애를 쓸 뿐이다. 어쩌면 세상의 모든 존재들은 하나의 암호다. 그 암호를 풀기 위해 노력하는 일은 사실 거의 실패할 뿐 아니라, 시간 낭비에 지나지 않는다.

세상의 모든 존재는 알려고 하면 알수록 점점 더 모르게 되는 블랙홀 같다. 나는 그렇게 생각한다. 문득 어디선가 읽은 이런 문구가 떠올랐다.

당신은 시체를 지고 다니는 작은 영혼이다.
_에피테토스

어디선가 읽은 얼마나 많은 글들이 우리의 영혼을 위로하는가? 그들이 바로 나의 스승이며 친구인 것이다.

우리가 듣는 모든 말은 사실이 아니라 의견이다. 우리가 보는 모든 것은 관점이지 진실이 아니다.
_마르쿠스 아우렐리우스

개츠비

　어느 날 내가 너무나 잘 안다고 생각해온 아버지로부터 긴 편지가 왔다. 아버지는 언제나 손 편지를 썼다.

　아들아. 젊은 시절, 친구들은 나를 장난삼아 개츠비라 불렀지. 이름이란 참 이상한 거란다. 그 이름으로 불리면 왠지 그렇게 살게 되는 것 같다. 나는 누군가와 새로운 삶을 시작하려 한다. 어느 날인가 비가 많이 오는 날 기업에서 달마다 주최하는 실내악 음악회에 갔지. 가끔 그곳에 가서 와인 한 잔 마시며 음악을 듣는 게 참 좋았어. 그곳에서 열리는 음악회에 연주자들을 소개하기도 했지. 나는 워낙 음악에 익숙해져 있어서 그런지 음악을 하는 여자들한테는 일종의 우정을 느낄 뿐, 이성으로 느껴본 일은 없단다. 순간 음악회에 참석한 어떤 사람의 시선이 왠지 내게 집중된 것처럼 느껴졌지. 그녀는 친구와 함께 음악회라는 걸 처음 와본 거라고 나중에 말하더구나. 가식이 전혀 없는 사람이야. 내가 죽은 남편과 똑같은 느낌을 풍겨서 계속 눈을 뗄 수 없었다고 하더라. 그러면서 내가 옛날 영화에서 본 개츠비를 닮았다는 거야. 그 말을 듣는 순간 나는 그녀가 남 같지 않았어. 우리는 주말마다 데이트하는 중이야. 그녀와 함께 라틴 댄스를 추러 가기도 해. 그녀는 내게 모르던 새로운 세계를 열어주고 있어.

아버지의 편지엔 정말 오랜만에 생명의 박동이 깃들어 있었다.

'위대한 개츠비', 그는 왜 위대했던 걸까? 우리가 한 사람의 생애에 뛰어 들어가는 일은 어마어마한 일이다. 아버지는 세상의 모든 춤을 섭렵한, 하지만 그 어떤 춤으로도 밥벌이를 하지 않는 무책임한 열정의 소유자와 사랑에 빠졌다. 어쩌면 아버지는 그런 성향의 사람을 처음 만나는 것일지도 몰랐다.

무책임한 열정은 때로 우리를 달나라로 데려다준다. 지구로 돌아갈 일은 잠시 뒤 생각하면 될 일이다. 어머니와는 전혀 다른 세상의 사람, 아버지에게 정서적으로 익숙한 규칙적인 감성의 음악 연주자들과는 전혀 다른 세상의 사람, 그녀와 함께 아버지는 며칠이나 행복했을까?

어쨌든 내 어머니인 전처와 그의 친구들로부디 '그레이트 개츠비'라 불린, 춤이라고는 춰본 적도 없고 구경조차 해본 적 없는 악기상 아버지는 외계인과 다름없는 그녀와 정식으로 결혼했고, 나는 결혼식에 참석하지 못했다. 꿈꾸는 일이 취미인 나는 아버지의 결혼식 날도 꿈을 꾼 것 같다.

결혼식은 조출했고, 초대된 손님들은 모두 라틴 댄스를 추고 있었다. 결혼 예복을 입은 아버지와 그녀는 뒷모습밖에는 볼 수 없었다. 아버지의 뒷모습은 나이 든 나 같기도 하고 신부의 뒷모습은 크리스틴 혜경 같기도 했다. 어느 쪽 크리스틴 혜경인지는 알 수 없었지만 휠체어를 타고 있지는 않았다. 아버지의 결혼식에서 나는 행복한 것 같기도 하고 불행한 것 같기도 했다. 꿈속인데도 언젠가 읽은 이런 구절이 생각났다.

'행복한 사람은 절대 결혼하지 않는다.'

결혼을 해보지 않아서 모르겠지만 경우에 따라 다를 거라고 꿈속의 나는 생각한다. 문득 어디선가 이런 말이 들려왔다.

"아버지는 인생이 축제의 놀이기구 같댔어. 신나지만 무섭고도 빠르지. 한 번밖에 탈 수 없는 놀이기구. 그리고 그 속도 속에 다음에 탈 사람이 보여."

꿈속에서 이게 진짜 아버지의 말인지 드라마 속의 대사인지 구분하기는 어려웠다. 하지만 결혼 예복을 입은 두 사람의 뒷모습에서 나는 그 놀이기구를 떠올렸다. 수없는 다음 사람들이 결혼 예복을 입고 누군지도 알아볼 수 없는 똑같은 뒷모습으로 서 있었다. 문득 '아무도 나쁘지 않다면, 왜 우리가 이렇게 상처받아야 합니까?' 이렇게 아무 상관도 없는 문장이 머릿속에 맴돌았다.

아버지의 상처는 구두로부터 시작되었다. '위대한 개츠비' 와 결혼한 무책임하고 자유로운 영혼, 그녀는 매일 한 켤레 혹은 두어 켤레씩 구두를 사들였다. 춤을 추기 위한 구두와 일상의 구두와 축제의 구두들로 아버지의 집은 가득 찼고 아 버지가 사랑하는 악기들은 창고로 이사해야 했다.

게다가 그녀는 진짜 심하게 음악에 취미가 없었다. 차라리 그림을 좋아하는 그녀는 그림들을 사들이기 시작했다. 안목 도 없었으므로 귀동냥으로 작품값이 오를 거라는 젊은 작가 들의 작품을 사들였다. 처음에 아버지는 그런 징후를 그렇게 심각하게 생각하지 않은 듯하다. 아버지는 어린 시절 화가가 되고 싶었던 사람이니까. 편지에다 아버지는 이렇게 썼다.

'사랑은 자신과 너무 다른 것들, 그 모든 것들을 이해하려 는 노력이 아닐까?'

사람들은 끝까지 같은 실수를 되풀이하다 죽는 게 일반적 이다. 만일 그렇지 않은 개인이 있다면, 그렇지 않은 정부와 그렇지 않은 세상이 있다면, 인류의 전쟁은 옛날 옛적에 종식 되었을 것이다.

아버지와 나는 아버지의 새 아내를 필리핀의 독재자 '페르 디난드 마르코스' 대통령의 영부인 '이멜다 마르코스'의 이 름을 빌려 '이멜다'라 불렀다.

이멜다 마르코스의 수집벽은 구두뿐 아니라 고가의 미술

품 수집으로도 유명하다. 그녀는 필리핀의 사랑의 여신으로 불린다. 그녀는 어디에서나 가난한 거리의 아이들에게 지폐를 나누어준다. 어느 다큐 필름에서 본 그녀의 모습은 사랑의 여신이 아니라 뇌물의 여왕으로 보였다. 아마 그녀가 걸친 값비싼 의상과 보석과 구두와 기름기 도는 풍만한 육체 때문일지도 모른다. 보는 사람마다 지폐를 나누어주는 일은 내가 곤궁에 처했을 때 이 돈을 받은 누구라도 나를 도와달라는 약속처럼 느껴졌다. 아프리카 케냐에 갔을 때, 그녀는 구두 사듯 동물들을 사들여 필리핀의 외딴섬에 사는 사람들을 내쫓고 동물들을 풀어놓은 뒤 몰라라 잊어버린다. 수의사도 없고 예산도 하나 없는 섬에서 동물들은 아주 작은 상처에도 병들고 죽어간다. 버려진 섬에서 근친교배로 인해 기린의 목이 짧아진다.

목이 짧은 기린을 여전히 기린이라 부를 수 있을까? 목이 짧은 기린에게도 희망이라는 게 있을까? 어디선가 들은 말이지만 나는 이 말을 좋아한다.

"희망이란 자기를 신뢰하는 마음이다."

아버지는 늘 희망을 간직하고 사는 분이었다. 자신과 다른 남을 탓하거나 상처를 받아도 원망을 하는 법이 없었다. 사람들이 아마 그래서 아버지를 개츠비라고 부르는지 모른다. 아버지의 첫 번째 아내, 내 어머니는 학문에 전념하느라 남편과 어린 아들을 버리고 자기보다 높은 학문적 성취를 이룬 인도의 석학과 결혼해 가버렸다. 제비는 하늘을 날며 하루에 삼백 번씩 새끼들 먹이를 물어다 준다. 그 작은 입으로 한꺼번에 많이 물어올 수 없기 때문이다. 모성을 잃어가는 건 인간이 첫 사례일지 모른다.

아버지의 두 번째 아내는 점점 더 비싼 그림들을 사들이기 시작했다. 집 안은 그림으로 발 디딜 곳이 없었다. 내가 아버지를 닮은 점은 문화 속물이, 아니 그 어떤 속물도 아니라는 점이다. 남들이 좋아하기 때문에 따라 좋아하거나 유행을 따르는 데 별 취미가 없었다. 아버지에게 악기는 사랑하는 사물이었고, 내게 그것은 문학이었다. 그리고 한 사람을 오래도록 좋아하는 습관, 순정이라고 해두자. 우리는 사람과 사물에 대한 순정이 있는 사람들이었다. 무언가에 미쳤다가 금방 싫증을 내고 돌아서는 그런 유형의 사람들이 아니라는 뜻이다.

내가 자넷을 잊었던가? 절대 아니다. 헤어진 남편과 재회한 그녀가 행복한지 나는 알 수 없었다. 그럼에도 전혀 다른 이유로, 휠체어를 탄 설치미술가 크리스틴 혜경과, 휠체어를 타지 않은 글 쓰는 또 다른 크리스틴 혜경이 늘 머릿속에서 지워지지 않았다.

자넷을 떠올리며 오랜만에 혼자 음악회에 갔다. 라흐마니노프의 피아노 협주곡들, 가을에 어울리는 곡이다. 다음 생애

지휘자가 되고 싶은 나의 꿈은 음악회에 갈 때마다 문학으로 번역되어 나의 노트에 글씨로 남았다. 클래식 음악을 들으러 가면 나는 거기다 뭔가 두고 온다. 분노와 걱정거리 그 사이의 뭔가 개운치 않은 심정 같은 것들.

아무리 집중을 해서 음악을 들으려 하지만 곧 생각은 꼬리를 물고 음악 속에서 뛰쳐나가 바람 속의 꽃가루 되어 퍼져나간다. 그때는 왜 그럴 수밖에 없었을까? 남에 관해서보다는 나에 관한 풀리지 않는 의문들, 일상의 풍경처럼 각인 된, 나중에는 그마저 그리울지 모를 권태와 문득 선명하게 떠오르는 잊혀진 애정 행각 같은 것들, 도무지 알 수 없는 추상화들. 그러다 정신 차리고 음악을 듣고 다시 음악과 생각의 망상 행진곡을 되풀이한다. 그 되풀이, 그 순간들이 정말 치유가 되는 것이다.

가면무도회

크리스틴 혜경이 쓴 책을 다시 읽으며 겨울을 보냈다. 강물에 휩쓸려 내려가는 것처럼 몇 년도라든지 하는 시간의 이름은 내게 더 이상 의미가 없었다. 그저 봄 여름 가을 겨울의 구분과 24시간의 이름은 삶을 낭비하지 않기 위해 필요했다.

내가 삶을 낭비하지 않는다는 생각이 들 때는 언제였을까?

삶을 낭비한다는 죄책감은 때로 관계의 허무함에서 왔다. 우리가 끝까지 읽지도 않을 책을 사는 이유는 뭘까? 의미를 확대하면 얼마 못 가 헤어질 연인과 얽히거나(얽힌다는 표현은 관계를 설명하기에 너무도 사실적이다) 끝까지 같이 살지도 않을 사람과 결혼하는 것도 비슷한 이유일 것이다. 그냥 대책 없이 제목과 필자만 보고 설레는 것이다.

내가 머나멀다고 느끼는 어머니라는 책과 세상에서 가장 가깝게 느끼는 아버지라는 책과 그나마 가장 오래 만났다고 할 수 있는 자녓이라는 책을 제대로 읽은 건지 점점 알 수가 없어졌다. 책도 연애와 같아서 분명히 연애라는 걸 했는데 그게 연애도 뭣도 아니라는 생각이 들기도 하고, 그게 연애라는 생각을 한 번도 해본 적이 없는데 시간이 지난 후에 그게 분명 연애였다는 생각이 들기도 한다. 모든 게 생각의 장난인지도 모른다.

어제는 꿈속에서 어마어마하게 화려한 가면무도회에 참석했는데, 무슨 게임이 시작되고 있었다. 누군가를 찾고 있는 기분인데 그게 알고 보니 '나'를 찾는 게임이었다. 여러 사람이 화려한 옷을 입고 가면을 쓰고 내게 다가와 서로 다 '나'라고 우기기 시작했다. 그중에는 남자도 여자도 아이도 노인도 외국인도 있었다. 영화를 너무 많이 본 탓인지도 몰랐다.

언젠가 자녓과 함께 뉴올리언스에 갔을 때 2층에서 갖가지

가면을 쓰고 깃털이 달린 드레스를 입은 여자들이 꽃을 던지던 생각이 났다. 여자의 모습을 하고 있지만, 성별은 중요하지 않았다. 길을 가다가 꽃을 받는 사람은 꽃을 던진 사람과 그날 밤을 함께 지내는 오랜 관습이 전해 내려온다고 들은 것 같다.

꽃으로 온몸을 뒤덮은 누군가가 다가와 "내가 당신이오" 한다. "그럼 당신의 부모는 누구입니까?" 하고 물으니 여자도 남자도 아닌 것 같은 사람이 "나는 짝짓기 없이 알을 낳는 대벌레의 자손"이라고 답한다. 설마 내가 벌레의 종이라니. 어릴 적부터 나는 벌레를 무서워했다. 잠자리와 나비의 다양한 종들과 귀뚜라미를 빼고는 보기만 해도 기겁을 했다. 귀가 얼마나 얇은지 그들은 무해한 곤충이란 교육을 받았기 때문이다. 꿈속에서 누군가 붕붕거리는 벌레의 목소리로 내게 말한다.

"당신은 아무리 자라도 10cm가 고작인 벌레입니다. 몸체가 길고 가늘고 색깔은 담갈색이며 가슴 등 쪽에 희미한 붉은 띠가 있습니다. 특히 당신의 종은 죽은 척하기로 유명합니다. 누군가 슬쩍 건드리거나 놀라게 하면 죽은 것 같이 나무에서 떨어져 다리를 앞뒤로 길게 늘여 몸에 딱 붙이고 움직이지 않습니다."

갑자기 나는 머리도 다리도 꼬리도 없는, 아버지도 어머니도 모르는 고작 10cm의 대벌레가 된다. 나도 내가 누군지 모르는 참에 연회장 구석으로 기어가 죽은 척하고 있으려는데, 이상한 벌레 한 마리가 옆에 와서 툭 치며 말한다.

"어이, 나는 '그레고르 잠자'라고 해. 많이 들어 본 이름이지? 그대는 벌레가 된 지 얼마 안 된 것 같군. 한 오 분 전만 해도 사람 모양을 하고 있는 걸 봤는데 말이야. 좀 지나면 익숙해진다네."

나는 그 유명한 이름을 듣자마자 정신이 번쩍 들었다. 그 전설의 벌레가 아직도 살아 있다는 게 믿어지지 않았다.

"앞으로의 세상은 벌레들이 아주 힘든 세상이 될 거네. 지구의 식량이 바닥이 나서 단백질 대체물로 벌레들을 양식하는 세상이 올 거거든. 바다가 오염되어 생선도 못 먹게 되니까 말이야."

문득 어릴 때 메뚜기 반찬을 도시락에 싸갔다는 아버지의 말이 떠올랐다. 영양가 만점에다 맛도 좋았다는 메뚜기를 나는 오래된 영화, 펄 벅의 〈대지〉에서 보았다. 수없는 메뚜기 떼가 끝없는 대지의 풀 한 포기 안 남기고 다 먹어 치우는 장면이 공포의 기억으로 내 의식 속에 남아 있다.

"메뚜기 같은 곤충 말이시군요?"

그러자 그레고르 잠자는 말했다.

"각자 살아가는 메뚜기는 힘없는 곤충에 불과하지. 하지만 환경의 변화로 알의 부화율이 급격히 증가하여 일정 공간의 메뚜기 수가 일정 수준 이상으로 늘어나게 되면 각자 자생하던 메뚜기들이 하나의 군단으로 변화하게 된다네. 집단으로 움직이면서 성격이 포악해지고 식욕이 급격하게 증가하지. 수가 작을 때는 각자도생이지만 수가 많아지면 수십억에서 수천억 마리가 되어 군단을 이루며 한번 지나간 자리는 황무지가 돼버린다네. 메뚜기의 무섭게 증가한 식욕은 이들이 분비하는 세로토닌이라는 호르몬 때문이라네. 세로토닌은 감정, 기분, 수면 등의 조절에 관여하는 신경전달물질이지. 결핍되면 우울증과 불안감이 생긴다는, 우리가 행복 호르몬이라 부르는 바로 그 호르몬이라네. 그런데 메뚜기 수가 늘어나면서 세로토닌 분비가 3배 이상 증가하게 되어 이 과다한 행복 호르몬이 메뚜기의 공격성을 높여 과대한 식욕으로 변하는 거지. 메뚜기에게 살아가는 공간의 밀도가 높아진다는 건 먹을 것이 부족해진다는 의미이기도 하니까. 그들의 살아남기 위한 방법이 인간에게 돌이킬 수 없는 피해를 준다는 말일세."

그레고르 잠자가 밑도 끝도 없는 메뚜기 이야기를 늘어놓는 도중에, 근사한 배트맨 가면을 쓴 남자가 걸어오더니 그를 손으로 들어 올려 창문 밖으로 던져버렸다. 그러자 나도 벌레가 아닌 사람으로 돌아온 것 같았다. 등이 간지러워 긁으려는

데 조금 전에 없던 손의 기척이 느껴졌다. 다행이라는 생각도 들기 전에 배트맨은 자신의 가면을 나의 얼굴 위에 씌워주고는 사라져버렸다. 꿈속에서 내가 누구인지 모르는 나는 '배트맨'과 '행복 호르몬'과 '메뚜기'와 '그레고르 잠자'라는 연관성 없는 존재의 의문부호들을 지니고 현실로 귀환했다.

미국에서 출생해 어린 나이에 한국으로 돌아가 아버지 손에 의해 자란 소년은 아버지와 어머니가 짝짓기해서 자신을 낳은 게 아니라는 생각을 하곤 했다. 둥지에 낯선 새가 낳은 알 속에서 스스로 깨고 나온 고독한 소년은 어머니는 말할 것도 없고 아버지도 친아버지는 아니라서, 알에서 태어난 자신을 주워다 기른 거라는 생각이 들곤 했다. 나를 찾는 게임은 어쩌면 죽을 때까지 계속될지도 몰랐다. 그러나 나에게 행복 세로토닌을 스스로 배양해온 능력은 오로지 언제나 따뜻했던 아버지의 등 덕분이었다.

어느 영화에선가 성모마리아상 앞에서 기도하던 나이 든 여인이 생각난다.

"죄 없이 수태한 이여. 제가 거짓말한 것을 자백합니다."

'죄 없이 수태한'이라는 대목이 오래도록 내 안에 남았다.

자연의 섭리인 짝짓기는 왜 죄가 되는가? 아버지를 따라 가끔 성당에 가서 미사를 드리곤 하던 나는 늘 그 의문에서 벗어나지 못했다.

　아버지는 이멜다 여사와 그리 행복하지 못했다. 아무리 서로 다른 점이 매력이라 해도, 시간이 지날수록 그들 간의 마음의 간격은 점점 넓어졌다. 아버지의 겸허한 음악은 이멜다 여사의 허영 가득한 명품의 세계 앞에서 맥없이 무너졌다. 이번에도 아버지는 개츠비 흉내를 내는 것처럼 보였다.

　어느 날 이멜다 여사는 아버지 돈으로 사들인 값비싼 물건들을 다 팔아치우고, 빚을 잔뜩 지워놓고는 자취를 감춰버렸다. 가장 지적인 여자와 사랑에 실패한 아버지는 정반대의 여자와 만나 또 실패했다. 빈털터리가 된 아버지는 나이 든 분들이 주로 오는, 친구가 경영하는 클래식 바의 매니저 일을 맡아 하기 시작했다.

　어느 추운 겨울 오후 나는 두 통의 편지를 받았다. 한 장은 잘 지내고 있으니 염려하지 말라는 아버지에게서 온 짧은 손편지였고, 다른 한 장은 크리스틴 혜경의 이메일이었다. 맨해튼의 반젠노블 서점에서 사인회를 하던 작가 크리스틴 혜경이 아니라, 휠체어를 탄 화가이면서 장애인 올림픽 우승자인 크리스틴 혜경의 메일이었다. 나는 똑같이 생긴 같은 이름의 두 사람을 어떻게 이해해야 하는지 통 감이 잡히지 않았다. 결혼식에서 남편이 될 퇴역 중령 존을 가짜 권총으로 쏘는 자

작극을 벌이고 사라진 뒤, 그들이 어떻게 되었는지는 아무도
몰랐다.

이제야 소식 전합니다. 나는 지금 서울에 있습니다. 자넷과
당신이 가끔 생각났지만 때로는 설명이 불가한 일들이 있
는 것 같습니다. 어느 날 나는 서울 강남의 뒷골목에서 나
이 든 분들이 주로 오는, 클래식 음악을 틀어주는 와인 바
에 갔다가 당신과 똑같이 닮은 사람을 보았습니다. 흘러나
오는 음악이 낯익어서 무슨 음악이냐고 물으니, 슈베르트
의 〈네 손을 위한 환상곡〉이라 하더군요. 슈베르트가 그의
생애 마지막 해인 1828년에 작곡한 곡으로 사랑했던 제자
캐롤라인에게 받친 곡이라고, 자세하고 친절하게 설명을
해주시더군요. 마침 다른 손님이 없어서 조곤조곤 이야기
를 나누다 보니 둘이서 와인 한 병을 다 비웠답니다. 그가
바로 당신의 아버지라는 걸 알고는 소식을 전하지 않을 수
가 없었습니다.

나는 누구인가?

누구였으며?

누구로 가는 중인가?

혹시 너는 내가 아닌가?

아메바 증식 같은 기억의 증식,

상상 이미지의 증식,

결국 이 자서전은 '나는 누구인가'를 찾아가는 여정에 관
한 문학적 사색이다.

나를 둘러싼 여러 사람의 기억들이 모여서 다중인격적인
한 사람의 기억이 되어 가는 과정, 혹은 모든 타인의 정체들
이 내 안의 작은 부분임을 고백하는 나, 너, 그리고 우리 모두

의 자서전이다.

지나가는 사소한 일상에 정 붙이지 못한다면, 삶에 기대할 게 무엇인가?

무모함과 비겁함, 짧은 행복과 긴 권태, 결국 인생 그 자체의 고단함, 그 속에 숨은 나의 얼굴. 〈소설, 자서전〉은 우리 모두의 자서전이다.

독자는 그 안에서 자기 자신과 만나는, 숨은그림찾기의 재미를 느끼길 희망한다.

회장 회칙 회비 회식 없는 4무無 모임

'큰글KNGL, K-Novel Global Literature'의 첫 창작집《개와 고양이의 생각》이 2025년 7월 나오자 여러 언론에서 스포트라이트를 비추었고 독자들의 반응은 뜨거웠습니다. 시詩 동인지는 많은데 소설 동인 작품집은 희소하기에 주목을 끈 데다 수록 작품들의 문학적 성취도가 높은 편이어서 호응도가 높았다고 감히 자평합니다.

2024년 11월 1일 서울 인사동의 '산유화'라는 한정식 식당에서 몇몇 문인들이 모여 점심을 먹다가 "새로운 형태의 소설 동인 창작집을 내면 어떻겠나?"라는 아이디어가 나왔습니다. 이후 여러 소설가들이 의기투합했습니다. 2025년 들어 몇 차례 회합을 가져 초여름에 작품집을 내기로 결정하고 각자 원고를 준비했지요. 모임의 명칭을 '큰글KNGL, K-Novel Global Literature'로 정한 것은 한국문학의 세계화에 앞장서겠다는 의지를 품었기 때문입니다.

큰글은 회장, 회칙, 회비, 회식이 없는 4무無 모임입니다. 너무 무미건조한 모임으로 보이는지요? 속을 들여다보면 삭막하지는 않습니다. 아무리 작은 모임이라도 이를 유지하는 제도적 틀이 만들어지면 구성원은 옥죔을 당하는 느낌이 들지 않을까 싶어 그런 차꼬를 마련하지 않은 것입니다. 문학예술인은 새장에 갇히기를 거부하며 언제나 창공을 비상하려는 독수리 같은 존재 아닐까요?

회의 장소는 대체로 광화문 사거리 커피숍인데 각자가 즐기는 음료를 사서 자리에 앉습니다. 음료값을 누가 내느니 마느니 실랑이를 벌이거나, 누가 무슨 커피를 마실 것인지 물어 키오스크에서 주문하는 일조차 번거로우니까요. 그런 사소한 일에 신경을 쓰면 정작 중요한 본질에 정신을 집중하기 어렵습니다.

두어 시간 세상사에 대한 문제의식을 공유하고 문학에 대한 유쾌한 토의가 이어집니다. 취중醉中 토론이 없어도 두터운 우정을 느낍니다. 마무리 자리엔 문향文香과 서권기書卷氣 잔향殘響이 그득합니다.

동인이라지만 등단 경로, 작품 성향, 연령층, 사회 경력 등이 다양하므로 공통분모는 그리 많지 않은 것 같습니다. '소설문학이 모든 문화예술의 원천'이라는 믿음을 갖고 형극荊棘 같은 창작 환경에서도 백척간두에 선 자세로 집필 열정을 불태우는 점만은 공통적입니다.

크고 작은 이슈는 단톡방에서 논의합니다. 출판사 '생각의 창' 김병우 대표가 원고 제출일을 공지하면 각자가 출판사로 원고를 보냅니다. 집필 강권, 마감 독촉은 없습니다. 제때 원고를 준비하지 못하면 다음 작품집에 보내면 되니 마감에 쫓기며 무리하게 밤을 새지 않아도 됩니다.

원고 분량도 제한이 없습니다. 흔히 문예지에서는 소설가에게 단편소설을 청탁할 때 '200자 원고지 80매 내외'라고 알립니다. 스토리를 전개하다 보면 단편이라지만 100매를 훌쩍 넘는 경우도 흔합니다. 반면 콩트처럼 경쾌하게 한 펀치를 날리며 끝을 맺는 작품이라면 30~40매라도 충분할 텐데 억지로 80매로 늘릴 수도 있겠네요. 큰글은 이런 인위적 제약에서도 벗어나 길이는 작가 마음대로 정하도록 합니다.

H 작가의 일화가 떠오르네요. 어린 동생들을 먹이고 공부시키는 책임을 진 그는 단편소설 청탁을 받고 300매가량의 중편 분량 원고를 보냈답니다. 혹시 원고료를 좀 더 받을까 기대하며…. 편집자는 처음엔 짜증을 냈으나 딱한 사정을 들

고는 단편보다는 후한 원고료를 주었다 합니다.

원초적 색감을 구사하는 화가이자 탁월한 문필가인 황주리 화백이 멤버인 덕분에 그분의 아름다운 그림을 표지화로 쓰는 홍복을 누립니다. 또 서울대 언론정보학과에서 젊은 학생들과 첨단 미디어 분야를 연구한 양선희 객원교수가 AI를 이용해 만든 작품 소개 동영상도 큰글의 큰 버팀목이 됩니다. 양 교수의 단편 〈접속 인류〉는 이번 2집의 표제작입니다.

출범 때엔 8명이었는데 이번에 김다은, 한지수 소설가가 작품을 보냈고 김미수, 송호근, 이수정 소설가도 동참 의사를 밝혀 모두 13명으로 늘어났습니다. 이번엔 7명이 원고를 제출했습니다. 앞으로 동인 숫자가 늘어나면 한국문단에서 중요한 축을 맡을 것으로 기대합니다.

모쪼록 2회 창작집에도 독자 여러분의 따사로운 성원을 앙청 드립니다.

2026년 원단元旦

큰글KNGL, K-Novel Global Literature

고승철 권지예 김다은 김미수 김용희 송호근 양선희

윤순례 윤혜령 이수정 임현석 한지수 황주리 (가나다 순)

접속 인류

1판 1쇄 인쇄 2026년 1월 23일
1판 1쇄 발행 2026년 1월 30일

지은이 고승철 김다은 김용희 양선희 윤혜령 한지수 황주리
펴낸이 김병우
펴낸곳 생각의창
주소 서울 서대문구 거북골로 120, 204-1202
등록 2020년 4월 1일 제2020-000044호

전화 031)947-8505
팩스 031)947-8506
이메일 saengchang@naver.com

ISBN 979-11-93748-13-8 (03810)

- 잘못 만들어진 책은 구입하신 서점에서 바꾸어드립니다.
- 책값은 표지 뒷면에 표시되어 있습니다.
- 이 책은 저작권법에 의해 보호를 받는 저작물이므로 무단 전재와 복제를 금합니다.